터널 끝에는 여름이 있겠지

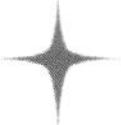

밤산책가

목차

지구

다음 번의 다음 번에도

✦

다음 번의 다음 번에도

어디서부터 말해야 할지 모르겠어.

우리 처음 만났던 날 기억나?

네 생일이었잖아. 방학이라 다들 본가 내려가고, 바쁘다고 생각보다 인원이 너무 빠져서 선배가 아는 사람 좀 부르겠다고 연락 돌렸고. 나는 시간이 남아돌아서 그냥 부르니까 나왔고. 그래서 너 처음 봤을 때는 항상 시무룩하고 뾰로통한 표정이었는데. 급하게 준비해 간 선물이 마침 네 마음에 딱 들었다고 아닌 척 표정 풀어져서는, 하여간 귀여웠지.

근데 내가 그날 울었잖아.

막걸리 집이라서 그렇게 취하기도 쉽지 않은데 갑자기 테이블에 얼굴 박고 엉엉 울었잖아. 너랑 선배랑 네 친구들 다 당황하고. 내가 분위기 깨서 미안하다고 나가는데 선배 말고 네가 따라 나왔었지.

그때 운 이유도 지금부터 설명하게 될 거야.

학교 후문으로 나가서 세 번째 골목에 있는 지하 코인노래방 알지. 천원에 다섯 곡 주는 거기. 그래. 내가 저번에 들어가지 말자고 했던 곳. 지하라서 공기도 안 좋을 거고 담배 냄새도 안 빠질 것 같다고 했었잖아. 사실 나 예전에는 혼자서 거길 자주 갔었거든. 요즘에도 종종 가고. 아니, 거짓말한 건 아니야. 공기가 안 좋긴 해. 담배 냄새도 종종 나고. 그런데 거기가 서비스를 자주 주거든. 아무튼, 이 이야기를 하려던 게 아니지. 모든 건 그 코인노래방에서 시작됐어.

봐, 벌써 표정 안 좋아진다. 하지만 이게 사실이야. 유월 끝자락이었어. 내 종강 날이었지. 오전에 하나 오후에 하나 시험이었는데, 오전에 시험이고 오후에 팀 발표였어. 그런데 발표를 맡은 팀원이 아예 안 나온 거야. 전화해도 안 받아, 문자를 해도 안 봐. 조원들끼리 어쩔 줄 모르고 있는데, 내가 조장이었거든? 그럼 어떡해. 더듬더듬 발표하고 그 과목은 아예 말아먹었지. 강의실 나오는데 하필 제일 더운 3시야. 해는 쨍하게 내리쬐고 머리는 어질어질했어. 집에 빨리 가고 싶긴 한데 스트레스를 풀고 싶기도 한 거야. 그래서 발길 돌려서 코인노래방에 들어갔지. 맨날 쓰던 9번 방이 비어있길래 딱 천원만 넣었어. 10cm 노래 불러서 목 좀 풀고, 인기차트 좀 뒤지다가, GD의 삐딱하게를 예약했어. 웃지 마. 그때 그런 기분이었어. 발표를 망치면 화가 나고 비참하잖아.

그러다가 신을 만났어.
그래. 신. 성경에 나오는 거, 단군신화에 나오는 거. 뭐든. 암튼 그런 거 있잖아.

신은 내가 첫 소절을 마치자마자 코인노래방 문을 벌컥 열어젖히고 들어왔어. 나는 깜짝 놀라서 굳었지. 방에 잘못 들어온 사람인 줄 알고 나가라는 듯이 쳐다봤는데, 등 뒤로 문을 닫더라. 그러고는 말했어.

"축하합니다."
"누구세요?"
"내가 네 애비다."

이상하게 그 말을 들으니까 모든 게 이해가 됐어. 신이라는 존재가. 그리고 좀 긴장이 풀렸지. 말로 들으니까 참 이상하지? 형용할 수 없는 신뢰 같은 게 솟구치는 기분이었어. 모르는 사람이 벌컥 문을 연 줄 알았는데 알고 보니 지나가던 친동생이 들어온 기분이 되었달까. 신은 몹시 피곤해 보였어. 급한 일이 많아서 예민한데, 일부러 시간 써서 나와 준 느낌 알아? 야근을 달고 사는 개발자나

마감을 앞둔 소설가가 잠깐 커피 사러 나온 것 같은 인상이었단 말이야. 얼마나 바빠 보이던지 앉지도 않고 본론부터 꺼내더라고.

“영원한 건 절대 없다고 말한 1702억 8013번째 사람이 너야. 나는 거기에 영생이라는 상품을 걸었거든.”

영원히 산다, 는 말을 들었을 때 어떤 단어가 생각나? 욕심이 나? 많은 미디어에서 불멸의 존재에 대해 다루잖아. 뱀파이어나, 뭐 그런 것들. 그리 좋아 보이진 않았던 것 같아. 그리고 또 생각났던 건, 소원을 잘못 빌어서 영원히 사는 대신 영원히 늙어가는 그런 이야기들? 불행한 방식으로 이루어지는 소원에 관한 이야기들이 많잖아. 약관을 잘 읽어봐야 한다는 우스갯소리들로 이어지곤 하는 것들 말이야. 그래서 나는 이렇게 대답했어.

“그럼 저는 평생 혼자 늙어야 하나요?”

그렇게 말하니까 신이 헛웃음을 짓더라고. 그러더니 내 옆에 털썩 앉았어. 우리는 둘이 앉으면 거의 꽉 차는 코인노래방 소파에서 나란히 앉게 되었지. 내가 일어나려니까 신이 말리더라. 신은 잠깐 화면을 바라봤어. 여전히 삐딱하게 가사가 지나가고 있었고. 그때 지나가던 게 영원한 건 절대 없어 부분이었는지는 기억이 잘 안나. 아무튼 멜로디와 코러스, 옆 방의 멱따는 소리만 잠시 우리 사이를 메우다가 신은 입을 열었어.

"나는 선물을 주고 싶은 거야. 일종의…… 특혜지. 그러니까 너 혼자야."
"그러면 늙지는 않나요?"
"그렇지. 선물이니까."

그러면 나는 신분을 감추며 떠돌아야 하나, 생각했어. 이렇게 전산망이 잘 발달한 현대 사회에서 그런 게 가능할까. 겁나기도 하고. 신의 선물을 거절할 수 있을까? 나는 좀 무서웠어. 비록 신이 후드티를 입고 안경을 쓴 생김새였어도 말이야.

"대신 조건이 있어."

그때 신이 입을 열었어.

"너는 죽지도 않을 거고, 늙지도 않을 거야. 대신 딱 한 번의 계절을 계속해서 사는 거야."

무슨 말인지 물었지.

"영원이라는 건 쭉 나아갈 수 없는 거야. 직선은 언젠가 끝나거든. 네가 하나의 계절을 정하면 너는 이 상태 그대로 그 계절만 계속 사는 거야. 계절이 끝나면 다시 그 해, 그 날짜, 그 계절의 초입으로 돌아가. 구간 반복 같은 거지. 그러면 너는 늙지도, 죽지도 않는 거야. 네 주변 사람들도 여전히 그대로 있겠지."

어떻게 생각해? 나는 내 인생에서 제일 젊고 아름다울 지금이 반복된다면 그것도 맘에 든다는 생각이 들더라고. 죽음도 미래도 없다면 더 가뿐하게 살 수 있지 않을까?

"여름이 좋겠어요."

신은 대답 없이 활짝 웃었어. 여름 햇살 부서지듯 날카로운 미소였어.

노래방은 은밀한 이야기를 나누기 좋은 곳이지. 밀폐된 장소고 방음도 되잖아. 그래서 한참 동안 있다가 밖으로 나오면 아예 다른 세상으로 나온 것 같은 기분이 들어. 방금까지 있었던 일이 현실인지, 아니면 내가 너무 스트레스를 받아서 존 건지, 긴가민가하면서 노래방을 빠져나왔어.

지하 계단을 올라 문턱을 지나니 세상이 조용하고 눈부셔. 그래도 들어가기 전과 똑같은 평범한 대학가 골목이었어. 여전히 밖은 덥고 백팩은 무겁고 달라진 건 하나 없었어.

그해 여름은 아무 일 없이 지나갔어. 방학 전부터 계획했던 대로 운동도 하고 컴활을 독학해 자격증도 땄지. 고등학교 때 친구들하고도 몇 번 만나고. 그러다가 어느 날 아침 눈을 떴는데, 다시 방학 첫날로 돌아와 있더라.

그제야 알게 된 거야.

그날 있던 일들이 꿈이 아니라는 사실을.

적금을 깼어. 아무거나 집 가까운 아르바이트 자리를 찾아서, 한 달 내내 펄펄 끓는 설렁탕 뚝배기를 옮겼어. 그리고 월급을 받자마자 통장 바닥까지 싹싹 긁어서 휴대폰 끄고 유럽으로 떠났지. 리스본에서 로마까지. 19박 20일 여행을 하고 집에 가는 비행기는 안 타도 됐어. 에어비앤비 허름한 천장을 보다가 눈을 감으면 다시 우리 집 침대 위였거든.

처음 몇 번은 그렇게 세계 일주를 했어.

알프스 등반도 했고, 만리장성을 걸었고, 타지마할이랑 피라미드도 봤어. LA, 치앙마이, 쿠알라룸푸르, 시드니, 케이프타운……. 비행기를 통학버스처럼 타고 정신없이 쏘다녔지. 표는 항상 편도로 끊어도 됐거든.

그러다 어느 순간에 너무 지치더라.

낯선 말들과 음식들 말고 익숙한 것이 그리워지는 날이 오더라고. 그 여름에는 집에만 콕 박혀있었어. 누워 있기 심심해서 책상에 앉아 대충 토익 문제집 몇 번 뒤적거리니까 엄마가 너무 좋아해. 학기 끝나자마자 공부하냐고. 그 말이 너무 이상하게 들렸어.

나는 책을 한 3년 만에 들춰본 것 같은데. 정말 질릴 때까지 놀다 온 건데 말이야.

싱숭생숭한 기분에 사로잡혀 노트북 앞에서 허송세월하는데 선배한테 문자가 왔어. 그동안은 알바하랴, 여행하랴 바빠서 그런 문자가 오는지도 몰랐었는데, 집에 있자니 그게 유독 눈에 들어오더라고.

그렇게 너를 처음 보게 됐지.

그날은 선물도 안 들고 갔어. 그냥 예의상 아이스크림이랑 초코우유 몇 개 편의점 봉투에 달랑달랑 들고 들어갔던 것 같아. 어차피 다들 취해있지도 않아서 별 쓸모도 없었지만. 네 생일이었던 건 앉은 후 한참 뒤에 이야기하며 알았던 것 같아.

"여름 너무 싫다."

누군가 갑자기 말했던 것 같아. 아마 에어컨 좀 세게 틀어달라고 종업원에게 부탁한 후였을걸. 나는 더운 건 괜찮은데 습한 게 싫다, 난 다 괜찮은데 모기 때문에 싫다……. 다들 불평불만을 한마디씩 더했지. 난 그냥 화제가 지나가길 기다리면서 입 다물고 앉아 있었어.

"난 여름 좋아하는데."

그때 네가 말했어. 나도 모르게 맞은 편의 너를 봤는데, 눈이 마주쳤어.

여름을 좋아하는 사람은 드물잖아.

네가 이유를 말했는데 기억이 안 나. 그냥 그 순간이 느리게 보였어. 좋아하는 것에 대해 말하는 눈동자가. 표정이. 이유는 별로 중요하진 않았던 것 같아.
나는 낮이 길어서 좋아. 덜 외롭잖아. 근데 그냥 가장 덜 외로운 계절을 계속, 계속, 계속 반복해도 어쩐지 점점 외따로 떨어져 있는 기분이라서……. 처음부터 다 잘못한 건가 싶었거든.

"나도 좋아하는데, 여름."

내가 겨우 쥐어짜서 한마디 하는데 네가 웃었어. 그치, 하는 다정한 말이 보조개랑 같이 쏙 마음에 꽂혔어. 생각보다 여름 좋아하는 사람이 많구나, 하는 말로 화제는 갈무리되고 술자리는 계속 시시하게 이어졌어. 그런데 다음부턴 하나도 기억 안 나. 그냥 취해서 빨간 것처럼 보이길 바라며 술이나 연거푸 마셨어.

내가 집에 바래다준다고 해서 우리는 같이 걸을 수가 있었지. 캠퍼스를 가로질러 가기로 했어. 한밤중 학교는 조용하고 그만큼 아름다워. 어둑한 밤하늘은 보라색으로 물들었고 가로등 불빛이 스포트라이트처럼 하얗게 길 위에 떨어져 있어서 대낮과는 다른 특별한 장소가 되는 것 같았어. 너도 좀 취해서인지 낯을 가려서인지 말이 없었고. 나는 그냥 머릿속이 복잡했어. 내내 거리감이 적당한가 계산했고, 술 냄새 땀 냄새 많이 안 나길 바라면서 은근히 거리를 떨어뜨렸어.

"방학에 뭐 해?"

그때 네가 먼저 물어보더라. 놀라서 그 자리에서 펄쩍 뛰어오를 뻔했어. 어? 멍청하게 되물으니까 네가 말하더라고. 아까 술자리에서 나만 뭐할 건지 얘기를 못 했대. 다른 애 얘기가 길어지느라. 별로 신경 쓴 적은 없는데, 사실 할 이야기가 없었거든. 이번 여름은 내내 쉬기로 했으니까.

"아마 계속 집에 있을 것 같아."

그렇게 말하니까 네가 내 쪽을 돌아봤어.

"너도 여름이 좋다며."
"응."
"집에만 있긴 아깝지 않아?"

나는 이게 나한테 주어진 기회라는 사실을 본능적으로 깨달았어.

"아깝지. 근데 다들 시간이 안 된대."

"왜? 어디 가고 싶은 곳 있어?"
"응."

숨을 삼키는 척 머리를 굴렸어. 아마 수능 날보다 빨리 돌아갔을 걸. 그런데 막상 나온 말은 영 조악했지.

"양양으로 서핑 가고 싶었는데……."

참고로 그때는 수영을 못했어.

"나도 가고 싶었는데!"

그래도 다행히 소득은 있었지.

술김에 하는 약속인 걸 알아서 지켜질 거라는 생각은 안 했는데, 같이 가자는 빌미로 번호를 주고 받을 수 있었으니까. 그러고는 대화가 트여서 집에 가는 내내 말이 끊기지 않았어. 그게 좋았어. 네가 푸켓 여행을 얼마나 기대하고 있고, 지난 학기 최악의 교양이 무엇이었는지 듣는 게 즐거웠어.

양양은 결국 못 갔어.

대신 놀이공원에 갔어. 굳이 교복을 입고 동물 머리띠를 쓰고 사진을 잔뜩 찍었어. 네가 SNS에 사진 올려도 되냐고 물어봤었거든.

아무렇지 않게 그러라 해놓고 신경 쓰여서 힐끔댔어. 네 친구가 보고 누구냐고 물어보면 어떡하나, 그럼 넌 뭐라고 대답할까. 그 dm 창이 궁금했어. 롤러코스터를 탔어. 핫도그랑 츄러스 중에 고민하는데 네가 둘 다 사버려서 웃었어. 줄 서서 몇 시간씩 기다리는 동안 어제 봤던 예능 프로그램 이야기, 어릴 때 봤던 만화영화 이야기, 고등학교 때 수학여행 이야기를 했어. 사람 많아서 조심해야겠다는 핑계로 처음으로 손을 잡았어.

그리고 또 야구장에 갔어. 집에 처박혀 있던 유니폼을 꺼내 탈취제를 잔뜩 뿌려서 방에 걸어 놓았다가 엄마한테 한 소리 들었어. 혼난 보람 있게도 습관처럼 붙어 앉았지. 이제 서로 어깨에 기대는 게 당연한 사이가 되었다는 게 믿기지 않았어. 한 방향을 보면서 함께 응원하고, 똑같이 아쉬워하고 똑같이 신나는 게 너무 신기하고 운명적인 일처럼 느껴졌어. 네가 자꾸 닭강정 먹여달라고 해서, 키스타임에 혹시 우리가 뜰까 조마조마했었는데. 파울 타구가 머리 위로 떴을 때보다도 더 두근거렸을 거야.

또 뭐더라……. 아니, 아니. 헷갈리는 거 아니야. 잊은 것도 아니야. 그냥 뭐랄까 나는……. 너랑 정말 너무 많은 걸 해와서 어떤 여름에 뭘 했는지 구분이 안 되는 것뿐이야.

우리는, 사실 양양에도 갔었어. 내가 너와 처음 만난 여름은 아니지만. 그때는 수영할 수 있었거든. 수영도 너랑 같이 등록했어. 전화나 온라인으로는 신청이 안 되잖아. 새벽에 눈도 못 제대로 뜨고

꼬질꼬질한 모양새로 만나서 수강 신청했어. 같이 다니자고 해놓고서 너는 초등학교 때 다 배웠다며 중급반으로 들어가 버리고. 나만 덜렁 혼자 기초반에서 킥판 잡고 발차기부터 했었는데. 강습 시간 끝나면 네가 기초반 레일로 와서 깔깔대며 날 놀렸잖아. 억울해서 더 기를 쓰고 열심히 배웠던 것 같아. 너는 모르지? 이제는 내가 너보다 더 수영 잘한다? 몇 번 반복하니 그렇게 되더라고. 라이프가드 자격증도 땄었는데. 지금은 없지만.

그리고 우리가 또 뭘 했냐면, 전시회도 갔고, 락 페스티벌도 갔고, 클럽도 갔고, 오키나와도 갔고, 국제 영화제도 갔고, 덕유산 국립공원에 캠핑도 하러 갔고, 주류박람회 가서 생각 없이 받아마시다가 지하철역에서 너 토하려는 거 수습하기도 했고……. 그건 저번 주에 있었던 일이라고? 알고 있는데? 아, 알았어. 알았어.

제일 기억에 남는 순간? 나는 지금인데. 봐봐. 느끼하다고 할 줄 알았어.

솔직히 기억에 남아 있는 건 그냥 같이 걸었던 순간들이야, 어떤 특별한 순간이 아니라. 그냥 그런 같이 있는 평범한 순간들. 매일 밤 너희 집까지 가는 골목길의 가로등 불빛 색깔, 선선한 여름 공기, 태양에 달궈진 해변 모래의 온도, 마주 잡은 손의 촉감, 훔쳐보던 옆얼굴과 네 신발 앞코 모양이 생각나.

……그런데 내가 어느 순간 다시 내 방 침대 위에서 눈을 떠. 그

러면 우리 사이에 있었던 일은 다 나만 아는 비밀이 돼.

나는 다시 널 만날 준비를 하지. 더 나은 옷을 고르고, 종일 거울을 봐. 안 쓰던 향수를 골라 뿌리고 양말까지 다 신은 채로 침대에 누워서 선배의 연락을 기다려. 휴대전화 볼륨을 제일 높인 채로 원망스럽게 천장만 올려다보며 시간을 죽이지. 알람음이 신호탄이라도 되는 것처럼 튀어 나가고. 사실 요즘엔 그냥 술집 앞에 가서 기다려. 어, 마침 저 근천데. 거짓말도 태연해졌지.

그래서 우리가 생각보다 뭘 많이 못 해봤어. 내가 너를 본 시간은 정말 긴데, 우리가 만난 시간은 항상 너무 모자라니까. 고작 100일도 안 만난 연인들끼리 할 수 있는 것들엔 한계가 있잖아. 나는 너랑 100일이 아니라 천 일, 만 일도 더 봤는데. 정말 하고 싶은 건 말로 꺼내지 못해. 마음이 기울어 있으니까. 한쪽에만 시간이 쌓이니까. 내 마음은 너무 무겁고, 너는 아직 나를 본 지 며칠 되지도 않았으니까.

나는 너랑 결혼하고 싶어. 네가 꿈을 이룬 모습을 보고 싶어. 너랑 같이 들으려던 교양 강의 나란히 앉아서 듣고 싶어. 너 야작할 때 커피 사 들고 가고 싶어. 큰맘 먹고 샀다던 트렌치코트 입은 모습이 보고 싶어. 크리스마스도 함께 보내고 싶어. 그때 재밌었지, 라는 말을 꺼내 응. 이라는 대답을 듣고 싶어.

그런데 난 절대 안 되는 거잖아.

자두를 딱 한 입씩만 베어 먹고 버리는 기분이야. 빨갛고 노란 과육이 발치에 잔뜩 쌓이는 것 같아. 데굴데굴 굴러가지도 못하게 혼자 다 끌어안고 있어.

언제는 우리가 크게 싸웠어.

"말을 왜 그렇게 해?"
"내가 뭘?"

네가 갑자기 정색해서 가슴 철렁했지. 쥐고 있던 커피잔을 내려놨어. 너는 네 꿈을 말했지. 항상 통 큰 너답게 스케일이 커. 그래도 소중한 거 알아. 너무 진심이라 남들한테 함부로 말하지 않는 거. 이미 백 번도 더 들었는걸.

"나 진짜 진지하게 말하는 거야."
"알아. 너 잘할 거라고 했잖아."
"그러니까 왜 그렇게 남 일처럼 말하냐고."

뭐지, 내 태도가 잘못됐나? 너무 많이 반복해서 나도 모르게 무신경하게 반응했나? 나는 머릿속이 바빴어. 너는 늘 사람 눈을 똑바로 마주하지. 그날은 그게 정말 무서웠어. 변명을 찾는 사람처럼 보였을 걸 아니까.

"너는? 너는 꿈 같은 거 없어? 뭘 하고 싶은지, 뭐 하고 살지, 그런 얘기. 나랑 공유하고 싶은 마음 전혀 없어?”

대답할 말이 하나도 없더라.

“나는 그냥 너랑…… 오래 만나고 싶어.”

겨우 쥐어짜서 말했어. 네 차가운 반응이 기억나. 떠올리기도 무서운 싸늘한 표정이.

“너는 왜 그렇게 애가 미래가 없냐?”

됐다. 내가 바보지. 그 말이 너무 아팠어. 쫓아갈 생각도 못 했어. 우리가 끝나기도 전에 헤어진 건 그때가 처음이어서 어떻게 해야 하는지 몰랐어. 머리가 그냥 하얘졌어. 근데 그건 내가 노력할 수 있는 부분도 아니었는데. 그냥 거짓말하기 싫었을 뿐인데.

집 가는 길에 빗방울이 후드득 떨어졌어. 많이 내렸어. 원래는 편의점 우산을 하나 사서 나눠 쓰고 이 길을 내려갔는데. 빗물 고인 곳을 피해 가려고 조심조심 내딛는 게 게임 같아서 재밌다고 했던 게 떠올라 물웅덩이를 못 피하겠는 거야. 다 찰박찰박 밟으면서 집까지 걸어왔어. 청바지 바짓단이 다 젖었어.

원래 그 비는 소나기였는데 이상하게 그날 이후로 계속 비가 왔어. 뉴스에서는 장마래. 너한테서는 연락이 딱 하나 왔어. 시간을 갖자.

혼자 있으니까 뭘 해야 할지 모르겠더라고. 몸은 가만히 누워있는데 마음은 안절부절하고. 전화를 몇 번 하다가 안 받아서 아예 번호를 지워버렸어. 할 일이라고는 하나도 없는데 당장 뭐라도 해야 할 것 같이 불안했어. 그래서 집 밖을 나섰어. 처음엔 너희 집 앞으로 찾아갈까 했어. 그런데 네가 또 나한테 실망할까 무서웠어. 시간을 갖자고 했잖아. 나한텐 시간이 아주 많으니까. 조금만 참기로 했어. 너 구질구질한 거 싫어하잖아.

그래서 노래방에 갔어.

커피 한 잔 들고 익숙한 9번 방에 찾아갔어. 마이크도 안 잡고 펑펑 울었어. 그런데 아무 일도 없더라고. 다음 사람을 위해 빨리 예약해달라는 성우의 비정한 목소리만 들려왔어. 아무것도 모르면서 사람을 다그치잖아. 그래서 더 목청 높여 울었어. 지나가는 사람이 힐끔대며 방 안을 들여다보길래 인기차트에서 아무 노래나 틀어놓고 울었어. 걸그룹 히트곡 반주가 나왔는데 너무 어이없고 상큼해서 더 서러워졌어.

"너도 진짜 지독하다."

한참을 울고 있으니 어느샌가 신이 한숨 쉬면서 나타났어. 제물로 모니터 앞에 두었던 아이스 아메리카노를 들고 내 옆에 앉더라.

"그래. 뭔데."
"저 물어보고 싶은 게 있어요."
"뭔데."

나는 눈물을 삼켰어. 그동안 무서워서 물어보지 못했던 질문을 꼭 해야 했거든.

"제가 첫날로 다시 돌아오면, 남겨진 사람들은 어떻게 되나요?"

미래를 너무 오랫동안 외면해 왔어. 내가 영원을 받는 대가로 바쳤던 시간성. 영원히 다가오지 않을 미래. 나를 뺀 모든 사람이 나아갈 방향.

내가 여름의 초입으로 다시 돌아오면. 너는 어떻게 될까? 나랑 같이 야구장에 갔던 너는? 수영장에 다녔던 너는? 오키나와에 갔던 너는? 갑작스러운 실종에 당황할까? 무책임한 이별에 분노할까? 우리 가족들은? 에어비앤비 주인은? 나를 두고 미래로 나아갔던 그 모든 사람은? 그들에게 나는 무엇으로 남을까?

"남겨지고 떠나가고가 어딨어. 그냥 각자 자기 인생 사는 거지."
"그런 뻔한 말 말고요."
"기억은 안 남아."

신은 허무한 대답을 안겨줬어. 한숨을 쉬고 설명을 이어 나갔지.

“별로 떠올릴 필요도 없는, 의미 없는 기억이 되어서 뇌 깊숙한 곳에 묻히게 되겠지. 지루한 책 속 인상 깊지 않은 문장처럼. 그건 네 가족에게도 마찬가지야. 연인에게도.”

다행이라고 해야 할까. 나를 애타게 찾는 일은 없겠구나. 수백 번씩 남에게 상처 준 일은 없었구나. 너에게도. 그 생각이 가장 먼저 들었던 것 같아. 그리고 허무해졌어. 나와 함께한 시간은 결국 너에게 아무것도 아니구나. 너의 미래에도 나의 흔적은 한 점 안 남는구나. 나는 한 여름밤의 꿈같은 존재고, 우리 이야기는 딱 한 입만 베어 물린 자두 같고, 네가 그걸 버리고 나아가면 나는 썩을 수도 없이 머물러 있겠구나.

“대신 경험은 남지.”

신이 말했어.

나는 놀란 눈으로 신을 마주했지. 후광이 보이는 것 같았어. 아니 당연히, 신에겐 원래 후광이 있어야 하지만. 실제로는 없었거든. 신은 여전히 피곤하고 무심한 표정으로 커피를 한 모금 빨았어. 그리고 말을 이어 나갔지.

“자전거 타 봤어?”

나는 고개를 끄덕였어.

"자전거 배운 기억 남아 있어? 남아 있을 수도 있고, 없을 수도 있을 거야. 하지만 그건 중요한 게 아니지. 자전거 타는 법은 몸으로 체득되는 거거든. 오랫동안 안 탔다고 해도 잊어버리지 않잖아. 경험 자체가 힘을 갖지."

성우가 또 곡을 예약해달라며 성마르게 보챘어. 신은 무슨 번호를 막힘없이 꾹꾹 눌러 예약했어. 그리고 말을 이어나갔지.

"기억은 안 남아도 경험은 남아. 예컨대 걔는 언젠가 친구들과 최악의 이별에 관한 이야기를 할 때, 아 나도 잠수 이별 당해본 적 있는데. 근데 누구더라? 하겠지. 그리고 잠수 이별하는 사람은 만나지 말자고 생각하게 될 거야. 그런데 너와 나누었던 대화를 통해 생각이 바뀌었던 것도 그대로 유지될 거야. 그게 그 애의 가치관을 구성하는 한 톱니가 될 테고. 무슨 말인지 이해가 돼?"

나는 고개를 끄덕였어.

"아무것도 남지 않는 건 아니야."

다시 눈물이 났어. 신은 징그럽다는 표정으로 나를 쳐다봤지. 커피를 들고 리모컨에서 시작 버튼을 눌렀어. 그리고 도망치듯 나가면서 말했어.

"꼭 끝까지 불러라."

나는 신의 신청곡을 마주했어.

2167 세상은 요지경.

결국 그걸 다 부르고 너희 집 앞에 찾아갔어. 네가 제일 좋아하는 빵을 사 들고. 초인종 누르니까 안 나오더라. 몇 번씩 눌렀어. 근데 아무 반응 없더라고. 그래서 이번엔 문을 두드렸어. 쾅쾅쾅.

"안에 있는 거 다 알아. 나와."

그랬더니 네가 문을 벌컥 열고 나오더라. 사실 그냥 해본 말이었거든? 찔렸나 봐.

"……뭔데?"

그렇게 말하는 너는 이미 다 풀린 얼굴인데 좀 퉁명스러워지려고 노력하는 표정. 이미 두 눈은 빵에 가있었지. 와, 난 진짜 헤어지는 줄 알았는데 너무 한 거 아닌가? 물론 네가 듣고 싶은 말은 알고 있었지만 그땐 다른 말을 하려고 간 거였거든?

"너 사과해."
"뭐?"

"사과하라고. 미래가 없다고? 어떻게 그런 말을 할 수 있어? "

너는 처음엔 놀란 듯이 말을 더듬다가 상황 파악이 되자마자 화가 난 것 같더라고.

"야! 네가 먼저 나 무시했잖아!"
"내가 언제?"
"응~ 너 잘할 거야아~. 이게 무시 아니면 뭔데?"

사실 너랑 이렇게 진짜로 싸워보고 싶었던 것 같아. 참고 넘어가지 않고 마음을 다해서 부딪히고 싶었어. 그렇게 화해하고 싶었나 봐. 근데 충동적인 용기의 꼬임에 쉽게 넘어가면 안 돼. 화해는…… 결코 쉽지 않았어.

"그럼 넌 네 잘못은 없다는 거네?"
"아니, 헤어지자는 말이 그렇게 쉽게 나와?"
"시간을 갖자고 했지."
"그게 그거 아냐? 그리고 왜 사람을 그렇게 놔두고 혼자 가?"
"넌 어떻게 쫓아올 생각 하나를 안 하냐? 나 그날……."

네가 울컥한 듯 고개를 젖히는데 나 사실 그런 표정도 처음 봤어. 뭔가……. 기분이 너무 이상하더라고. 그렇게 오래 같이 있었는데 내가 처음 보는 너의 면모가 있다는 게.

"됐어. 복도에서 싸우기도 쪽팔리고. 너 이럴 거면 그냥 가라……."

문을 확 닫아 버리려 하길래 장우산 끝을 문틈에 밀어 넣어서 막았어. 네가 좀 쓰레기 보듯 보긴 했는데 내가 좀 간절했거든? 구질구질한 거 알지만 최대한 불쌍한 표정으로 쳐다봤지.

"나 진짜 가?"

네가 원망스러운 눈빛으로 쳐다보는 것도 처음이었던 것 같아. 그래도 넌 항상 모질지 못하잖아.

"그럼 들어오든가."

솔직히 일차적으로 내 승리라고 생각했어. 그래서 들어가자마자 정강이를 까일 줄은 상상도 못 했어. 근데 역시 네가 현명한 것 같아. 일단 무릎을 꿇고 나니까 사람이 좀 공손해지더라고. 그렇지, 요즘 세상에 (임시) 구애인을 혼자 사는 집에 들이는 데 아무 방비 없는 건 어리석잖아. 아무튼 그래서 나는 현명한 너에게 일차적으로 제압당하고, 싸우지 말자고 제안하게 됐어.

"빵 내놔."

너는 배상금을 수취하는 방식으로 승전을 알렸지. 빵을 가져간 네가 접시를 달그락거리는 동안 나는 좁은 소파에 앉아서 생각했어. 그래도 같이 먹겠지? 같이 먹으려고 사 온 건데.

"근데 너 우산 저렇게 해놓을 거야?"

나와 같이 쓰러진 나의 우산……. 좁은 현관을 가로지르고 엎어져 있더라고. 신발이 빗물에 젖을 것 같길래 자연스레 일어났어. 그리고 익숙하게 현관문 우산꽂이를 보는데 거기에서 발견했어. 네가 쓰던 우산 옆에 내 것과 똑같은 비닐우산. 우리가 싸웠던 카페에서 제일 가까운 편의점에서 팔던 것.

그날 너도 그 거리를 혼자 걸어 내려왔겠지. 내가 쫓아 나오기를 기다리면서 느릿느릿 걸었을 거야. 그러다 갑자기 떨어지는 비 때문에 놀랐겠지. 급하게 편의점에 뛰어 들어갔을 거고. 더 기다릴까 말까 고민했을 거야. 그러다가 비참해졌겠지.

혼자 거리를 거슬러 올라갔겠지. 원래 둘이 걷던 거린데. 나는 그 기억이라도 있지만 너는 그 기억조차 없는 거잖아. 나에게도 수많은 날 중 처음으로 싸운 날이었지만 너는 좋았던 기억도 나보다 훨씬 더 적었으니까. 나는 항상 이런 지점을 잊어버리지. 나조차도 너를 완전히 알지 못하지만 너는 그보다 훨씬 나를 모른다는 것. 네가 준 기회가 얼마나 대단한 것인지.

"미안해."

"뭐가?"
"중대한 이야기에 미지근하게 반응한 거."
"그래……."
"비웃거나 그런 거 아니야. 그냥 어떻게 반응해야 할지 모르겠어서 그런 거지."

대답은 시원찮았지만 너는 이미 표정이 풀어져 있었어. 빵을 한 입 먹은 순간 다시 기분이 풀린 것 같았지. 그러고는 빵 접시를 슬쩍 내 쪽으로 밀어줬지. 이게 화해의 제스처인 건 당연한 거고.

"너는?"
"나?"
"나한테 미안한 거 없어?"
"헤어지자고 해서 미안해."
"그거 말고."
"?"
"넌 애가 왜 그렇게 미래가 없냐?"
"……."
"빨리 사과해. 빨리. 나 진짜 미래 없어서 상처받았어."
"자랑이니."
"아니? 그래서 나 싫어?"

그래서 나 싫어? 는 원래 네 말버릇인데. 그냥 한 번 써봤어. 그랬더니 네가 할 말을 잃더라고. 잘못은 했고 자존심상 사과하기는 싫고. 그게 얼굴에 다 쓰여있어서 웃겼어.

"그냥 한 대 맞고 끝내."
"뭐?"
"너도 나 한 대 깠잖아."
"아……. 진짜. 솔직히 그건 통행세지."
"손목? 이마?"
"아 진짜? 진심이야?"

말은 그렇게 해도 너는 입꼬리를 최선을 다해 끌어내리고 있었지. 똑바로 말하는 것보다 맞고 넘어가는 게 편하고. 매도 먼저 맞고 퉁치는 게 낫고. 진짜 나는 너에 대해 너무 많이 알아서, 그냥 그렇게 뻔히 보이는 게 정말 좋았어.

결국 이마를 선택했지. 제대로 맞아서 생각보다 소리가 크게 났어.

"아! 너 감정 실었지?"
"당연하지."
"뭐? 너 이리 와!"

우리는 좁은 원룸에서 유치한 추격전을 벌이다, 유채꽃밭 같은 네 이불 위에 폭삭 엎어졌지. 그리고 서로의 심장 박동을 세며 화해했어. 눈을 뜨니 벌써 저녁 시간이었지. 배달시킨 쌀국수를 한술

뜨다 말고 문득 생각이 나서 말했어.

"트렌치코트 입어봐……."
"뭐? 웬 트렌치코트?"
"저번에 큰맘 먹고 샀다고 했잖아."
"뭐야? 그런 지나가는 말을 기억해?"

신이 나서 저녁은 거의 삼키면서 먹었어. 트렌치코트는 정말 비싼 값을 했어. 옷감이 대체 어떻게 된 건지 바삭바삭하면서 광이 차르르 돌더라고. 색깔도 길이도 너한테 맞춤으로 나온 것 같았지. 그냥 잠옷 쪼가리 위에 걸친 건데도.

가을바람이 아니라 에어컨 바람이 불고 낙엽 대신 꽃무늬 벽지가 있는 원룸에서, 그래도 행복한 너랑 나를 보니까. 이렇게 간단한 건데. 왜 지금까지 헤맸을까? 뒤통수를 한 대 맞는 기분이 들었어. 너무 기뻐서.

하고 싶은 건 그냥 하면 되는데. 어떻게든 방법을 찾으면 되는 건데.

"우리 여행 갈래?"
"갑자기?"
"유럽으로 가자."

그래도 유럽 여행은 까였어.

나는 버킷리스트를 하나, 둘 털기 시작했어. 돈 탈탈 모아서 커플링을 비싸게 했어. 사실 가격이랑 상관없이 그냥 커플링을 하고 싶었던 건데, 내가 네 인생에서 사라진 후에도 반지는 남겨질 걸 생각하니까 비싼 걸 하고 싶더라고. 싸구려 하면 그냥 버릴 거 같아서. 너는 브랜드도 가격도 잘 몰랐지만. 처분하려고 알아보면 깜짝 놀라겠지.

언제는 해외여행 이야기가 나와서, 너를 앞에 두고 한창 추억팔이를 했었지. 너랑 같이 생트샤펠 성당에 가고 싶다고, 너한테 그걸 보여주고 싶다고 생떼를 부렸는데, 네 빡빡한 방학 일정으로는 절대 불가능했어. 대신 나는 너랑 손잡고 전주에 가게 됐지. 사람 엄청 많은 거 하나는 똑같더라. 사진 한 장 건지기가 하늘의 별 따기였어. 겨우 사진 너덧 장 찍고 너는 그게 그거 아니냐는 듯 나를 쳐다봤고. 나는 일부러 아쉬운 척을 좀 했지. 그러면서 내부로 들어갔어. 고요한 분위기. 높은 천장. 스테인드글라스. 나란히 앉아서 잠시 멍때리다가 나는 네게 고개를 기울였어. 소곤소곤. 귓속말로 물었지.

“나를 사랑해?”

너는 얼굴을 붉혔고.

"당연하지."
"검은 머리가 파뿌리 될 때까지?"

너는 유치하다는 듯 픽 웃었어.
그런데 성당 내부는 정말 고요했고. 엄숙했고. 성스러웠지.

"네."

너는 귓속말로 대답하고, 유치한 내 물음을 되돌려줬어.

"너는, 검은 머리 파뿌리 될 때까지 나를 사랑합니까?"

나는 거짓이 아닌 단어로 대답했지.

"영원히."

우리는 눈이 마주쳤어. 당연한 수순으로 입술이 겹쳤지. 그렇게 신이 보는 앞에서 입맞춤하고,
쫓겨났어.

"관광객 출입 안 됩니다. 교인도 아니면서 이렇게 몰래 들어오시면 안 돼요."
"……저희도 기도하려고 들어온 건데요."
"애정행각 하셨잖아요."

"네……. 죄송합니다."

난 사실 핀란드 산타 마을도 가고 싶었는데 역시 안 됐지. 너는 내가 복권에 당첨되었다고 해도 할 일을 내팽개치고 떠나려 하지는 않더라고. 하지만 언제나 방법은 있었어. 분천에 산타 마을이 있다는 사실 알아? 나는 네 덕에 해외에 이어 국내 여행에도 전문가가 되어갔어. 전형적인 지방 관광지. 여름이라 아무도 찾아오지 않는 황량한 장소에 우리 둘만 덜렁 내려온 건 좀 웃겼어. 나는 자꾸 호주는 크리스마스가 여름이라고 우겼고, 너는 그냥 핀란드로 떠날 걸 이라며 후회하긴 했지만. 그래도 짜증이 나진 않았어.

반소매라도 빨간 옷을 맞춰 입고, 루돌프랑 산타랑 사진도 찍었어. 그냥 구조물이었지만. 그리고 산타 우체국에 가 느린 우체통에 편지를 넣기로 했지. 진지하게 쓰자! 말하고 서로 등을 돌려 길게 편지를 쓰기 시작했어. 좋은 말을 가득 적었어. 오랜 시간 깊은 마음을 다 쏟아부어서. 내가 아는 모든 응원의 말. 사랑한다는 말만 빼고. 일부러 이름은 적지 않았어.

내가 없는 어떤 시간에서, 그냥 계속 네 인생을 살던 네가 언젠가 힘들 수도 있지. 힘들 때 꺼내 볼 편지가 필요할 때가 있을 수도 있잖아. 기억조차 잘 나지 않는 누군가도 너를 이렇게 응원하고 있다고 그만큼 너는 좋은 사람이란 확신이 필요할 때가 있을 테니까.

편지는 내가 넣는다고 하고 내 몫은 빼돌렸어. 내년이면 나는 없잖아. 그 정도는 용서해 줄 수 있지? 다른 형태로 삶을 살아갈 나에게도 사랑과 응원의 말은 필요하니까.

언젠가는 너의 부모님을 만나 뵙고 인사할 기회도 있었어. 그냥 동네를 지나가는 길이었는데. 갑자기 해맑게 아빠! 외치는 네 덕에 얼어붙었지. 대충 인사했는데. 부모님이 나를 어떻게 생각했는지는 모르겠지만.

그러니까 형식은 다 갖춘 거야.

조금 뒤죽박죽이긴 하지만.

있잖아. 세상에 왜 그렇게 많은 사람이 있을까. 지구는 왜 한 사람이 모든 곳에 정 붙일 수 없을 만큼 넓은 걸까. 왜 우리는 다 다르게 생겼고 같은 걸 보면서도 다르게 느낄까. 왜 우리는 각자 다른 사람을 각자 다른 방식으로 사랑하고 아파할까. 우리는 왜 만날 수 있었을까. 나는 왜 네게 사랑을 느꼈을까.

신의 말이 맞아. 때때로 이런 사랑은 징그러운 것 같아. 그냥 나는 시공을 초월한 스토커 같아. 네가 날 알기도 전에 좋아하고. 너에 대해 다 아는 채로 접근하고. 그러다가 때가 되면 제멋대로 떠나가기까지 하는 최악의 인간이지. 하지만 이게 내가 너에게 줄 수 있는 사랑이야. 이것만이 나의 최선이야.

받는 것보다 주는 마음이 많다는 건 상처받을 일이 많아진다는 거지. 다 그만두고 싶어질 때도 있긴 해. 내 이름을 기억 못 하는 네 무구한 표정을 볼 때면. 이게 다 무슨 짓이지. 그만둬야 하는데. 사서 상처받다니. 세상에 이렇게 바보 같은 짓이 또 어디에 있나. 그런데 이 자리에 있는 건 또 내 선택인 거지. 그 넓은 세상 그 많은 시간을 가지고 나는 또 너를 만나러 온 거지. 운명의 장난도 아니고. 그냥 오직 내 두 다리랑 두 팔로. 네 기분을 풀어줄 선물을 사 들고. 네가 웃는 표정을 보려고. 나는 몇 번씩이나 바보짓을 반복해.

기억은 남으니까.
경험은 남으니까.
고작 조각 같은 시간이 겹치더라도 우리는 그런 식으로 서로의 일부가 될 수 있으니까. 그걸 믿으니까.

아주 오랜 시간이 지나면 나도 너를 그만 사랑하게 될까? 이제 너를 찾으러 가지 않을까? 너를 보거나 생각하지 않는 모든 시간이 지루하던 일도 사라질까? 질리는 날이라는 게 올까? 영원은 아주 기니까?

한 가지 확실한 건. 언젠가 그런 날이 오더라도, 나는 다음 번에도, 그 다음 번의 다음 번에도 스스로 너를 만나 상처받으러 걸어갈 거라는 거야. 이 모든 건 운명도 아니고, 오직 내 선택이라는 거야. 영원히 버킷리스트의 마지막 줄을 완수할 수 없더라도. 이건 내가 원해서 하는 거라고.

그런데 참 이상한 어느 날, 너무 맑고 화창한 날, 여름답지 않게 뽀송해서 습기라고는 없고 그늘 밑으로 숨으면 기온만큼 덥게 느껴지지도 않는 날, 노란 햇살이 거리를 필터 낀 것처럼 뽀얗게 만들고 온갖 그늘은 검지도 않고 짙푸른 색으로 늘어지는 그런 날에 길을 걷다가 갑자기 네가 말했잖아.

“아 근데 너랑 이 동네 와 본 것 같아. 요즘 왜 이러지?”

어떻게 내가 눈물이 안 나겠어.

그러니 대답해 줘. 이게 내 버킷리스트의 마지막 줄이야. 지금이 내 꿈이 완성되는 순간이야.

저번에 말이야, 그때 재미있었지?

유윤성

너를 비춰줄 여름

너를 비춰줄 여름

어두운 밤이었다. 열대야로 날은 후덥지근했고, 그 덕에 옷은 땀으로 흥건했다. 삼인방은 풀벌레 소리 속에서 어느 폐가로 향하던 중이었다. 미래는 손에 쥔 손거울을 보며 그 속에 비친 자신의 얼굴을 쳐다보았다. 하지만 어두운 탓에 잘 보이지 않아 그것이 마치 그녀의 불안함을 비춰 보이는 것 같았다. 손거울을 잡은 손은 다한증이라고 의심할 만큼 땀이 흥건했다. 괜히 불안한 마음에 뒤를 돌아봤지만, 따라오고 있던 재현과 건호의 표정은 어두운 나머지 잘 보이지 않았다.

폐가로 향하는 길엔 잡초가 가득했다. 그들은 무릎까지 올라온 풀들을 헤쳐가며 이곳이 얼마나 오랫동안 쓰이지 않았는지 짐작했다. 벌레에게 물릴까 봐 조심스레 잡초들을 헤쳐 나가던 미래는 어느덧 폐가 입구였다. 시간이 오래 지나 갈라진 벽. 썩어서 검게

변한 나무문. 벽 틈으로 튀어나온 철근 구조물까지. 동네에서 정말 오래된 폐가라고 소문날 만한 외관이었다.

문은 이미 반쯤 열려있었다. 딱히 누가 방문한 흔적이라기보다는, 건물 자체가 오래되면서 문이 헐어 버린 것 같았다. 원래 색상이 어땠는지 가늠하기 어려울 정도로 손잡이에는 녹이 많이 슬어있었다. 미래는 그 더러운 손잡이를 잡고 싶은 마음이 없었기에 열려있는 틈으로 발을 넣어 조심히 문을 열었다. 어찌나 오래되었는지 문을 열면서 생기는 마찰음이 기괴하게 들려왔다. 어딘가에서 쉬고 있던 새들이 놀라 날아갈 정도로.

세 사람도 마찬가지였다. 큰 소리에 놀랐지만, 어차피 이곳은 한적한 변두리였다. 누군가 이 소리를 듣고 쫓아올 일도, 근처에서 자고 있던 사람이 깨어날 일도 없었다. 그만큼 이 폐가는 그들에게 있어 최적의 장소였다. 폐가로 들어선 삼인방은 조심스레 주위를 살펴보기 시작했다. 무언가 낙서가 되어있는 벽도 있었고, 망치로 내려친 것 같은 흔적도 보였다. 그리고 사람이 살았다는 흔적을 보여주듯 가구들이 비치되어 있었다. 그것들도 몹시 더러웠고, 상태가 좋지 않아 보였다.

거실처럼 보이는 공간에 돗자리를 펴고 앉았다. 그들이 굳이 이런 불쾌한 폐가에 방문한 이유는 주술 때문이었다. 건호는 자신이 적어둔 메모를 꺼내 주술에 대한 내용을 천천히 읽어보았다.

1. 사람이 몇이나 되건, 서로를 등지고 앉으세요. (4명이 최대입니다.)

2. 등지고 앉아 손거울을 통해 자신을 바라보세요.

3. 자정이 되면, 거울을 향해 '데려가세요.'라고 세 번 말합니다.

4. 다 하고 나면, 각자의 거울을 서로 비출 수 있게 배치하세요. (두 명이라면 서로 마주보게, 세 명이라면 삼각형의 형태로)

5. 가운데 촛불을 켜둔 채로 기다리세요.

"불이 꺼지면 성공이야."

건호가 당차게 말했다. 건호, 재현과 미래는 서로를 등지고 돗자리 위에 앉았다. 날이 더울 대로 더워서 서로 닿는 것조차 불쾌할 날씨였지만, 왜인지 주술을 진행한다고 생각하니 그런 생각들이 사라져 버렸다.

다들 긴장되는 탓인지 아무 말도 꺼내지 않았다. 그녀도 마찬가지였다. 바깥에서 계속 들려오는 풀벌레 소리가 고요함을 더욱 극대화시켰다. 그들은 초침이 움직이는 순간순간에 집중했다. 그리고 부지런한 초침은 어느덧 시간을 자정으로 옮겨두었다.

"데려가세요. 데려가세요. 데려가세요."

자정이 되자, 각자 들고 있던 손거울을 향해 같은 말을 세 번 반복했다. 돗자리에서 일어난 그들은 아무런 말도 하지 않은 채 각자의 거울을 서로 마주 보게 배치했다. 주술을 하기 전부터 어떻게 거울을 두자고 합의하였기에 동작에는 막힘이 없었다. 그리고 건호가 조심스레 양초를 두고 라이터로 불을 붙였다. 촛불은 어두운 실내를 밝게 비추었고 그들은 아무런 표정도 짓지 않은 채 그 광경을 바라보았다.

15분 정도가 흘렀다. 슬슬 더운 날씨에 머리가 아파오던 참이었다. 재현은 아무래도 안 되는 것 같다며 관두자고 말했다. 건호도 그 말에 동의했다. 처음엔 재미로 시작했지만 날씨가 너무 더웠고, 불쾌지수도 오를 대로 올라서 한시라도 빨리 시원한 에어컨 밑에서 휴식을 취하고 싶었다.

'퍽.'

그 순간, 가만히 잘 서 있던 초가 옆으로 쓰러졌다. 그 방향은 재현을 향했다. 가장 먼저 반응한 재현이 놀라 소리쳤고, 그 소리에 미래와 건호도 놀라 고함을 질렀다. 그렇게 겁에 질린 셋은 그대로 폐가를 뛰쳐나왔다. 아마 숨이 턱 끝까지 차오르고 나서야 달리던 걸 멈췄던 것 같다. 그러다 진정이 되고 서로를 향해 한껏 웃었던 것 같다. 그것이 미래가 기억하는 어린 시절의 추억이었다.

"죄송합니다… 조금 늦을 거 같아요. 빨리 가겠습니다."

그녀는 아르바이트 사장에게 죄송하다는 말을 거듭 반복하며 달리고 있었다. 전화 너머로 들리는 사장의 한숨에 초조함이 솟아났지만, 그녀가 할 수 있는 건 최대한 빨리 달려가는 것 뿐이었다.

거친 숨을 몰아쉬며 도착하자마자 컴퓨터 전원을 켰다. 명단을 확인하고 키보드를 열심히 두드리기 시작했다. 200명이 넘는 고객에게 상품 발송 메시지를 보내기 위해서는 막힘없어야 했다. 미래는 같은 행동을 반복해야 하는 것에 머리가 아파왔으나, 이런 아르바이트라도 해야 했다. 그녀는 모니터 화면에 나와 있는 고객 목록을 보고, 그에 해당하는 번호로 상품 발송 메시지를 보내는 업무를 담당하고 있었다. 간단한 아르바이트이지만 그 수가 만만치 않고, 빠르게 보내지 않으면 본인의 퇴근 시간만 늦어져 속도가 생명이었다. 잠시 기지개를 폈다. 거북목이 생길 것 같은 자세로 목이 빠져라 모니터만 보고 있으니 온몸이 뻐근했다.

"미래 씨, 고객들 100명 더 추가됐어요."

"아... 네."

통명스런 말투로 업무를 지시하는 사장의 표정은 짜증이 가득 차 보였다. 안그래도 지각한 마당에 오늘따라 유달리 고객이 많았다. 아마 추석 전날이라 그랬던 것 같다.

그녀는 100명이 더 추가되었다는 말에 하늘로 뻗었던 손을 재빠르게 키보드로 가져왔다. 그리고 스프레드시트에 추가된 고객수를 헤아리기 시작했다. 방금까지 남은 인원이 121명이었고, 현재는 245명으로 나와 있었다. 쉴 틈이 없었다. 손에 감긴 긴장을 풀고, 다시금 키보드를 두드리기 시작했다. 오른손으로는 고객들의 번호를 검색하고, 왼손으로는 복사한 발송 알림 메시지를 붙여넣기 한다. 그녀는 이 무의미한 반복의 열거 속에서 아무런 생각도 하지 않았다.

집에 도착했을 때의 시간은 어느덧 오후 10시를 넘어가 있었다. 피곤한 마음에 바로 침대에 눕고 싶었지만, 그녀의 하루는 아직이었다. 화장을 지우고 책상에 앉은 시간은 10시 34분. 보통이라면 아르바이트까지 하고 온 마당에 편히 쉬거나 배고픔에 허기를 달랬겠지만, 그녀는 책을 폈다. 취업 준비를 앞둔 그녀는 장시간 모니터를 본 것으로 인해 눈이 피로한 상태였다. 하지만 정신을 차리고자, 찬물을 마시고 눈알을 이리저리 굴렸다. 잘 들어오지도 않는 책의 내용에 밑줄을 쳐가며 문제를 풀기 시작했다. 그러다 시간은 새벽 1시를 넘겼고, 그제서야 그녀는 침대로 향했다. 월세 30만원 정도의 작은 단칸방. 침대와 책상 그리고 작은 냉장고가 겨우 들어간 그 비좁은 방은 그녀가 만들어낸 작은 안식처이기도, 작은 지옥이기도 했다.

날씨가 제법 추워져서 옷을 껴입어야 했다. 도서관으로 발걸음을 옮기는데, 어느새 가을이 되었는지, 낙엽들이 길바닥을 나뒹굴었다. 푸르렀던 이파리가 에너지를 다 소모해 변질된 회백색이었다. 환경미화원들이 열심히 그 회백색 낙엽들을 쓸어 담고 있었다. 볼품없고, 가치도 없어 빗자루 하나에 쓸려가는 꼴이 꼭 자신을 보는 것 같았다. 누군가가 마음의 색상을 볼 수 있는 능력이 있다면, 아마 미래 자신의 색은 딱 저런 색일 것이다. 당당하게 푸르지도, 열정이 넘치게 붉지도 않은, 그 사이 어딘가에 위치한 애매한 색상.

후회의 색상도 그럴 것이다. 그땐 왜 그랬는지. 눈이 거세게 내리던 날, 미래는 흥분을 감추지 못한 채 건호에게 소리쳤던 자신을 부끄럽게 느꼈다.

건호가 가져온 그 의문의 주술은 어딘가 두렵게 느껴지면서도 호기심을 자극했었다. 무더운 여름이었고, 그 더위를 날려버릴 시원한 무언가를 찾던 참이었으니까. 주술 방법도 그렇게 복잡하지 않고, 혼자 하는 것이 아니라 같이 하는 것이니 두려울 것도 없을 거라고 생각했다. 동네에서 외딴 곳에 세워진 으스스한 폐가. 그곳은 아무도 찾지 않는 곳이라 주술을 진행하기 딱 좋은 장소 같았다. 그러고 나서 아마, 촛불이 픽 쓰러지고 거기에 놀라 달아났었지.

그해 여름은 유난히도 더웠고, 유난히도 즐거웠던 것 같다. 재현은 자신이 보낼 마지막 여름이라는 사실을 알고 있었을까. 그 밝았던 미소가 가슴팍에 묻힐 작은 액자에 들어갈 줄은 꿈에도 몰랐다.

겨울이었다. 아마 가족끼리 스키장을 간다고 그랬던 것 같다. 유독 눈이 많이 내렸고, 유독 추웠다. 그리고 도로가 매우 미끄러웠다고 했다. 불운은 그를 정통으로 관통했고 하필 안전벨트를 매지 않은 채 뒷좌석 가운데에 앉았던 그는 충격을 그대로 흡수했다. 어린 동생들이 가운데를 앉기 싫어했다는 이유로 중간에 앉았다는 그의 사연은 당시 그녀의 가슴을 미어지게 했다.

시름시름 앓았던 것 같다. 마음의 병이라도 도진 걸까. 병원에서도 마땅한 해결책을 내놓지 못했다. 보다 못한 어머니는 그녀를 무당에게로 데리고 갔다. 무당은 대뜸 그녀를 보자마자 여름에 쓸데없는 짓을 하지 않았냐고 물었다.

"쓸데없는 짓이요…?"

"그래. 어디서 이상한 걸 보고 와서는 그런 짓을 한 거야…! 네들 덕에 신이 화가 잔뜩 나셨어. 그 친구만으로는 만족 못 하실 거야."

섬찟한 표정으로 그녀를 노려보던 무당은 마치 모든 일을 꿰뚫고 있는 것처럼 보였다. 그녀는 그 매서운 눈매와 말에 두려움이 몰려왔지만, 그와 동시에 갈 곳 잃은 분노가 방향을 잡기 시작했다.

추운 날이었다. 눈이 쉴 새 없이 내려 바닥을 하얗게 덮었고, 몸에는 한기가 돌았다. 하지만 머리는 분노로 가득 차, 그 열기가 빠져나갈 줄 모르고 있었다.

몇 분을 그렇게 추운 공기 속에서 싸웠던 것 같다. 난데없이 집 앞으로 찾아와 독설을 뱉는 그녀는 건호에게도 당혹스러웠을 것이다. 하지만 그도 마음이 편하진 않았다. 갑작스레 친구가 떠났는데, 아무렇지 않게 털고 일어날 이가 몇이나 될까. 결국 서로에게 못 할 말들을 완전히 게워 내고 나니, 타고 남은 재처럼 검고 그을린 무언가만이 남게 되었다. 그건 혐오였을지, 실망이었을지 여지껏 잘 모르겠는 부분이었다.

시간이 얼마나 흘렀는지. 재와 같은 감정은 불어오는 시간에 날아가 버렸다. 어느새 그에 대한 감정도 희미해져 잔상과도 같은 희뿌연 무언가만 남았다. 그에겐 부끄러운 나머지 도저히 연락해 볼 엄두를 못 냈다. 무당의 말이 사실이건 아니건 그에게 그렇게 말해서는 안 되었는데. 차마 건네지 못한 사과에 하염없이 허공에다 손을 뻗을 뿐이었다.

새벽 1시를 넘어선 시간이었다. 집에 도착한 그녀는 여느 때와 마찬가지로 공부에 매진하고, 잠을 자려던 참이었다. 그런데 침대 옆에 둔 휴대폰이 시끄럽게 울렸다.

"여보세요…?"

미래가 조심스레 말을 꺼냈다.

"너… 미래니…?"

그 수상한 번호는 대뜸 그녀의 이름을 말했다. 그런데 어딘가 익숙한 목소리였다. 혹시 친구 중 누군가 번호를 바꾸어 연락한 것일까, 그런 생각이 들었다.

"누구신데요…?"

"나…! 나… 건호야…! 곽건호…!"

건호라니, 믿을 수가 없었다. 먼저 연락하지 못한 것도 미안한 지금, 늦은 시간이지만 갑자기 연락을 준 그가 이상하면서도 고마웠다.

"어… 오랜만이야… 무슨 일이야 이 시간에?"

그녀는 최대한 어색함을 숨기고 싶은 마음으로 답했다.

"말하기 좀 복잡한데… 아, 근데 재현이는 번호가 바뀌었던데."

건호는 아무것도 모르는 듯 입을 열었다. 미래는 지금 그가 장난치자는 뜻으로 전화한 건가 싶은 생각이 들었지만, 그의 목소리가 그렇지 않았다.

"너… 건호 맞아…? 재현이 얘기는 왜 꺼내는데."

"음… 일단 우리 만나자. 만나서 이야기해야 할 것 같아."

건호는 더 이상의 정보는 주지 않은 채, 만나자는 말을 끝으로 전화를 끊었다. 이상한 점이 여러 가지였다. 새벽에 갑자기 전화를 걸어서 이상한 소리를 늘어놓고는 만나자는 말로 전화를 끊었다. 정말 머리가 복잡할 수밖에 없는 상황이었다. 설마 그가 정신병이라도 걸린 것일까. 아니면, 이런 방식으로 화해를 시도하고 싶은 것일까. 여러 생각이 겹쳐왔다. 하지만 정상적인 사람이라면, 신박한 화해를 해본답시고, 굳이 죽은 친구의 이름을 들먹이지는 않을 것 같았다.

다음 날, 아침부터 몇 통의 전화가 더 왔다. 갑작스레 만나자고 우기는 그가 당황스러웠지만, 이렇게까지 하는 것을 보면 무슨 일이라도 있는 것일까 싶어, 만나기로 했다. 이참에 그와 화해를 시도해 보고 싶은 생각이었던 것 같다.

"그… 무슨 일인데."

카페에는 적당히 듣기 좋은 클래식 음악이 흘러나오고 있었다. 아메리카노 한 잔을 주문하고서 그와 앉았다. 건호는 어딘가 불안한 표정을 지으며 고민하는 듯 보였다. 성인답지 않게 손끝 거스러미를 뜯고 있었다.

"저기 일단… 무슨 일인지 말해줄래?"

건호는 오른손으로 이마와 앞머리를 쓸어올리며 한숨을 크게 내뱉었다. 그러다 잠시 시선을 떨구고 몇 초간 고민하는 듯하더니, 그녀를 똑바로 바라본 채 입을 열기 시작했다.

"말이 안 되는 거 아는데… 나는 2023년의 내가 아니야."

"그게 무슨 소리야…?"

"말 그대로야. 기억날지는 모르겠지만, 중학생 여름에 폐가에서 주술 했었잖아. 그거 때문인지 갑자기 여기로 와버렸어…"

미래는 자신도 모르게 컵을 잡던 손에 힘이 들어가기 시작했다. 너무도 황당한 소리에 화가 났던 것인지도 모르겠다. 자신이 고작 이런 소리나 듣자고 그를 만나고자 했던 것은 아니기 때문이었다.

"너… 나랑 장난치자는 거 아니지? 아직도 주술 같은 걸 믿고 다니는 거야? 고작 여기까지 와서 한다는 소리가 그런 거야?"

미래의 꾸지람에 그가 위축되는 듯 보였다. 건호 본인도 그 말에 무어라 반박할 여지가 없어 보였다.

"믿기 힘든 건 아는데… 혹시 여태 우리 사이에 무슨 일이 있었는지 말해 줄 수 없어? "

난데없는 헛소리를 내지르고 난 마당에 여전히 과거의 일을 캐묻는 건호가 이상하게 느껴졌다. 정말 정신병이라도 걸린 걸까. 하지만 그의 얼굴은 진실을 말한다는 듯 너무 순수해 보였다.

"대체 무슨 생각인지는 모르겠지만, 우리 크게 싸웠잖아. 기억 못 하는거야? 연락 안 하고 지낸 지는 꽤 오래됐어."

건호는 고개를 숙였다. 그는 이 상황을 이해 못 하겠다는 표정을 보였다. 미래도 마찬가지였다. 이렇게까지 말했는데도 모른 체하며 앉아있는 모습에 조금은 화가 날 것만 같았다.

"재현이는…? 걔 번호가 바뀌어서 연락이 안되던데…"

"재현이는 죽었다고… 대체 왜 그러는데…?"

재현이가 죽었다는 말에 건호의 심장이 요동치기 시작했다. 그가 어쩌다 죽었는지, 몇 살에 죽었는지, 왜 죽었는지, 묻고 싶은 것들 투성이었지만, 이해가 안 간다는 표정으로 한심하게 바라보는 그녀를 보니, 차마 물어볼 수가 없었다.

그 이후로 건호와 조금 더 이야기를 나누었다. 내용을 정리해 보면, 건호는 그 주술이 2023년의 자신과 2013년의 자신의 영혼을 뒤바꾸어 놓은 것 같다고 말했다. 미묘한 환각 속에서 자신과 닮은 누군가 스쳐 지나가는 것을 보았고, 자신은 그 닮은 사내와 반대 방향으로 흘러갔다고 말했다. 그리고 정신을 차려보니 폐가였고, 한밤중이었다고 한다. 아마 추측건대 2023년의 자신이 폐가를 방문한 것이 원인이 되어 주술이 발동한 것 같다고 말했다. 미래로 오고 나서는 주머니에 있던 지갑과 핸드폰으로 어떻게든 버텼지만, 앞으로가 막막해 기억나는 번호들로 연락을 돌렸다고 한다. 참 어이없는 말들뿐이었지만, 이 정도로 정성 들여 말하는 걸 보면, 그 폐가에 무언가 있긴 있는 것 같다는 생각이 들었다.

무심코 핸드폰으로 그 폐가의 위치를 검색해 보았다. 사실 검색한다고 나올 건물은 아니었기에 그 주변에 있던 것을 기억나는 대로 검색했다. 지금은 그 동네를 떠나 살고 있어 자차로는 대략 1시간 30분 정도 소요되는 것으로 나왔다. 왕복 3시간 정도 되는 거리라면, 오늘 같은 추석 연휴가 아니고서는 가볼 엄두조차 내지 못할 것이다. 그녀는 고민했다. 그 폐가에 가보는 것이 현재의 자신에게 얼마나 의미 있는 행동일지.

취업 준비로 인한 스트레스, 여러모로 힘든 아르바이트. 무엇 하나 넘기기 힘든 상황임에는 분명했다. 그런 상황 속에서 주술이라니. 참 우스웠다. 만약 신이 있다면 이런 상황을 던져준 그 작자에게 울분을 토하고 싶었다. 그런 생각에 한숨을 크게 내뱉던 중, 무언가가 강하게 머리를 스쳤다. 2013년과 2023년의 건호. 그의 말대로면 서로의 영혼이 바뀌어 2023년의 그는 과거에 머물러 있다는 것인데. 그 애가 정말 10년 전 과거로 간 것이 사실이라면 도대체 어떤 생각으로 그곳에 머물러 있는 걸까. 과거를 바꿔보려고 하는 걸까. 아니면 백일몽이라도 꾸는 듯 어딘가 취한 채로 비틀거리고 있는 걸까.

2013년 어딘가에서 망령처럼 돌아다니고 있을지도 모르는 그 애를 생각하니, 문득 이런 생각이 떠올랐다. 정말 과거로 갈 수 있다면, 그것이 사실이라면. 꼬여버린 상황을 하나씩 해결해 나갈 수 있지 않을까, 하고. 흘러가듯 보냈던 시간을 조금 더 철저하게 준비하면, 지금과 같은 결과를 도출하지 않을지도 모른다는, 그런 막연한 생각이었다. 그리고 이런 사고는 감정을 불러일으켰다. 미래 자신의 사고를 합리화시키는 데 연연한 감정들 말이다. 한 치 앞을 모르는 미래의 불안정함 속에서 발버둥 치는 것만큼 애석한 일도 없을 것이다. 너무 열심히 발버둥 쳤던 나머지, 그녀는 많이 지쳐 있던 것 같다.

버스를 타고 가는 동안, 비가 내리다 그치기를 반복했다. 당장이라도 쏟아질 것 같은 회색 하늘을 보고 있자니, 본인도 덩달아 우울해지는 기분이었다. 지금 이렇게 버스를 타고 폐가로 향하는 행위가 얼마만큼 의미가 있을까. 하다 하다 이젠 주술 같은 말도 안 되는 소리에 기대어 행동하는 것이 조금 한심하게 느껴졌다. 하지만 잔뜩 부어오른 감정이 행동에 힘을 실어주는 이 상황이, 자기연민을 불러일으켰다. 시외버스로 2시간 정도 되는 거리였다. 사람이 많이 타지 않아 여유로웠지만, 그 여유로움이 불편하게 느껴졌다. 추적이는 빗속을 뚫고 가는 버스의 내부에는 적막만이 맴돌 뿐이었다.

우산을 굳이 쓸 필요가 없을 정도로 옅은 비였다. 누군가가 분사하는 것처럼 얇게 썰린 빗방울은 피부에 닿아 그녀를 불편하게 만들었다. 몇 걸음 걸어가다 보니, 그때 그 폐가가 멀리서 보였다. 폐가는 멀리서 봐도 허름해진 모습을 한눈에 알아챌 정도로 전보다 더욱 쓰러질 것 같은 외관을 보여주고 있었다. 주위엔 잡초가 무성해서 쥐고 있던 우산으로 조금씩 밀어가며 폐가에 다가갔다. 그렇게 헤치고 나오니, 어느새 허름한 폐가가 그녀를 반겼다. 문은 떨어져 바닥에 누워있었고, 갈라진 틈은 더욱 늘어나 있었다. 회백색 벽도 여전했다. 안으로 조심스레 발걸음을 옮기니, 음산한 분위기가 그녀를 반겼다. 어두운 나머지 핸드폰 후레쉬를 켰다. 그녀가 의존할 수 있는 것은 그 불빛이 유일했다. 뭐랄까, 날씨 탓인지 걸음, 걸음마다 마치 동굴 안을 걷는 것처럼 묘한 메아리가 들려왔다. 공기도 희박한 기분이었다.

무심코 주술을 했던 거실로 가보았다. 돗자리를 펴놓고 앉아 꼴에 여름이라고 시도했던 그 행위는, 지금 생각하면 참 그 나이대가 할 법한 행동이었다. 돗자리를 폈던 자리를 유심히 살폈다. 10년의 세월을 보여주듯 많은 먼지가 쌓여있었다. 그래, 건호의 말대로라면, 2023년의 자기가 이곳에 온 것이 원인이 되어 영혼이 뒤바뀐 것 같다고 했었지. 하지만 결국 아무런 일도 일어나지 않았다.

"여보세요?"

"왜… 대체 왜 이런 거짓말을 한 거야? 이제와서 골탕이라도 먹이고 싶었던 거야…? 그런…."

말문이 막혀왔다. 그런 달콤한 유혹을 던져줬으면, 뭐라도 내놓아야 하는 것이 아니냐는, 말은 차마 입 밖으로 내뱉을 수 없었다. 그 말은 결국 건호의 헛소리를 인정하는 꼴이었고, 어딘가로 도피하고 싶은 못난 자신을 여실히 보여주는 밑천과도 같은 말이었기 때문이었다.

미래는 차마 말을 끝맺지 못한 채 전화를 끊었다. 건호는 무어라 말하려던 것 같았지만, 듣기 싫었다. 핸드폰을 내려놓은 미래의 눈앞엔 답답한 벽만이 눈에 들어올 뿐이었다. 아, 이젠 전부 다 싫증이 난다. 이 폐가도, 거지 같은 회백색 벽도, 그리고 이딴 소리에 기대어 여기까지 찾아온 자신도. 그 분노에 머리를 강하게 쓸어올리고는, 한숨을 크게 내뱉고 밖으로 나왔다.

비가 많이 내렸다. 어느새 그녀의 발목까지 적실 정도로 물이 고이기 시작했다. 폐가에 들어갈 때만 해도 약했던 빗방울이 순식간에 매서워져 있었다. 펼친 우산도 무의미할 정도로 비가 거세게 내려왔다. 정말 거지 같은 상황의 연속이었지만, 그렇다고 저 기분 나쁜 폐가에서 비가 그치길 기다리는 것도 싫었다. 폐가는 도로에서 몇 걸음 떨어진 곳에 있었는데, 그렇다 보니 도로로 돌아가려면 다시 조금 걸어가야 했다. 발이 젖어 기분이 나빴지만 어쩔 수 없이 걸었다. 그러던 중, 그녀는 도로에 서 있던 누군가가 자신을 향해 걸어오고 있음을 눈치챘다. 그 사람이 향하는 방향엔 방금 자신이 나온 폐가 말고는 아무것도 없었는데, 굳이 이쪽을 향해 걸어오는 것이 미심쩍었다. 비를 피하고자 폐가로 들어가려는 것인가 싶었지만, 빗물이 발목까지 고인 땅을 지나서 온다는 것이 이해되지 않았다. 점점 더 가까워지는 의문의 실루엣은 어렴풋이 보았을 땐, 교복을 입은 여학생처럼 보였다. 머리를 묶어 올리고 화장을 옅게 한 수수한 외모였다. 참 특이한 학생이다 싶은 생각을 하며 팔만 뻗어도 닿을 거리가 된 순간, 미래는 경악을 금치 못했다. 그 아이는 어딘가 익숙한 얼굴, 정확히는 자신의 앳된 얼굴을 하고, '윤미래'라는 명찰을 달고 있었다. 엄청난 소름이 전신으로 퍼진 순간이었다. 직감적으로 그 아이를 멈춰 세우면 안 될 것 같다는 생각에 잠자코 그 아이를 스쳐 지나갔다. 도로에 도착한 그녀는 조심스레 그 아이가 간 폐가를 향해 고개를 돌렸다. 너무 놀란 나머지 몸이 경직될 수밖에 없었다. 폐가의 입구에 서 있던 아이는 자신을 뚫어져라 쳐다보고 있었다. 멀어서 보이지 않을 것 같다는 생각과는 다르게 그 아이의 얼굴만은 선명히 잘 보였다.

"흐억…!"

너무 놀란 나머지 정신이 번쩍 들었다. 그런데 주위가 무언가 달랐다. 방금까지 분명 비가 거세게 내리는 도로 위에 서 있었는데, 지금 그녀가 있는 곳은 어딘가 다른 곳이었다. 정확히 그녀는 자리에 앉아있었다. 마치 팔을 개고 자다가 일어난 사람처럼 두 팔은 눈앞의 책상에 포개어져 있고, 시야는 뿌옇게 보였다.

"잘 잤어…?"

정신을 못 차린 미래에게 누군가 말을 걸었다. 뿌연 시야로 어렴풋이 보았을 때, 남성의 실루엣이었다. 그녀는 자신이 지금 어떤 상황에 처했는지를 알아야겠다는 생각에 흐린 눈을 강하게 비볐다. 그러자 서서히 동공이 축소되면서 잔상이 사라지고 주변이 선명해져 갔다. 주위를 둘러본 그녀는 자신이 어떤 교실에 앉아있음을 시각적으로 확인할 수 있었다. 눈앞에 보이는 칠판과 촘촘하게 배치된 책상들. 그 정보만으로 이 장소가 교실이라고 판단하기에는 충분했다.

"왜 정신을 못 차려. 잠 덜 깼어?"

옆에 있던 남성은 아무 말 없이 두리번거리던 그녀가 아직 잠에 취해있다고 생각했다. 이제 곧 점심시간도 끝날 무렵이었고 다음 교시가 체육이었기에, 그녀보고 어서 준비하라는 말을 날릴 참이었다.

"너… 안재현…?"

"…진짜 왜 그래? 아직 잠이 덜 깬 거야?"

눈앞의 광경이 믿기지 않았다. 재현이 살아있다. 죽은 지 10년이 넘은 그가 생생히 그녀에게 말하고 있다. 꿈인가 싶어 그녀는 자신의 몸을 둘러보았다. 하복으로 추정되는 반팔 교복에, 더워서 갈아입은 듯한 체육복 반바지. 이 상황이 받아들여지지 않았던 그녀는 재빠르게 화장실로 달려갔다. 뒤에서 재현이 자신을 부르는 소리가 들렸던 것 같지만, 무시하고 달려 나갔다. 분명 그녀의 기억이 맞다면, 반에서 왼쪽으로 몇 걸음 가다가 오른쪽으로 꺾으면 여자화장실이었다. 역시나 기억대로였다.

"정말 어려… 다크서클도 없어… 이게 무슨…"

세면대에 비치는 얼굴을 보았다. 앳되고 다크서클도 없고, 피곤해 보이지 않는 건강한 얼굴이었다. 꿈인가 싶어 세면대의 물을 얼굴에 여러 번 묻혔다. 놀랄 만큼 차가웠다. 꿈이라기엔 그 어떤 현실보다 생생했고, 현실이라기엔 그 어떤 꿈보다 믿기 힘들었다. 물에 젖은 손을 보며 몇 분 전의 기억을 떠올렸다. 비가 강하게 내렸고 폐가에서 나와 걷다가 자신과 똑같은 얼굴을 한 학생과 스쳐 지나갔다. 그리고 강한 빗줄기 속에서 경직된 채로 서 있다가, 순식간에 옛 교실에서 깨어났다. 말도 안 되는 것들투성이었지만, 우선 이것들이 지금 자신에게 일어난 상황이었다. 그녀는 가장 더웠던

16살의 여름으로 돌아와 있었다.

햇빛이 강하다고 실내에서 수업을 시작했다. 에어컨은 꺼져 있었지만, 바깥보다 훨씬 시원했던 체육관은 기억 그대로였다. 점심시간 이후의 체육 시간은 누구라도 선호할 시간표였다. 한참 밥 먹고 졸릴 시간에 자리에 앉아 수업을 듣는 것보다 나으니 말이다. 체육 시간은 기말고사가 얼마 남지 않았다는 이유로 자율시간이었다. 그 자율시간을 만끽하는 아이들도 있었고, 책을 가져와 구석에서 공부하는 아이들도 있었다. 미래는 상황 파악을 위해 건호에게 가고 싶었지만, 애석하게도 이때는 그와 반이 갈라졌었다. 그녀의 기억대로라면, 아마 건호가 6반, 자신이 4반이었다.

차가운 마룻바닥의 촉감을 느끼며 벽에 기대어 앉았다. 지금 그녀는 펜을 잡을 경황도, 누군가와 공놀이할 경황도 없었다. 갑작스레 과거로 돌아온 마당에 무슨 운동을 하고, 무슨 공부를 하겠는가. 땅바닥을 굴러다니던 낙엽보다도 선명한 이 현실에 어디부터 적응해야 할 지, 그런 고민만이 그녀를 괴롭힐 뿐이었다.

멀리서 강한 타격음이 들려왔다. 배드민턴 하고 있던 아이들에게서 들려온 소리였다. 그중 재현도 같이 라켓을 휘두르고 있었다. 때론 활강하듯 뛰어올라 스파이크를 날리기도, 때론 재빠르게 달려 나가 실점을 막아내기도 했다. 진땀을 흘리며 열심히 라켓을 휘두르는 모습을 보니, 저 아이의 옛 모습이 선명하게 떠올랐다. 그래, 저 아이는 늘 열심이던 아이였다.

교실로 돌아오는 길은 분위기가 어수선했다. 열심히 몸을 움직였던 아이들의 아드레날린이 입을 멈출 줄 모르게 했다. 미래는 곧장 6반으로 향했다. 수업은 이미 끝이 났고, 멍한 표정으로 앉아있는 건호도 보였다. 그래서 곧장 그를 복도로 끌고 나왔다.

"너…"
미래는 순간 말문이 막혔다. 어디서부터 이야기해야 할까. 머릿속이 뒤죽박죽이었다. 대뜸 너도 미래에서 왔냐고 묻기엔 그 말이 너무 유치해 보였다. 참, 그때 2013년에서 왔다던 건호도 이런 기분이었을까. 이제와서 생각해 보면 너무 매몰차게 대했던 것 같다.
"왜…? 할 말 있으면 해."
건호는 아무것도 모른다는, 순진한 표정을 보이고 있었다. 그 표정을 보니, 혹시 자신만 과거로 온 것인가 싶은 생각이었지만, 이미 자신은 2013년의 건호와 대화를 나누었다. 그렇다면 앞에 있는 이 애가 미래에서 왔든, 어디에서 왔든 간에 2013년의 건호는 아니라는 의미일 것이다. 그래, 당당하게 물어보자.
"너도… 미래에서 온 거야…?"
당당하게 물어보자는 다짐과는 달리 그녀의 목소리는 어느새 바닥을 기어가고 있었다. 복도를 지나다니는 아이들의 귀에 들어갈까 두렵기도 했고, 이런 질문 자체가 얼굴을 화끈 달아오르게 했다.

"…너도 그 폐가에 들른 거구나."

건호는 담담한 표정으로 말했다. 생각보다 싱거운 반응이라 당혹스러웠지만, 사실 이상할 건 없었다.

미안함이 남은 그녀였기에, 그에게 건넬 말이 어떤게 있을지 고르고 골랐다.

"그래서 어떻게 할 거야. 왜 이렇게 된 거고, 돌아갈 방법 같은 건 몰라?"

결국 퉁명스러운 말투로 뱉어버렸다. 아, 이렇게 말하려던 게 아닌데. 그렇다고 뱉은 말을 주워 담기엔 늦었다.

"이유 같은 걸 물어보기 전에, 우리가 이런 사이던가. 그것부터 생각하지, 그래."

그는 신경질적인 어투로 쏘아붙였다. 어쩌면 정상적인 반응이었다. 난데없이 연락해서 순진한 표정으로 자신을 휘두르던, 그런 아이 같던 모습이 아니고.

"애초에, 왜 돌아가고 싶은데. 기껏 과거로 왔으면, 무언가 바꿔볼 생각은 없는 거야?"

그에게 무언가는 무엇이었을까. 화해? 적어도 그런 형태는 아니었던 것 같다. 하지만 그것을 입 밖으로 내뱉는 것이 유치할 것 같다는 생각이 들었다. 애석하게도 그녀가 박아넣었던 독설들은 그의 마음에 선현히 남아있던 것 같다.

미래는 생각했다. 그의 말이 틀린 것은 아니라고. 기적인지 우연인지 과거로 떨어졌고, 흘러갈 흐름을 잘 짜맞춘다면, 더 좋은 삶을 만들어 낼 수도 있다. 그렇다면 이곳에 머물러도 괜찮지 않을까. 달콤한 고민이 그녀를 엄습하듯 다가왔다.

하지만 그녀의 고민을 잘라먹듯 다음 교시 종이 울리기 시작했다. 학교를 마치고 더 이야기하자는 기약을 남겼지만, 그의 싸늘한 반응을 보면, 얼마나 말을 더 나눌 수 있을지 모르겠다.

다음 교시는 국어였다. 에어컨을 강하게 틀어 추운 감도 있었지만, 방금까지 체육 시간을 열심히 만끽한 아이들에게는 그 시원함이 마치 천국처럼 느껴졌다.

무심코 재현이 어디에 있는지 살폈다. 자신은 굳이 따지자면 뒷자리에 가까운 위치였는데, 그는 선생님과 자주 마주 보는 앞자리에 앉아있었다. 방금까지 그렇게 움직여 놓고 피곤하지도 않은 걸까. 하지만 집중한 표정으로 열심히 받아적는 모습은 그녀의 기억 속에 너무나 당연했던 모습이었다. 굳이 비유하자면 여름 같은, 그런 아이였다.

봄은 생명의 탄생이고 겨울은 생명의 소실이라고, 그렇게 자주 쓰인다고 그랬다. 그녀는 그 점이 마음에 들지 않았다. 봄은 봄이고 겨울은 겨울인데, 왜 의미 같은 것을 담을까. 머리에 주입하듯 집어넣은 문학적 비유는 무심코 그 아이를 여름에 비유하게 만들었다. 봄이 생명의 탄생이고 겨울이 생명의 소실이라면, 여름과 가을은 가장 아름다울 청춘과 빛바랜 중년을 의미하지 않겠는가. 그중에서도 작열하는 태양이랑 완연해진 녹음, 그 여름을 생각하면 아마 안재현, 저 아이와 가장 어울리는 계절이라 할 수 있겠다. 그래서 내내 묻고 싶었다. 지금은 이름만 남은 너에게 그 시절의 여름은 어땠는지. 우리와 함께해서 즐거웠는지. 단 한 순간도 후회하지 않았는지를. 10년이 지나서 옛 망령을 마주하니, 별 쓸데없는 생각을 다 했던 것 같다.

하굣길은 가장 더울 오후였다. 폐가에 들어갈 때만 해도 비 내리는 추운 가을이었는데, 그 격차가 마치 다른 나라에 온 것처럼 실감 나지 않았다. 그러고 보니 건호가 늦는다. 이 상황에 대해서 이야기해야 하는데, 이런 땡볕에서 오래 기다릴 만큼 날씨가 여유롭지 않았다.

몇 분을 더 기다리자, 드디어 그가 정문으로 걸어 나왔다. 무얼 하다 이리 늦은 건지 캐묻고 싶었지만, 아까의 쌀쌀했던 기류를 떠올려 보면 굳이 자극하고 싶진 않았다.

"재현이는? 왜 혼자 있어?"

"너랑 따로 할 얘기 있다고 먼저 보냈어. 일단 가면서 얘기하자."

햇빛이 강해 눈이 부셨다. 바닥에 그려진 횡단보도의 반사광이 눈살을 찌푸리게 만들었다. 그때, 찌푸린 눈살 사이로 들어온 진풍경이 그녀의 추억을 사로잡았다. 그 시절 우리는 분명 다 같은 동네에 살았고, 집으로 가는 방향이 같아서 늘 함께 걸어갔었다. 어떤 날엔, 중간에 컵떡볶이를 하나 사 들고 가는 재미로 하루를 기대하기도 했었지. 익숙한 건물과 보도블럭. 하다못해 오작동하던 신호등까지. 건호와의 대화는 진즉에 잊은 채, 생생히 마주한 추억에 잠겨있었다.

"그래서, 뭘 어쩌고 싶은 건데."

건호는 그녀가 추억에 잠겨있건 말건 아랑곳 않고 물었다. 미래는 재미없게 분위기를 깨는 그에게 김이 샜지만, 상황 파악이 필요했기에, 어제의 일을 설명하기 시작했다. 그는 미래의 장황한 이야기를 잠자코 다 듣고서 고민하더니, 입을 열었다.

"사실 나도 비슷한 걸 겪긴 했어. 일단 이것부터 봐."

〈주술에 성공하신 분들이 꼭 알아야 하는 규칙〉

1. 이 주술은 영혼을 뒤섞어 미래, 혹은 과거로 가는 경험을 체험시켜 주지만, 그 정도일 뿐, 그 어떤 행동도 본인이 살던 현실에 영향을 끼치진 못합니다.

2. 이 주술은 없던 현실을 만들어 영혼을 뒤바꾸는 것으로, 본인이 원래 상주하던 현실과는 완전히 다른 곳입니다.

3. 주술의 효력이 약해져, 원래 현실로 돌아간다면, 이곳에서 일어났던 일은 전부 없던 일이 됩니다.

4. 주술은 길어야 한 달에서 두 달, 짧으면 2주 안에 효력이 없어질 수도 있습니다.

"이게 뭐야…?"

미래가 물었다. 그가 건넨 메모장의 내용들은 무더운 날씨를 몽롱하게 만드는 것 같았다.

"예전에 폐가에서 장난삼아 했던 주술 있잖아. 그 주술을 봤던 사이트가 있어. 갑자기 상황이 이렇게 되고서 그 사이트를 뒤져봤는데, 그때 우리가 했던 주술을 성공했을 상황에 대해 나와 있는 게 있더라고."

건호의 말에 그녀는 한 번 더 메모장에 적힌 내용들을 읽어갔다. 결국 시간이 지나서 주술의 효력이 끝난다면 원래의 현실로 돌아가는, 어쩌면 조금 긴 꿈이라고 할 수 있는, 그런 내용이었다.

"그냥… 기다리면 끝이다… 이거네….”

미래가 말했다. 그녀의 표정에는 어딘가 시원섭섭한 감정이 담겨 있었다. 과거로 돌아오게 된 이 상황이 처음엔 당혹스럽다가도, 다시금 시작할 수 있지 않을까 하는 마음에 희망이 솟아났었다. 그와 동시에 원래 살던 현실에서 도피하는 것이 옳은 일인가에 대한 배덕감이 몰려왔다. 그러나 눈앞에 놓인 이 메모장의 내용들 덕에 아무런 의미가 없어졌다. 어쩌면 조금 긴 휴가라고 생각해도 될지도. 그래서인지 순식간에 몰려왔던 감정들이 스러지며, 무망감이 몰려왔다. 결국 이 휴가가 끝나면, 지겨운 현실로 돌아가야 한다는 사실에 기껏 솟아났던 희망이 깎여나간 기분이었다.

"그래, 이건 그냥 기다리면 끝인, 그런 거야. 근데, 어째 표정이 안 좋네. 아까는 돌아갈 방법에 대해서 묻더니 말이야. 넌 네가 살아가는 현실이 싫나 봐?"

말에 가시가 있었다. 복도에서 대화할 때도, 지금 이 순간에도. 하지만 이해가 안 가는 것은 아니었다. 과거에 그녀는 분노인지 슬픔인지 모를 감정에 휩싸여, 가장 날카로운 말로 건호를 찔렀으니까.

"그래, 뭐 우리가 좋게 끝난 사이는 아니니까. 그러면 내가 물어보자. 넌 대체 무슨 생각으로 폐가에 들른 거야. 너도 결국 현실도피 하고 싶어서 그런 거 아니야? 나랑 다를 게 뭐가 있다고… 생각해 보면, 이런 상황이 된 것도 너 때문 아니야? 네가 쓸데없이 폐가에 들르는 바람에 이렇게 된 거 아니냐고."

"하… 나라고 그러고 싶었겠어? 넌 여전하구나. 꼭 그렇게 탓할 대상을 찾지 않으면 안 되나 보네? 문제를 너 스스로에게서 찾아보지 그래."

"뭐…?"

탓. 그 한 단어에 그녀의 마음 깊은 곳 어딘가가 울컥해졌다. 언젠가 취업이 잘 안되어 아는 친구에게 푸념을 늘어놓은 적이 있었다. 하지만 그 푸념으로부터 온 대답은 그녀의 기분을 굉장히 불쾌하게 만들었다. 친구는 입바른 말을 공기 중으로 내뱉으며 미래, 자신의 노력이 부족한 것이라고 훈계했다. 자신을 괴롭히는 건 이 세상이라 생각해 온 그녀에게 사실, 문제는 아무런 노력도 하지 않은 너 자신이라는 악독한 말을 내뱉는 친구에게 마시던 술잔을 있는 힘껏 뿌렸었다. 그 후로는 어떻게 되었더라. 아마 한바탕 머리채를 잡고 싸우다가, 주변 사람들이 말려 집으로 돌아갔던 것 같다. 그리고 연락이 끊긴 지, 아마 1년은 넘었을 것이다. 그걸 생각해 보면 그녀는 여전히 미성숙했다.

그래서 그녀는 단 한마디의 반박도 하지 못한 채 가만히 서 있을 수밖에 없었다. 사실 그녀도 어느 정도 인정하고 있었다. 불리한 상황이 오면 반사적으로 탓할 대상을 찾는 자신을. 나이를 먹고 성인이 되어 책임이라는 말의 무게를 지기 시작하니 그 횟수가 줄어들었을 뿐, 때론 세상을 원망하기도, 때론 있을지도 모르는 신이라는 작자를 원망하기도 했다. 하지만 다른 곳으로 돌렸던 그 '탓'들을 하나, 둘씩 자신을 향해 우회시키기 시작하니, 어느새 그 탓이라는 화살은 자신을 과녁 삼아 스스로를 좀먹고 있었다. 어쩌면 나뒹구는 낙엽에 동질감을 느꼈던 것도, 그 때문일지도 모르겠다.

건호는 재빨리 고개를 돌리고 자리를 떠났다. 그는 자신이 헛소리를 내뱉고 있다는 것쯤은 머리로 알고 있었다. 하지만 그녀의 얼굴을 다시 마주하니 어딘가 모질고 날이 선 말이 의지와는 다르게 툭, 툭 튀어나왔다. 과거 그녀가 박아넣은 비수는 여전히 그를 괴롭혔다. 그는 떠올렸다. 이제는 변해버린, 미래와 재현에 대한 추억들을. 재현은 제법 좋은 친구였지만, 이제는 이름밖에 남지 않았다는 사실에 여러 감정이 몰아친다.

그에 대한 기억은 어느새 죄책감으로 변해, 애써 그를 잊으려고 노력했다. 고등학교도 그녀와 다른 곳으로 멀리 진학하고, 성인이 되자마자 그 동네를 떠났다. 재현의 빈소도 찾아가지 않았다. 그것이 몹쓸 짓이라는 건 알았다. 하지만 원망인지 미움인지 모를 감정이 뒤섞여 그를 혼란스럽게 만들었다. 그 덕에 그는 끝없는 바닷속에서 허우적대는 것 같았다.

가라앉은 죄책감은 어느새 희미해져 더 이상 그를 괴롭히지 않는 것처럼 보였다. 그러나 그것은 여전히 선명한 모양새로 보이지 않는 곳에서 그를 갉아먹어 갔다. 때로는 시퍼런 눈을 뜬 채로 그를 노려보는 것 같았다. 결국 이를 해결할 방법은 직접 마주 보는 것뿐이었다.

차마 빈소에서 사진으로 그를 마주 볼 용기가 없었다. 그래서 무심코 폐가로 향했다. 어쩌면 모든 일의 시발점이라고 할 수 있는 장소. 그리고 기적인지 징벌인지, 그는 애써 잊으려 했던 16살의 여름으로 돌아와 있었다.

"너희 싸웠냐?"

뾰로통한 표정을 짓는 그들에게 재현이 물었다. 초복이 얼마 안 남았다고 급식으로 나온 닭은 퍽퍽하기 그지없었다. 손질을 어떻게 했는지, 굽기만 해도 좋은 맛이 날 닭고기를 지우개라도 씹는듯한 식감으로 바꾸어버렸다. 퍽퍽함에 목이 메었던 미래는 그에게 답하기보다 인상을 쓰며 물을 마시기 위해 일어섰다.

"어. 싸웠다. 쟤가 엄청 쩨쩨하게 나와서 말이야."

건호가 답했다. 안 그래도 목이 메었던 찰나에, 자리에서 일어났던 미래는 건호의 인색한 대답에 싸늘한 눈빛으로 그를 쳐다보았다. 재현도 이를 느꼈는지 분위기를 풀고자 말을 이어갔다.

"야. 됐고, 우리 방학 때 어디 놀러 갈래? 어디 시원한 곳으로 말이야."

건호와 미래는 그 말을 듣고 재현을 빤히 쳐다보았다. 어떻게든 분위기를 풀려는 그가 기특해 보였기 때문일까. 재현은 그들의 추억 속 한 조각의 모습을 생생히 보여주고 있었다.

"그래. 놀러 가자."

미래가 답했다. 어차피 2023년으로 돌아가면 없어지게 될 일이라는 생각에 막 내질렀던 것 같다. 건호도 같은 생각이었는지 고개를 끄덕였다. 재현은 두 사람 다 긍정적으로 답해줬다는 것에 기쁜

듯한 얼굴을 보였다.

그 얼굴을 보니 어딘가에 있던 추억의 편린이 떠올랐다. 하지만 그것은 작은 조각이었을 뿐, 어느새 추억의 조각들은 강하게 얽혀, 꼬인 실타래처럼 복잡한 모양새를 띄기 시작했다. 뜯어진 감정이 가루가 되고 조각난 기억이 엉켜 수술이 불가능한, 그런 상태가 되어버렸다. 아마 그 중심에는 재현이 우리를 떠난 것도 한몫하겠지. 미래는 그렇게 생각했다.

"아쿠아리움을 가자고?"

"응. 할머니 집 근처에 있는 곳인데, 아는 분이 티켓도 공짜로 주셨어."

열성적인 재현의 모습에 조금 난처하게 되었다. 언젠가 놀러 가자는 물음에 알겠다는 답변을 한 건, 적당히 넘어가고 싶다는 생각으로 가볍게 꺼낸 말이었는데. 그의 눈엔 이미 설렘이 가득 차 보여서 거절하기 힘겨웠다.

"일단… 알겠어. 그래… 가자…"

차마 눈을 마주 보고 말하진 못했다. 기약 없는 약속을 맺는 것이 이런 기분일까. 햇볕이 무척 진해서였는지, 시선은 자연스레 바닥을 향했다.

"타고 갈래?"

재현은 대뜸 자신의 자전거를 가리키며 말했다. 그러고 보니. 재현은 참 활동적인 것을 좋아했다. 체육 시간에도 그렇고, 평소에도 말이다.

"그러지 뭐."

아스팔트 바닥에서 피어오르는 아지랑이 때문인지, 푹 찌는 느낌이었다. 성인이 된 자신이 중학생이 끄는 자전거의 뒷자리에 타는 게 조금은 께름칙했지만, 과하게 밝은 태양은 그런 생각마저 살균시켜 버렸다.

바람이 분다. 묶었던 머리가 풀릴 만큼 과하게. 아니, 사실 바람이 부는 것이 아니라, 그의 자전거가 바람을 가르고 있었다. 시원한 나머지, 땀이 다 날아가는 기분이었다. 하늘은 끝이 보이지 않을 만큼 푸르렀고, 먼지 하나 없이 맑은 날이었다. 떨어질 두려움에 붙잡은 그의 허리는 어딘가에 존재하는 추억 한 조각을 불러일으켰다. 청초했던 그 동네의 추억을.

어느샌가 자전거는 다리를 향하고 있었다. 가장 깊은 곳은 무릎까지 잠기는, 그런 작은 강 위를 가로지르는 소박한 다리였다. 그 다리를 건너야 집으로 돌아갈 수 있었다. 햇볕이 강해 다리 밑을 흐르는 그 소박한 강은 햇빛의 흐름에 맞추어 아름다운 일렁임을 보여주고 있었다.

"건호한테도 말해뒀으니깐, 방학 시작하면 가자. 조심히 들어가."

그와는 반드시 아쿠아리움을 가자는 기약을 끝으로 헤어졌다. 뭐랄까. 조금 휩쓸리는 기분이 들었다. 그리웠던 순간을 다시 보면 애틋함만 남을 줄 알았는데, 다시금 쥐고 싶다는 생각이 강하게 들어왔다. 이러면 안 된다는 것을 아는데도.

"으아… 드디어 끝이다."

마지막 종이 울렸다. 아이들도 그 종소리가 들리자마자 기지개를 펴며 환호성을 질렀다. 그래, 고생했다 꼬맹이들아. 미래는 속으로 방금 말을 삼키며 홀로 싱긋 웃었다. 시험이 끝나면, 마치 세상이 끝난 것처럼 환호성을 질렀던 시절이 자신에게도 있었다. 물론 그 지나간 시절로 다시 돌아와 버렸지만. 그래도 다시금 이 어린아이들의 환희를 피부로 느껴보니, 나쁜 기분은 아니었다.

"오늘 뭐 할까? 건호도 불러서 같이 볼링장 갈래?"

너도 참 기운이 넘친다. 쉴 새 없이 어딘가를 가자는 둥, 활동적인 것을 제안하는 재현의 모습을 보면, 기운이 넘치는 어린 강아지를 보는 것 같았다. 아마 미래 본인은 탁해진 2023년에 녹아들어 그런 활력을 다 잃어버린 것 같다.

"그래, 가자, 가."

미래는 실소인지, 기쁨인지 모를 미소를 내보이며 말했다. 그녀의 답변에 재현의 표정이 어찌나 밝아지던지, 원래 이런 녀석이었나 싶은 생각이 들 정도였다.

볼링장은 조금 추웠다. 여름이라고 에어컨을 강하게 틀어놓은 건지, 그 추위에 스스로를 껴안아야 할 정도였다. 11파운드 볼링공을 들고 오던 건호는 미래를 빤히 쳐다보았다. 뭘 어쩌자는 건지. 그러던 와중에 재현이 볼링공을 굴렸다. 그는 레일에 떨구어지며 굴러가는 공 소리를 숨죽이고 지켜보았다.

"스트라이크!"

재현이 방방 뛰며 외쳤다. 볼링장에 우리만 있는 것도 아닌데, 아이처럼 신나 하는 모습에 괜스레 부끄러워져 고개를 돌렸다. 건호도 마찬가지인지 애써 재현의 반응을 모르는 체하며 물을 벌컥벌컥 마셨다.
미래의 차례였다. 볼링은 너무 오랜만인지라, 자신이 없었다. 적당히 대충 굴리면 되겠지, 라는 생각과 함께 공을 굴린 그녀는, 완벽히 공을 빠뜨리며 0점을 기록해 버렸다. 그래도 크게 개의친 않았다. 볼링을 즐기러 왔다기보다는 16살짜리 재현에게 맞춰주려고 온 것이니깐.
그나저나 이따금 스트라이크를 선보이는 재현과는 달리 건호도 그녀와 마찬가지로 도랑에 빠지는 일이 잦았다. 참, 정성스럽게 못한다는 생각이 들 정도로, 준비 자세는 완벽했지만 결과는 그렇지 않았다.

“너희들 진짜… 못한다. 앞으로 볼링은 안 하는 걸로 해야하나…?”
재현이 말했다. 차라리 웃으면서 농담하듯 말했으면 별 생각이 안 들었을 것 같은데, 진심으로 걱정하는 듯한 표정을 보이며 말하니, 괜히 시샘이 나서 승부욕이 불타올랐다. 이제부터 다를 거다. 라는 생각을 손으로 품은 채 최대한 집중하며 볼링공을 굴렸다.
정성스럽게 굴린 공은 일직선으로 한가운데를 굴러가는 듯싶더니, 핀이 닿기 얼마 안 남았을 즈음에 왼쪽으로 고개를 틀어버렸다. 뭐야, 저거. 라는 생각이 듦과 동시에, 뒤에서 비웃는 건호의 모습에 심술이 났다. 그래, 넌 얼마나 잘하나 보자.
건호의 뒤통수가 뚫릴 듯이 쳐다보았다. 잘 들어가도 나쁠 건 없지만, 실수하면 실컷 비웃을 생각으로 그를 빤히 쳐다보았다. 그 시선이 느껴졌는지, 그의 자세는 어딘가 엉성했다. 그러더니 결국,

한가운데가 아닌, 도랑을 향해 공을 굴려버렸고, 반박할 여지 없이 완벽한 거터가 나왔다. 그 결과에 미래는 박장대소하며 웃었다. 재현도 너무 완벽한 거터에 손으로 입을 가리며 가까스로 웃음을 참아보았다. 건호 본인도 어이가 없었는지, 애써 터져 나올 것 같은 웃음을 참으며 자리로 돌아왔다.

"좀 하네…!"

그녀가 놀리듯 말했다. 벌겋게 달아오른 그는 날카로운 표정을 한 채, 그녀를 노려봤다.

"어쩌라고."

그가 째려보며 답했다. 말은 날이 서 있었지만, 이미 눈가가 잔뜩 붉어져 부끄럼을 감출 수 없었다. 그는 부끄러운 탓인지, 괜히 앞에 놓인 음료수병을 만지작거릴 뿐이었다.

공이 몇 번 더 굴러가자, 익어오른 얼굴도 식어가는 듯 보였다. 날이 선 분위기도 사그라들고, 서로의 실력을 맘껏 비웃으며 그 순간을 즐기기 시작했다. 어느새 날카로워 보이던 건호의 얼굴에도 웃음꽃이 피어있었다.

그 이후로 몇 번의 게임이 더 이루어졌다. 계속하면서 감이 잡힌 건지, 7점, 8점을 기록해 나갔지만, 시원한 스트라이크는 터져 나오지 않았다. 뭔가 조금 아쉬운데. 그런 생각이 들 즈음에 그녀의 차례가 왔고, 공을 굴렸다. 이번에 굴린 공은 한가운데가 아닌 오른쪽으로 치우친 상태였다. 이번엔 망했네, 라는 생각이 들 즈음 갑자기 스핀으로 궤도가 휘더니 정중앙의 핀을 정확히 강타해 버렸다. 뭐지? 싶은 생각이 든 것도 잠시, 순식간에 핀들이 우수수 쓰러져 스트라이크를 기록했다. 난데없는 스트라이크 타이밍에 당혹스러웠지만, 뒤에서 환호하는 재현과 건호의 모습에 본인도 동조하며 즐거워했다. 아마 최근 들어 겪은 일 중에서는 가장 짜릿했던 순간이었던 것 같다.

"오늘 재밌었다. 그렇지?"
재현이 웃으며 말했다. 해는 뉘엿뉘엿 져가고, 까마귀가 크게 울어대고 있었다. 주홍빛으로 물든 하늘은 오늘따라 반갑게 느껴졌다.
"그러게. 볼링이 처음은 아니었는데, 되게 재밌네."
건호가 답했다. 터벅터벅 걸어가는 그 걸음은 겉으로 보기엔 기운이 없어 보였을지 몰라도, 그 어느 때보다 즐거웠고, 정화된 것만 같은 기분을 느끼게 해주었다.
"넌 좀 더 연습해야겠더라. 파이팅…!"
"잘난 체는."
마지막까지 스트라이크가 안 나왔던 건호에게 그녀가 놀리듯이 말했다. 어느새 껄끄러웠던 감정도 허물어져 그를 마치 어릴 적 사이처럼 대하고 있었다. 세 사람의 얼굴은 석양빛으로 붉게 물들어서, 그 밝은 표정들이 선명하게 내비쳐졌다. 이런 시답지 않은 대화를 나눈 것이 얼마 만인지, 정겨운 기분이 들었다. 제대로 된 끼니도 못 챙기고, 관계를 깎아가며 소모했던 2023년에서는 절대 느낄 수 없는 기분이었다. 아, 돌아가기 싫다. 어느새 그런 생각들이 미래의 마음 한켠에 자리 잡기 시작했다.

주말이었다. 매미울음이 강하게 들려오던 탓에 일찍 깨어있었다. 그러던 중 전화가 왔다. 재현의 전화였다. 그는 대뜸 강으로 나오라는 말만 남긴 채 전화를 끊었다. 무시해도 아무런 상관이 없을, 그런 말이었지만 몸이 제멋대로 움직였다. 볼링을 실컷 했던 날의 기대감 때문일까? 왜인지 그의 부탁에 선뜻 거절하기가 어려워졌다. 어딘가 부푼 기대감이 항상 도사리고 있는 기분. 그가 싫지 않았다. 그가 싫었던 적도 없지만, 다시 만나서 이야기하니, 더욱더 싫지 않았다. 햇볕이 강했다. 선크림을 얼굴에 잔뜩 펴 바르고, 넓은 챙모자를 쓴채 집 밖으로 나섰다.

늘 지나치던 그 강이었다. 도착하자 웃는 얼굴로 그녀를 맞는 사람은 재현이었다. 그는 천진난만한 얼굴로 봉사활동이랍시고 미소를 내보이고 있었다. 그의 뒤로는 여러 사람이 허리를 숙인 채 강에 있는 쓰레기들을 주워 담고 있었다.

"봉사활동이라는 게… 이거야……?"

"아, 응. 이거 봉사 시간 6시간이나 준대."

재현은 슬리퍼를 신고는 발목까지 물에 젖은 채, 구슬땀을 흘리며 말했다. 재현의 말을 듣고 냉큼 강으로 달려온 자신이 조금은 바보같이 느껴졌다. 주말 아침부터, 땡볕 아래 쓰레기 줍기 봉사라니, 부푼 기대감이 바람 빠진 풍선처럼 사그라들었다.

"너도 발 다칠 수도 있으니까, 슬리퍼 신고. 자, 여기 봉투랑 집게."

"아… 아니, 나 한다고 안했…"

재현은 쓰레기봉투와 집게를 손에 쥐어 주고는 곧장 강으로 달려

갔다. 오늘만큼은 저 천진난만한 뒷모습이 조금은 원망스럽게 느껴졌다. 그렇다고, 어른들이 다 있는 곳에서 이미 도착한 마당에 손에 쥐어 준 이것들을 내팽개치고 돌아가기에는 늦은 타이밍이었다.

"하… 모르겠다. 그냥 해보지, 뭐."

그녀는 혼잣말을 내뱉으며 강으로 들어갔다. 더운 날씨에 비해 강물은 묘하게 차가워서 그 더위가 조금은 가시는 기분이었다. 그녀는 허리를 숙인 채 고분고분하게 쓰레기를 줍고 있는 건호의 곁으로 다가갔다.

"넌 여기 왜 왔냐?"

"재가 오라고 해서 왔지. 너도 그런 거 아니야?"

그가 눈을 치켜들며 말했다. 그가 들고 있던 쓰레기봉투엔 꽤 많은 양의 쓰레기가 쌓여있었다.

"나도 그렇긴 한데... 너 은근 재현이 말 고분고분하게 잘 듣는다?"

"그냥 할 것도 없으니깐 나온 거지… 이런 건 줄 알았나. 그러는 너는?"

미래 자신도 피차일반이었다. 크게 할 일이 없었기에 나왔다. 크게 통상적인 변명이었다. 하지만 그녀도 본인의 기울어진 마음을 눈치채지 못했다. 반사적으로 심심해서 왔다고 답할 만큼.

날은 무척 더웠다. 오전인데도 불구하고, 햇빛은 그 열기를 강하게 발산하고 있었다. 피부가 다 탈 것 같다 싶은 생각이 들 즈음, 재현이 나타나 팔토시를 건네주었다. 정말 쓸데없이 준비성이 좋다. 팔토시를 건넨 재현은 곧바로 뒤돌아 자신이 쓰레기를 줍던 곳으로 돌아갔다. 미래는 마음속으로 저 뒤통수에 물이라도 한 바가지 끼얹고 싶었다.

계속 숙이고 있던 허리가 뻐근해져 고개를 들었다. 넓게 퍼져서 열심히 쓰레기를 치우는 사람들이 눈에 들어왔다. 흐르는 강물을 발목까지 올라온 잡초들이 둘러싸고 있고, 강 사이 사이에 솟아난 큼지막한 돌덩이는 새들이 휴식하다 가는 안식처로 쓰이고 있었다. 해는 아직 고개를 약간만 들면 마주할 수 있는 위치에 떠올라 강물을 강하게 비추고 있었다. 그리고 불규칙한 강물의 흐름에 태양 빛이 만나, 반짝거리는 흐름을 만들어 내고 있었다. 그 광경은, 아름답다는 표현이 아쉬웠다. 그래, 소중하다는 표현이 더 알맞겠다. 너무도 소중한 이 순간을 어딘가에 담고 싶었지만, 사진도 글로써도 담아낼 수가 없었다. 어차피 돌아가면 없었던 일이 돼버리니. 원래 세계에서는 왜 이런 순간을 잡아채지 못했을까. 아쉬움이 들었다.

어느덧 해가 중천에 떠올라 있었다. 분위기를 보았을 때, 날씨가 더워지니 이쯤하고 가자는 말이 나올 것 같았다. 아니나 다를까, 한 아저씨가 오늘은 여기까지 하겠습니다, 라며 손을 들고 외쳤다. 미래는 자신이 쥔 쓰레기봉투를 바라보았다. 하얗고 반투명한 그 쓰레기봉투는 안에 담긴 내용물들을 흐리게 보여주고 있었다. 물에 젖은 봉투, 그 안에 들어차 있는 쓰레기들. 강하게 내리쬐는 햇살. 지독한 현실감 속에서 한 번도 겪어보지 못한 감정이 솟아났다. 뿌듯함? 단지 그런 감정은 아닌데. 뭐랄까, 어차피 사라지게 될 순간이라는 생각이 강하게 들어왔던 것 같다. 그리고 강렬한 기억을 남기고 싶다는 생각으로 발아래에 흐르고 있던 물에 강하게 부딪혀 보자는, 그런 무식한 생각을 했던 것 같다.

"야…! 너 뭐해…!"

뒤에서 보고 있던 건호가 어깨를 붙잡았다. 냅다 뒤로 몸을 젖혔는데, 생각해 보면 수심도 낮은 강에서 이런 짓을 했다간, 뒤통수가 깨져 병원에 실려 갈 것이 분명했다. 아무래도 너무 생각 없이 내지른 행동이었던 것 같다. 뭐, 붙잡아준 것 치고는 이미 물이 튈 대로 튀어서 머리까지 젖었지만.

"학생들…! 왜 그래요? 괜찮아요?"

손을 들며 여기까지 하겠다고 외친 아저씨가 걱정스러운 얼굴로 물었다. 찬물을 확 덮어쓰니 멍했던 정신이 깨어난 기분이었을까? 이미 엎질러진 상황에서 무슨 변명을 해야 할지 고민하던 미래는 발을 헛디뎌 넘어진 것 같다고 얼버무렸다. 어느새 자신이 있는 곳까지 쫓아온 재현도 걱정스러운 표정으로 무슨 일이냐고 물었지만, 정말 발을 헛디뎠다고, 그렇게 변명했다.

무더운 날씨를 피해 다리 그늘 밑에 앉았다. 젖은 옷과 머리칼은 그늘에 있느라 마를 기미가 보이진 않았다. 고생했다며 나눠 준 도시락은 제법 괜찮았다. 조금 식은 흰쌀밥과 3개 정도 들어 있는 동그랑땡, 김치와 멸치볶음이 전부였지만, 나쁘지 않았다. 나무젓가락으로 간신히 입에 넣는 밥은 아침부터 고생한 몸에게 단비처럼 느껴졌다.

"어유… 근데 학생들은 어쩌다 온 거야? 아침부터 나오기 쉽지 않았을텐데…."

"다 제가 데려온 거예요, 저 잘했죠?"

한 아주머니가 물었다. 재현은 그 물음에 자신이 데려왔다며 뿌듯하다는 듯이 말하였다. 다 끝난 마당에 아침부터 느꼈던 원망은 없어진 지 오래였지만, 그래도 저 천진난만한 얼굴에 강하게 꿀밤 한 대만 넣어두고 싶다는 생각이 들었다.

"학생이 아까 넘어진 학생이지? 괜찮은 거야? 더위 먹어서 그런 건 아니지…?"

"아… 네. 괜찮아요. 정말로 발을 헛디뎌서 그랬어요."

머리칼은 물이 튀어 축축했고, 등은 땀으로 젖어있었다. 여자는 그런 채로 급하게 도시락을 먹는 그녀의 모습에 참 기특하다는 말이 차올랐다.

"어린 학생이… 기특하네."

미소를 보이며 말했다. 따뜻한 미소였다. 미래의 눈에 비친 그 여자의 미소는 잠시 동안 이 무더운 날씨를 소강시켜 주는 것 같았다. 마치 시간이 멈춘 기분이었다. 그녀는 얼떨떨한 여자의 말에 어떤 반응을 내보여야 할지 모르겠던 나머지, 어색한 미소를 보이며 분위기를 벗어나려 했다.

"너네 다음 주도 나올 거지?"

재현이 대뜸 끼어들어 물었다. 뭔가 어색한 분위기이긴 했지만, 그렇다고 재현의 제안이 반가운 것은 아니었다. 다음 주는 무슨. 당장 오늘도 더워서 힘들었는데, 천진난만하게 다음 주를 외치는 저 입을 다물게 하고 싶었다.

"하하… 다음 주…?"

애써 웃으며 말했다. 그렇다고 정색하며 싫다고 말할 순 없는 노릇이기에. 하지만 미래의 속마음을 알긴 하는 건지, 재현은 다음 주도 오겠다며 앉아있는 어른들에게 공약이라도 말하듯, 당당히 외치고 있었다. 저걸 진짜 어떻게 해야 할까. 좋은 취지의 봉사활동이 싫은 것만은 아니었다. 하지만 주말 아침부터, 게다가 이런 땡볕 아래에서 하고 싶은 것은 아니었단 말이다.

"친구가 에너지가 넘치네. 아줌마 이름은 이은희야. 학생은 이름이 뭐야?"

"아, 전 윤미래라고 합니다…."

은희는 본인을 아줌마라고 지칭하긴 했지만, 그렇게 나이가 있어 보이는 얼굴은 아니었다. 많이 쳐줘야 30대 초반이라고 할 수 있는 그런 얼굴이었다. 미래는 아줌마라는 말에 의문이 들었지만, 크게 개의친 않았다. 그저 빨리 이 어색한 상황을 벗어나 땀에 젖은 몸을 씻고 싶었다.

"사실, 나 학생 얼굴 한 번 봤어. 보니깐 옆집이더라고. 지나가면서 봤었는데, 여기서 볼 줄은 몰랐네."

은희는 즐거운 듯 말했다. 미래는 옆집이라는 말에 곰곰이 기억을 더듬어봤다. 옆집이라면 아이 울음소리가 가끔 들려 오던, 그 집이었다. 과거엔 한 번도 옆집과 인사를 나눈 적이 없었던 것 같았는데, 주술 덕에 없던 기회도 생기는구나.

"혹시… 아이 키우시는…?"

미래는 말끝을 흐리며 물었다. 자신의 질문이 괜히 남의 집을 염탐한 것처럼 들릴까 싶은 생각 때문이었다.

"아하하… 우리 아이가 좀 자주 울지…. 이제 5살인데 떼쓰는 일이 많아져서… 게다가 최근엔 대뜸 강아지를 키우자고 조르는 바람에, 여러모로 정신이 없어. 강아지 훈련시키는 것도 쉽지 않고…."

미래는 그 말이 재밌게 들렸다. 물론 은희는 지금 상황이 고역인 것 같았지만, 어딘가 순수하고 귀여운 아이의 모습을 상상하니 미소가 절로 퍼졌다.

"귀엽겠다…. 아이 이름은 뭐예요?"

"아. 남자애고, 이름은 이건우야."

그 후로 도시락을 다 먹을 동안 계속 수다를 떨었던 것 같다. 강아지가 배변 훈련이 잘 안되어서 어렵다는 이야기도 했고, 샤워시키는 것도 쉽지 않다는 이야기도 했다. 미래도 본인의 이야기를 하고 싶었지만, 차마 할 수가 없었다. 취업이 안되어서 힘들다는 둥, 아르바이트가 힘들다는 둥, 학생이 할 만한 이야깃거리는 아니었기에. 그래서 그저 슬며시 웃으며 은희의 이야기를 들어줬던 것 같다.

"다음에 한 번 놀러와. 밥 해줄게."

"진짜요? 그럼 곧 방학하니깐, 한번 놀러 갈게요."

새로운 인연을 만든 기분이었다. 분명 과거엔 옆집과 어떤 소통도 없었는데, 이것만큼은 주술이 잘한 것 같기도. 아니, 사실은 이미 즐기고 있지 않았나. 어느새, 돌아간다는 생각을 안 하고 있었으니깐 말이야.

도시락을 정리하고 해산하는 길은 여전히 더웠다. 매미는 강하게 울어대고, 강한 햇빛에 아스팔트 도로는 작열하듯 아지랑이를 피워내고 있었다. 흐르는 땀을 닦아내며 돌아가는 길엔 어느새 젖었던 옷마저 빳빳이 말라버린 상태였다.

방학식은 약식으로 진행되었다. 반에서 담임선생이 몇마디 훈계하고, 2학기에 보자는 말을 끝으로 해산했다. 교장 선생님 훈화 말씀 같은 것이 나올 줄 알았는데, 의외로 융통성 있게 빨리 끝나 기분이 좋았다. 아이들은 신난 망아지처럼 담임선생의 말이 끝나자마자 무서운 속도로 튀어 나갔다. 참 기운이 넘치는 아이들이다. 재현은 아니나 다를까, 반짝이는 눈으로 미래에게 다가와 건호와 같이 영화를 보러 가자고 말했다. 이 시기에 어떤 영화가 있었나, 그런 생각 중이던 미래는 무슨 영화를 보러 갈 것이냐고 물었지만, 재현은 영화관에 가서 정하자며 흥겨운 모습을 보였다.

날씨가 꽤 더웠다. 영화관에 가려면 집을 지나쳐 가야 했는데, 지나치는 김에 어깨에 멘 무거운 가방이라도 두고 갈 생각이었다. 그러던 중 다급한 표정으로 뛰어가는 은희를 마주쳤다.
"무슨 일 있으세요?"
"어… 너 혹시 강아지 봤니? 건우랑 같이 산책하다가 잠시 한 눈판 사이에 달아나 버려서…"
은희는 얼마나 뛰었는지 거친 숨을 몰아쉬며 입을 열었다. 그녀의 다급한 표정에 미래도 걱정스러운 마음이 들었다.
"강아지는 못 봤는데… 건우는요…?"
"건우는 일단 집에 있으라고 했어. 내가 찾아오겠다고 했거든..."

미래는 지친 기색이 선명한 은희에게 자신이 가지고 있던 물병을 건넸다. 은희는 고맙다며 급하게 물을 들이켰다. 어느 정도 물을 마시고 숨이 진정되자, 그녀는 다시금 물었다.

"후… 저번에 봉사활동 했던 강 있잖아. 거기서 산책하다가 놓쳐 버린 거거든. 혹시 본 적 없을까…?"

아쉽게도 미래는 강아지를 본 기억이 없었다. 재현이랑 건호와 같이 그 강 위를 가로지르는 다리를 걸어왔지만, 홀로 돌아다니는 강아지 같은 건 없었다.

이런 더운 날씨에 강아지를 찾으러 동네 전체를 돌아다니는 것은 분명 미친 짓이었다. 하지만 미래는 다급하게 돌아다니는 은희를 무시하고 넘어갈 만큼의 무뢰한은 아니었다.

"저도 도울게요."

"어?"

"어차피 할 것도 없고, 이 날씨에 혼자 찾으러 다니다 쓰러져요. 재현이랑 건호도 부를게요."

은희는 괜히 아이들까지 끌어들이는 것 같아 죄책감이 들었지만, 미래의 말도 틀린 것이 없었다. 이미 자신이 1시간 정도 되는 시간을 이 땡볕 아래에서 돌아다녔기 때문이었다. 솔직히 조금 어지러운 기분이었다.

"고마워… 혹시 찾으면 연락줘. 내 번호 줄게."

은희의 연락처를 건네받은 그녀는 곧바로 재현과 건호에게 연락을 돌렸다. 건호에게는 조금 미안했지만, 재현에게는 솔직히 쌤통처럼 느껴졌다. 주말 아침부터 봉사활동이랍시고 자신을 땡볕 아래로 불러냈으니깐. 만약에 재현이 자신의 제안을 거절한다면 경멸을 한가득 담아 보낼 생각이었다.

정말 더웠다. 모자를 쓰고 선크림을 발랐지만, 피부가 드러난 부분은 선크림 따위가 소용없는 것 같은 감각이었다. 얼마나 오래 찾을지 몰라 물도 가져왔지만, 도무지 찾을 기미가 보이지 않았다. 놓쳤다던 장소부터 샅샅이 뒤져봤지만, 크기도 작은 소형견을 한눈에 찾아내기란 쉽지 않은 일이었다.

"찾았어?"

"아니. 근데 너 왜 이렇게 진심이야."

건호의 전화였다. 난 또, 찾았다고 연락한 줄 알았는데. 그나저나 뜬구름 잡는 소리를 하는 건호가 이상했다.

"무슨 소리야."

"어차피 여긴 허구야. 이곳에서 벌어진 일은 다 없어질 일이라고. 그 아줌마랑 네 사이도..."

"…됐어, 끊어."

갑자기 분위기를 깨버리는 건호의 말에 김이 팍 새는 기분이었다. 그게 뭐가 어쨌다고. 영화나 드라마에 과몰입하는 사람들 많잖아. 자신도 그런 사람 중 하나라고 생각했다. 건호는 너무 냉철한 녀석이고.

돌아다닌 지 꽤 시간이 흘렀다. 이쯤 되면 나올 법한데, 무슨 숨바꼭질이라도 하는 듯이 꽁꽁 숨어서 나타날 생각을 하질 않는다. 지친 나머지 근처 벽에 기대었다. 어느새 동네를 다 돌아보고 다시 그 강으로 돌아온 참이었다. 더운 탓에 다리 아래 그늘에서 휴식을 취했다. 재현과 건호에게도 이렇다 할 소식은 없는 채, 밑 빠진 독에 물을 붓듯이 시간만 흘러가고 있었다. 이러다 해가 지고 밤이 되면 아예 찾기 힘들어질 텐데.

더운 날씨에 머리를 묶어 올렸다. 땀 때문에 찝찝한 몸을 바람에 맡기고 싶었다. 답답한 마음에 돌 하나를 집어 강으로 날렸다. 그런데 갑자기 옆에 있던 풀숲에서 하얀 무언가가 나타나 돌이 빠진 방향으로 달려 나갔다.

"뭐야, 저거."

미래는 곧장 뛰어갔다. 그 하얀 무언가는 강에 들어가지 못한 채 돌이 빠진 곳을 바라보고 몇 번 짖을 뿐이었다. 미래는 혹시나 달아날까 싶어 한 걸음, 한 걸음을 조심스레 내딛었다. 그리고 그 하얀 무언가의 뒤를 잡은 그녀는 잽싸게 손을 뻗어 그것을 잡았다.

"잡았다…! 너지…!"

그 하얀 무언가는 그녀의 손아귀 안에서 낑낑거리며 미래에게서 벗어나려 했다. 은희의 말 그대로였다. 하얀 암컷 말티즈. 이 작은 것 때문에 몇 사람이 고생했는지. 미래는 곧장 은희에게 전화를 걸었다.

"정말 고마워… 네 덕에 이렇게 찾았다. 너 아니었음, 아마 하루 종일 돌아다니다 쓰러졌을 거야…."

은희는 고맙다는 인사를 연신 반복하며 고개를 숙였다. 미래는 괜찮다며 손사래를 쳤지만, 그녀는 재현과 건호에게도 도와줘서 고맙다며 고갤 숙였다. 굉장히 어색한 이 상황에서, 재현은 찾아서 정말 다행이라며 호탕하게 웃어넘겼다.
"건우야… 고맙다고 인사해야지."
은희의 뒤에 숨어있던 조그마한 아이는 어딘가 부끄럼이 많아 보였다. 엄마가 애써 인사를 하라고 하자, 그 아이는 어색한 표정으로 나와 '감사합니다!'라고 크게 외치고는 어디서 구했는지 모를 초코바를 하나씩 손에 쥐어 주었다. 그 인사를 끝으로 그녀와 헤어졌다.

"건우라고 했나? 되게 귀엽더라."
재현이 말했다. 건호는 피곤한지 말이 없었다. 날은 어느새 어두워져, 흐릿한 가로등 불빛이 그들을 비추고 있었다. 미래는 재현의 말에 주머니에 있던 초코바를 꺼내었다. 그리고 조심스레 까서 그것을 입에 넣었다. 한입에 들어갈 정도로 작은 그 초코바는 더운 날씨 탓인지 깠을 때부터 어느 정도 흐물거리던 상태였다. 몸은 조금 피곤했지만, 달콤한 초코바 탓인지, 아니면 쑥스러운 표정으로 이걸 건넸던 아이의 모습이 눈가에 남아서인지 둥그런 기분이 피어났다.

"너 어쩌고 싶은 거야."
건호가 대뜸 할 이야기가 있다며 재현을 먼저 보내고 미래를 멈춰 세웠다. 그 사이 시간은 더 늘어져 어둠이 짙어지기 시작했다.
"뭐가."
"왜 이렇게 열심인 건데. 너도 재현이한테 옮은 거야?"
재현에게 옮았다니, 그 표현이 마음에 들지 않았다. 깜박거리는 가로등 아래여서 건호의 표정이 잘 보이진 않았지만 적어도 좋은 건 아니었던 것 같다.

“옮았다니, 무슨 의미야. 그거?”

“하… 다음에 이야기하자.”

건호는 한숨을 깊게 내뱉고는 자리를 떠났다. 얼떨떨한 기분이었다. 그에게 자신이 어떤 모습으로 보였는지 몰라도, 그가 어딘가 뒤틀려 있는 것 같다는 기분이 강하게 들었다.

여태껏 숨겨온 추악한 본심을 드러낸 것 같은 기분이었다. 어쩌자고 그런 말을 뱉은 걸까. 재현에게 옮았다니. 그 말은 어쩌면 긴 시간 재현에게 미안함과 원망을 동시에 가졌던 한심한 자신을 보여주는 말이었다. 미래도 미웠지만, 어쩌면 그보다 더 자신을 갉아먹었던 건, 재현이었으니까.

된장찌개와 계란말이. 고등어구이와 열무김치. 은희는 미래에게 자신이 할 수 있는 최대한의 음식을 대접했다. 그 덕에 맛있게 식사를 마쳤다. 대단한 기대는 없었는데, 이만큼의 요리를 대접해 준 그녀가 고마울 뿐이었다. 베란다 너머를 보니, 어느새 하늘은 어둠을 그려내고 있었다.

수박은 꽤 달았다. 붉게 익어 올라 수분을 한껏 머금은 달콤한 수박이었다. 은희는 꺾여진 선풍기 머리를 미래에게로 돌렸다. 그녀는 괜찮다며 손사래를 쳤지만, 은희는 아랑곳하지 않고 선풍기 머리를 그녀에게로 돌렸다. 하지만 이미 나사가 풀어진 탓일까, 다시 돌아가 버렸다. 미래는 창문으로 들어오는 바람으로 충분하다며 괜찮다고 말했다.

"여름치고는 그래도 버틸 만하네요."

"하긴, 요즘 바람 많이 불더라. 태풍이 오려나."

시시콜콜한 대화를 주고받았다. 붉게 익어 오른 수박은 아주 달콤했다. 수박은 물을 있는 힘껏 머금어 메마른 목을 축일 수 있게 해주었다. 전원을 끈 선풍기는 고개를 숙인 채, 바닥을 바라보고 있었다. 이 모든 것이 참 평화롭고, 여유로웠다.

"공부하는 건, 안 힘들어?"

은희가 물었다. 시원한 적막 속에 던져진 그 질문에 미래는 잠시 당황스러움을 느꼈지만, 어느새 여유를 즐기던 그녀였기에 이 질문은 그리 힘겹게 느껴지지는 않았다.

"음… 그렇게까지 힘들진 않아요. 아직 중학생이고…."

미래는 자신의 답에 실소가 터질 뻔하다가도, 앞으로 일어날 일을 모두 겪고서 이 자리에 앉아있는 자신이 이상하게 느껴졌다. 정말 힘들지 않았을까, 하고.

"그래, 힘들면 쉬엄쉬엄해. 쉬엄쉬엄."

그 말에 미래는 멋쩍은 미소를 보이며 웃어넘겼다. 언젠가 이런 여유조차 불편하게 느꼈던 시기가 있지 않았나. 지금은 그저 이 평화로운 순간이 한없이 따스하게 느껴졌다. 이러면 마치 중학생의 윤미래 같잖아. 그녀는 그렇게 속으로 되뇌었다.

이 아름다운 휴가가 끝났을 때, 자신은 어떤 모습을 하고 있을까. 그게 어떤 모습이건, 예전과는 많이 다를 것임을 확신한다. 그녀가 등지고 있던 여유가 그녀를 마주보기 시작했으니깐. 적어도 허우적대던 2023년에 비하면, 제대로 물살을 가르는 것만 같은 기분이었다. 하지만 그와 동시에 높은 파도가 엄습해 올 것 같은 기분이 들었다. 다시 돌아가서도 이 기분을, 이 추억을 바스러지지 않게 하며 살아갈 수 있을까. 자신이 그만큼 강인한 사람일까. 의문이 들었다.

“날 진짜 덥다. 그치?”

재현이 말했다. 적당히 넘겨왔던 아쿠아리움을 정말로 가게 될 줄은 몰랐다. 재현의 부모님은 아쿠아리움까지 우리를 태워다주시겠다며 차까지 몰고 오셨다. 참 부담스러운 상황의 연속이었지만, 어느새 재현이 말했던 아쿠아리움이 눈앞이었다. 옆에 서 있던 재현은 이미 들뜬 표정이었고, 건호는 무슨 생각을 하는지 알수없는 표정이었다.

조심스레 들어간 아쿠아리움은 정말 시원했다. 입구 밖은 강한 햇빛 때문에 무척 더웠는데, 역시 아쿠아리움은 푸른 빛이 맴도는 곳답게 서늘했다. 입구부터는 작은 수족관들이 우리를 반겼다. 아름다운 열대어부터, 독특한 외형의 물고기까지 다양하게 그 자리를 차지하고 있었다. 특히나 비단처럼 회색 꼬리가 길게 늘어진 물고기가 있었는데, 정말 아름다웠다.

길은 계속 이어져 있었다. 통로처럼 늘어진 작은 수족관들을 관람하며 지나가다 보니, 어느새 꽤 큰 통유리가 우리를 맞이했다. 그 유리 너머로는 푸른 빛깔의 물들이 가득 채워져 있고 신비로운 분위기를 풍기듯이 여러 물고기가 그 속을 유영하고 있었다. 고개를 들어 위를 바라보면, 햇빛이 그 물 틈으로 스며들어 눈을 지긋이 감게 만들었다. 미래는 자신도 모르게 오른손을 뻗어 햇빛을 가려냈다. 하지만 오른손 틈으로도 들어오는 햇빛은 여전히 그녀의 눈꺼풀을 내려오게 만들었다. 하지만 이따금 큰 몸체를 가진 물고기들이 가려주어 그늘을 만들어 주었다. 공간을 가득 에워싼 물과 그 물을 가로막는 통유리를 뚫고 나온 햇빛은 가여울 만큼 희미했다. 평소라면 인상이 쓰일 햇빛도 아무렇지 않게 바라볼 수 있을 만큼.

여러 물고기가 공존하며 살아가고 있었다. 아마도 상어처럼 보이는 물고기도 있었고, 이름은 모르겠지만 작은 몸으로 유영해 나가는 물고기도 있었다. 때론 그 작은 물고기들이 덩치가 큰 물고기 곁에 붙어 물속을 부드럽게 헤엄치기도 하고, 때론 날카로운 상어의 이빨이 그 물고기들을 쫓아서 강하게 헤엄치기도 했다. 그 작은 물고기들의 미래는 어디로 흘러갈지 그들을 에워싼 푸르른 물조차 정답을 알지 못했다. 그저 흐를 뿐. 그 이상은 자신이 선택하는 것이었다.

“되게 크다….”

미래가 넋 놓은 표정으로 말했다. 그녀의 앞엔 장엄하게 서 있는 푸르른 물과 그것을 가로막는 통유리가 서 있을 뿐이었다. 무심코 손을 뻗어 통유리와 손바닥을 맞닿게 만들었다. 차가운 촉감이었지만, 물 틈새로 들어오는 가여운 햇살 탓인지 어딘가 따사로웠다.

물속을 유영하는 생물들은 어딘가 느리면서도 빨랐다. 분명 차갑고 서늘한 생김새였지만, 생명력을 잔뜩 머금은 모습이었다. 미래는 왜인지 그것들을 느낄 수 있었다. 한 치 앞도 보이지 않는 물속에서 열심히 헤엄치는 그들의 강인한 생명력을.

"저기 저 물고기 봐. 완전 큰데?"

재현이 말했다. 미래는 그가 가리키는 곳을 향해 고개를 돌렸다. 그곳엔 고래인지 모를 큰 물고기가 구름보다도 느린 속도로 물속을 떠다니고 있었다. 그것이 신비롭다가도 웃으며 그 물고기를 가리키는 재현의 얼굴에 시선이 갔다.

푸른 물빛을 받으면서 물고기들을 향해 흥분하듯 말하는 그 얼굴에도 물속을 유영하는 그것들과 다를 바 없는 강인한 무언가가 담겨있었다. 그 강인한 무언가가 그녀의 가슴을 조금 아리게 만들었다. 저 밝은 얼굴의 끝을 알고 있어서였을까. 푸른 물빛 속에 담겨있는 저 아이가 조금은 처량하게 느껴져 보였다.

"사진이라도 찍자."

재현이 말했다. 핸드폰을 흔들며 외치는 그의 모습이 이제는 귀엽게 느껴진다. 손을 최대한 멀리 뻗은 채, 핸드폰 화면에 세 사람의 얼굴을 집어넣어 봤다. 아쉽게도 뒤에 있는 물고기들은 배경으로 나오지 못하겠지만, 그렇게라도 인증샷을 남겨봤다. 이 사진 데이터는 어디를 유랑할지 모르겠지만 말이다.

"어유… 우리 재현이 친구들. 많이 먹어."

어느새 그들은 재현의 할머니 집에 도착해 있었다. 아쿠아리움 관람을 마치고 그의 할머니 집에 도착한 시간은 오후 5시를 넘긴 시간이었다. 이미 할머니는 저녁을 푸짐하게 준비해 놓으신 상태였다. 하지만 이걸 다 먹을 수 있을지가 관건이었다. 건호도 적잖

이 당황한 눈치였다.

배도 부르고, 바람도 적당히 부는 밤이었다. 재현의 할머니네 집은 마당이 있는 옛 시골집이었다. 그것을 리모델링해서 적당히 보기 좋은 주택으로 만든, 그런 집이었다. 진하지 않은 붉은 벽돌이 단조로워 안정적으로 느껴지고, 어설프게 세운 듯한 지붕이 포근하게 느껴지는, 정말 무더운 여름에도 따스하게 느껴질 법한 집이었다. 베란다는 곧바로 마당으로 이어져 있어 그 상쾌한 공기를 바로 마시는 데는 부족함이 없었다.

“오늘 어땠어?”

수박을 먹던 와중에 재현이 물었다. 건호는 잠시 화장실을 갔고, 할머니는 먼저 주무시러 들어가셨다. 베란다에서 마당을 바라보며 먹는 수박은 꽤 달콤하고, 시원했다.

“볼 게 꽤 많더라. 덕분에 공짜로 좋은 구경했어.”

재현은 슬며시 미소를 보였다. 그러고는 들고 있던 수박을 한 입 베어 물었다. 베어 문 수박에서 과즙이 흘러나와 그의 팔을 타고 내렸다. 어느새 팔꿈치까지 흘러내린 과즙 때문에 미래는 옆에 있던 휴지를 건넸다. 그는 고맙다며 휴지를 받아 들고는 팔에 흘러내린 과즙을 닦아냈다. 그 모습을 본 미래는 문득 묻고 싶어졌다.

“넌 앞으로 어떻게 할 거야.”

“뭐가?”

“고등학교, 대학교, 그다음 계획 같은 거 있어…?”

이미 그의 팔을 타고 흘러내린 과즙처럼 엎질러진 그의 미래에 대해 물었다. 너라면 어떤 대답을 내놓을지 궁금했다. 지금은 바스러져 버렸지만, 어딘가에선 살아 숨 쉴지도 모르는 너의 미래가 말이다.

"음… 딱히 없는데."

"뭐…?"

"아니… 굳이 그렇게 어렵게 고민하면서 사는 것보다는 그냥 주어진 순간에 열심히 사는 게 정신건강에 좋지 않을까 싶어서…"

위태로이 서 있던 무언가가 깨어진 기분이었다. 그래, 작은 물고기는 눈앞에 놓인 흐름을 따라가는 것일 뿐, 파도를 만들진 않는다. 파도는 그것들이 한데 모여, 합심하였을 때 만들어지는 것이다. 그 사실에 실소가 나왔다. 하지만 그 실소는 깨어진 무언가를 다시 세워줄 작은 파도였다. 그 작은 파도는 허우적대는 그녀를 싣고 유랑하였다. 그 끝엔 무엇이 있을까. 아무도 모르지. 하지만 적어도 허우적댈 필요가 없다는 것쯤은 알아. 그녀는 고래도 상어도 아니지만, 그들과 공생하는 작은 물고기니깐.

"그래, 그게 맞는 말이네."

그녀는 미소를 보이며 수박을 베어 물었다. 손에 흘러내린 수박의 과즙은 어느덧 말라버려 끈적거렸지만, 닦으면 그만이었다.

밤이 깊어졌다. 재현은 먼저 잠들었고, 미래는 더운 탓인지 몸을 뒤척였다. 목이 메어 잠시 물을 마시러 나오는데, 베란다에 누군가 앉아있었다. 뒤통수를 보니, 건호였다. 그녀는 조심스레 다가가 그에게 말했다.

"뭐해?"

그는 베란다에 걸터앉은 채로 끝없이 펼쳐진 어두운 바다를 바라보고 있었다. 그 바닷속에는 반짝이는 별들도 있었고, 누군가의 몽상을 뭉쳐놓은 듯한 구름도 있었다. 그녀의 눈엔 그 광경이, 푸른색과 보라색 그리고 검은색을 덧칠해 놓은, 그 바다가 어딘가 포근하게 느껴졌다.

"그냥… 멍때리고 있었어."

건호는 어떤 눈으로 이 바다를 보고 있을까. 그가 품은 바다는 깊은 곳에서부터 시퍼렇게 뜬 어떤 눈이 존재했다. 밝게 노려보는 그 두 눈은 잊으려 할수록 더욱 환하게 타올랐다. 마치 북극성 같았다. 다른 점이라면 그것은 전혀 그를 위로해 주지 못한다는 것이지만.

그는 스스로를 모질게 질책했던 시기가 있었다. 첫 시작은 미안함이었다. 주술이 문제였건, 아니건 갑자기 죽었으니까. 하지만 그것이 쌓이고 길어지자, 갈 곳 잃은 스트레스가 재현에 대한 것으로 바뀌어 버린 것 같다. 죽고서도 자신을 괴롭히던 그 실루엣이 원망스러워졌다. 이러면 안 돼. 스스로에게 되뇌었다. 죽은 친구를 원망한다니. 그건 용서받지 못할 일이라 생각했다. 그래서 그런 생각들이 올라올 때마다 스스로를 미워했던 것 같다. 하지만 그것도 한두번이지. 그런 감정마저 합리화할 만큼 그는 많이 지쳐있었다.

"넌 여기가 좋냐? 그냥 궁금해서 물어보는 거야."

그의 답엔 여러 가지 의미가 담겨있어 보였지만, 미래는 솔직하게 답하기로 했다.

"어, 좋아. 어차피 없던 일로 되는 곳이라고 해도, 어느 때보다 소중했고 즐거웠어. 다시 돌아가도 잊지 않을 거야."

"하. 되게…."

그는 더 이상 말을 잇지 못했다. 머리 속으로만 상상하는 것과 그것을 입 밖으로 내뱉는 것엔 상당한 차이가 존재했다. 뚜렷한 형태를 갖추지 않은 감정이 선명하게 그려지는 것 같은 기분이었다.

"너도 마찬가지야."

"뭐?"

"너도 잊지 않을 거라고. 돌아가고 나서도 말이야…."

그는 실소가 터졌다. 저런 얼굴 달아오를 말을 아무렇지 않게 내뱉는 모습이 우습다가도 그녀가 선보이는 강한 햇살이 재현의 그것과 많이 닮아 보여 가슴이 미어졌다.

"이 현실에서의 재현이는 어떤 결말을 맞는 걸까."

그가 답답한 한숨을 뱉으며 물었다. 아마 이 순간이 끝나고 원래대로 돌아간다면, 그는 사라지겠지. 그렇게 답하고 싶었다. 하지만 이곳에서 시간을 보내면서 어느덧 여름의 강렬한 햇살은 그녀의 마음속에 강하게 스며들어 버렸다. 그 여름과 같던 아이도 마찬가지로.

"재현이는… 분명 살아있어. 어딘가에. 저승이건, 이런 곳이던 어딘가에서 우리를 불렀고, 그 강한 햇살에 이끌려 이곳으로 왔다고 생각해."

적어도 미래는 이 짧고도 긴 여름을 그저 우연이나, 기적, 꿈 같은 걸로 치부하고 싶지 않았다. 어떤 형태로든 남아 있을지도 모르는 재현의 의지에 감사를 보내고 싶었다. 그리고 그 감사를 위해서 이제 자신으로 만들어진 과녁은 치우기로 했다.

"철부지였고, 아직까지 변화 없는 내가 늦게나마 사과할게. 예전에 너에게 뱉었던 그 말들은…"

그녀는 순간 머뭇거렸다. 단지 부끄러워서 그런 것이 아닌, 복잡한 기분이었다. 하지만 몇 년간 묵혀왔던 말을 하고자 다짐했다. 그리고 말해보자고 스스로에게 외쳤다.

"온전히 나의 실수야. 너의 잘못 같은 건 하나도 없는. 진즉에 해야 했을 사과를 이제야 해서 정말 미안해…"

아, 드디어 수면 위로 모습을 드러낸 죄책감은 미래, 그녀의 모습을 하고 있었다. 이 순간에

사과를 뱉는 모습이 밉다가도 정성을 다하는 그녀의 모습에 어딘가가 요동치기 시작했다. 어쩌면 그를 노려본 날카로웠던 두 눈은 그가 받아들이지 못한 총명한 눈망울이었을 지도 모른다. 어질러졌던 감정이 진정되는 것 같았다. 전부는 아니었지만, 답답한 어딘가가 풀어질 것만 같았다. 그리고 왜인지 눈시울이 붉어졌다.

"이제, 돌아갈지도 모르겠다는 기분이 들어."

"돌아가도 될까…?"

그의 눈가가 붉어져 있었다. 그녀는 깨달았다. 그의 뒤틀림은 사실 스스로에 대한 속죄였다는 것을. 어쩌면 그 시작은 그녀 자신일 것이라는 생각에 마음이 아파왔다. 언젠가 만났던 아이 같던 그를 떠올려 봤다. 자신이 2013년에서 왔다고 주장하던, 그 모습한테도 전화 너머로 성을 낸 기억이 있다. 그녀는 그것이 얼마나 미성숙한 행동인지를 깨달으며, 그의 성품을 떠올려 봤다. 그래, 그는 착한 사람이었다.

그가 어떤 마음으로 지내왔을지를 깨닫자, 그녀는 자신이 내뱉었

던 독설이 떠올랐다. 쓸데없이 주술을 진행해서 신이 노했다는, 그런 헛소리를 믿었던 자신이 미성숙했다. 게다가 그것을 있는 그대로 건호에게 화풀이했던 것이 그를 이렇게 만든 것 같아 어쩔 줄 모르고 있었다.

"나… 사실 재현이를 미워했어. 그러면 안 되는 건 알아…. 근데 너무 힘들었어. 그래서 계속 그렇게 해왔어…."

그녀는 어떤 말도 뱉을 수 없었다. 어쩌면 이 모든 것은 자신이 초래한 것일지도 모르기에. 그녀가 할 수 있는 건 그가 외로이 밤하늘의 눈총을 받지 않게 같이 앉아 있어 주는 것뿐이었다.

두 사람은 조용히 방으로 들어와 먼저 잠든 재현을 바라보았다. 건호는 피하듯 옆방으로 들어갔고, 홀로 남은 미래는 그의 뺨을 쓰다듬었다. 그리고 마음속으로 속삭였다. 내가 잊고 살았던 여름을 비추어줘서 고맙다고. 늘 도움만 받다가 가서 미안하다고. 그리고 네가 보여준 여름을, 이젠 자신이 건호에게 보여주겠다고. 그런 생각에 눈가가 젖어갔지만, 마지막은 웃는 얼굴로 그를 보고 싶었다. 그렇게 일방적인 작별을 마쳤다.

다음 날 아침은 제법 추웠다. 여름이라기엔 제법 쌀쌀한 날씨. 미래는 직감적으로 느낄 수 있었다. 아, 돌아왔구나. 급하게 휴대폰을 들어 날짜를 확인했다. 분명 추석이랍시고 엄청난 고객 수의 문자 발송을 했던 다음 날이었다. 그렇다는 건, 자신이 여태 겪은 건, 한밤중의 일순간이었던 셈이다. 하지만, 그렇다고 슬프지는 않았다. 꿈이었건, 진실이었건, 느꼈던 감정과 기억은 사라지지 않았으니깐.

휴대폰에 문자가 와있었다. 내일부터 추석 연휴여서 일을 쉰다는 문자였다. 상쾌한 기분으로 밖을 나섰다. 날씨가 추웠고, 낙엽들이 흩날렸다. 그것은 색깔을 다 잃은 회백색이었다. 하지만 왜인지 오늘은 그 낙엽이 아쿠아리움에서 보았던 회색 비단 물고기처럼 보였다. 열심히 물속을 유영하던, 아름답던 자태가 그녀의 머릿속을 휘저었다.

도서관이 코앞이었다. 그녀가 마음속으로 다짐했던 일이 문고리를 잡은 순간, 강하게 스쳐 지나갔다. 그것은 바로, 건호에게 연락하는 것이었다. 아직 밤하늘 아래에 그의 모습이 선명하게 그려진다. 스스로를 용서하지 못하던 그 쓸쓸한 모습이 뚜렷이 눈에 남았다. 이제는 그녀의 차례였다. 자신의 햇살로 그를 비추는 것이. 기대감을 품은 채 통화기록을 살폈다.

"…왜 그때 기록이 없지?"

마지막 기록은 아르바이트 사장님과의 통화였다. 아마 좀 늦을 것 같다는 전화였지. 그 후로 2013년에서 왔다던 건호와의 기록이 없었다. 그녀는 생각했다. 아, 그때부터 시작이었구나. 나를 비추던 여름 햇살의 환영이. 그 아이와의 대화가 머릿속에서 신기루처럼 흐리게 그려진다. 어쩌면 그의 전화를 받은 순간부터 그녀의 구원이 시작됐는지도 모르겠다.

기억나는 대로 그의 번호를 눌렀다. 아마 바뀌지 않았다면 그녀의 기억이 맞을 것이다. 전화를 걸면 무슨 말을 해야 할까. 그도 모든 것을 기억할까. 사실 그마저도 환영은 아니었을까. 떨리는 손을 부여잡으며 전화를 걸었다.

"…여보세요?"

"어… 건호니…?"

달라진 감은 있지만, 익숙한 목소리였다. 그녀는 있는 힘껏 자신의 생각을 휴대폰 너머로 펼쳐내기 시작했다. 마치 회색 비단을 펼쳐내듯이. 그리고 이번엔 그 비단이 그를 따스하게 감싸 안아주길 바랐다. 그와 동시에, 아름다웠던 여름이 다시금 그녀의 마음속에서 빛을 내기 시작했다.

김효찬

터널 끝에는 여름이 있겠지

터널 끝에는 여름이 있겠지

여름의 하늘이 창문을 뚫고 쏟아졌다
시리도록 파랗고
눈을 뜰 수도 없게

눈앞에 앉은 연인은
아무렇지 않게 슬쩍 입을 맞추고
불완전한 도시처럼 한여름의 땀방울처럼
사랑은 그렇게 당연하다

철컹-
지렁이는 꾸물거리며 땅 속으로 기어들어간다
아크릴 창문에 비치는 것은
멍한 내 눈빛뿐이다

투명한 벽에 가로막혀도
온 마음을 다해 바라보다가
갑자기 터널로 추락하는 것

그렇게 사랑은
예고도 없이 끝난다는 걸 알면서도
언젠가 또다시 여름이 오기만을 기다리겠지

미지근

안개는 슬쩍 굵어져서 꽃비처럼 흩날려
다시 봄이 온 것도 아닌데

시상을 방해하는 휴대폰 진동은
알맞은 설렘을 휘저어 놓았고

여름의 하늘을 뒤덮은 하얀 솜이불은
때이른 시원함을 불러왔어

이제 칠월의 열기는
뇌주름을 녹이고 이성을 마비시키진 못해

목소리 하나에 심장이 온몸보다 무거워지던
부딪히는 손끝부터 혈관을 따라 홧홧해지던
하나의 얼굴만 한여름 햇살처럼 선명하던

너무 뜨거워서 견딜 수 없을 것 같던
더 미치지 못해서 후회가 메아리치던
그 계절은 이제 가버렸어

사랑마저 적당해져버린 여름
불꽃은 하얗게 까맣게 타버리고
숯처럼 은근하게 내려앉았네

유월밤

걸핏하면 잠들어버리는 가로등부터
다리 여섯 개 아래를 지나면
다시 돌아가야 하는 시간이었어

여름밤은 아쉽도록 짧아서
말소리는 날파리만큼 많아지고

보랏빛 풀꽃이 휘파람을 불고
손톱만한 개구리가 턱을 부풀리면
걸음을 멈춰가면서

살갗에 엉겨붙는 습기와
배어나오는 땀방울에도
손가락 사이 틈도 없이 꽉 맞물렸지

달이 정수리를 넘어가고 나서도
너랑 같이 걷고 싶었어

하늘이 한 바퀴를 돌아 다시 밝아지는 순간에도
낮이 다시 짧아지고 추운 밤이 오는 계절에도
머리카락이 나이를 머금어갈 시절에도

그런 꿈을 꾸어보았어
그럴 수 있는 시절을 걸으면서

그해 유월은 개울처럼 흘러가버렸었지
칠월장마가 오고
깜빡거리던 가로등을 버드나무를 꺾기 전까지

7월의 주차장에서

파란 밤에 너와 손을 맞잡고
이어폰을 나눠꽂지 않아도
우리 귓가에 흐르는 노래에
한번쯤은 춤을 춰보고 싶었어

네게 기대서 웅얼거리면
너는 그걸 또 알아듣고
내 머리에 턱을 기대겠지

아스팔트 바닥이 발끝을 스치고
오랜만에 입은 치마 자락이 다리를 감싸면
너는 나를 한바퀴 돌리고
나는 피식 웃음을 흘리고

너인지 나인지 모를 만큼 섞여버린 숨이
하늘 끝까지 흩날려 가면
문득 고개를 한껏 꺾어보고 싶었어

보름달이 구름 뒤로 숨은 밤
둥근 가로등 불빛 아래서
불빛에 붙어 죽은 날파리들이
크레이터 같다는 네 농담에
불나방처럼 달려드는 이 순간이
네게 움푹 자국을 남기면 좋겠다고 생각했어

나는 이제 노래를 틀어도
마음이 수런거리지 않는 사람이 되어버렸어
그래도 이따금 궁금해져

나는 네게
메마른 바다만큼 넓은 흉터였을까
고작 표피만을 스친 생채기였을까, 하고

지금 이 여름

반딧불이가 없어진 세상
밤의 가로수에 레이저 불빛을 흩트리면
풀벌레 소리가 영산강 위에서 반짝거렸어

가로등도 없는 벤치에 앉아서 별을 빤히 쳐다봤어
고개를 한껏 꺾으면 네 손이 내 뒤통수를 감싸고
산 너머에서는 번개가 우르르 요동을 쳤어

지구는 요란한 기침을 내고 있어
어쩌면 머리가 하얗게 세어버리기 전에
아무것도 누구도 남지 못할지도 몰라

그래도 지금 이 순간
지구의 미래와 닮은 나의 과거도
아무도 모르는 미래도 생각나지 않아

꽉 맞물린 손가락 사이로
여름 이파리가 무성하게 피어오르네
이 계절이 가면 달콤한 열매가 맺힐 것처럼

완벽하지 못한 것

머리카락이 바닷바람과 춤을 추면
카메라 앵글마저 흔들렸다

적당한 미소가 아니라
눈을 질끈 감고 와르르 웃음을 터트릴 때
가면이 무너지는 그 짧은 순간

4년 된 핸드폰 렌즈에는 손때가 묻어서
밤 불빛이 비추는 얼굴은 윤슬처럼 번져간다

종아리에는 찰박이는 바지자락이 휘감겼다
소금은 마르지 못하고 피부에 영글었다
모래알은 별자리처럼 반짝거렸다

흠결없이 매끈해야 아름다운 줄 알던 날이 저물었다
포장지가 땀에 조금 녹아버려도
순간들은 그런대로 사랑할 만했다

덥고 습한 여름처럼
바다소리가 들려오는 계절처럼

나의 계절에게

겉옷 안쪽으로 여름이 숨어있을 때
그 안에는 네 마음도 움틀었겠지

소나기가 세차게 내리던 날에
포장지는 순식간에 녹아버렸어

사랑은
순식간에 밀려오는 비구름처럼 터져서
그 여름은 내내 장마가 왔어

그리고 다시 여름이 왔지
속눈썹에 물방울이 영글었는데
그게 땀인지 이별인지 모르고 싶었어

무더위가 식어갈수록
길어진 옷자락에 진심을 숨기고
녹아버렸던 이성은 다시 응고되었어

나의 계절, 네가 가고
공기는 점점 서늘하게 메말랐어
아무리 옷을 둘러매도 깊은 안쪽이 시려올 만큼

그 해 겨울에는 진눈깨비가 내렸어
모든 것이 부서진 세상 위로 흩날리는 화산재처럼

한그루

Shooting Star

Shooting Star

1

그 애를 볼 때마다 나는 쨍한 원색의 이미지들을 떠올렸다. 지중해의 바다, 한여름의 작열하는 태양, 노란 선베드 같은 것들. 그리고 상큼한 오렌지 주스와 수영장에서 맡을 수 있는 소독약 냄새, 나뭇잎 사이로 스며드는 햇빛.

무슨 뜻이냐 하면, 그 애는 밝고 강렬한 것들을 닮았다는 거다. 나랑은 너무도 다른 세상에 있는.

나의 세상이 틀렸거나 보잘것없다는 것은 아니다. 나는 조용하고 잔잔한 삶에 만족했다. 쳇바퀴 돌 듯 굴러가는 평화로운 일상이 좋았다.

다만… 그 애와 나는 물과 기름처럼 섞일 수 없는 존재라는 것을 알 수 있었다. 그 애는 시끌벅적하고 활기 넘치는 여름의 바다였고 나는 아무도 찾는 이 없는 한적한 겨울의 바다였다. 그 애는 강렬한 태양이었고 나는 반쯤 그늘이 진 곳에 자리한 풀 한 포기에 지나지 않았다. 어쩜 그렇게 상반된 것들만 닮았는지.

그 애는, 막 고등학교에 입학해 배정받은 교실에 들어가자마자 눈길을 잡아끌었다. 잘생기기도 잘생겼지만 다른 이유가 더 컸다. 입학 첫날이니만큼 잔뜩 긴장해서 얼어붙은 신입생들 사이에서 홀로 시끄러웠던 것이다. 그 애는 딱 저 같은 동아리까지 택했다. 학교 밴드부에서 퍼스트 기타를 한다나 뭐라나. 1학년이 선배들을 밀어내고 퍼스트를 꿰찼다고 시끄럽기도 그렇게 시끄러울 수가 없었다.

그 애가 그렇게나 나와 다르다는 걸 알면서도 나는 때때로 그 애를 훔쳐보는 것을 즐겼다. 시끄러운 것을 질색하던 나였지만 차연준만은 예외였다. 나와 달리 톡톡 튀는 그 애는 바라보기만 해도 즐거웠다. 그 애가 큰 소리로 웃음 터뜨리는 순간을, 그 애가 시끄럽게 떠드는 순간을, 나는 좋아했다. 비록 인사도, 어떠한 대화도 나누지 않지만 그 애를 바라보기만 해도 머릿속이 시원해지곤 했다.

그래서 그 애가 처음 나에게 말을 걸었을 때 나는 너무 놀라 말을 더듬어 버리기까지 했다.

"안녕."

"어… 아, 안녕…."

새 학기가 된 첫날이었다. 작년에 이어 올해도 나는 그 애와 같은 반이었다. 어제 학교 홈페이지에서 반 배정을 확인했기에 이미 알고 있던 사실이었다. 그러나 그 애가 내게 말을 걸 거라고는 한 번도 생각해 본 적 없었다.

"옆에 앉아도 돼?"

"…어? 으응…."

잔뜩 당황한 내가 어쩔 줄 몰라 하는 사이 차연준은 어떠한 설명도 없이 곧장 내 옆자리에 앉았다. 그러고는 가방에서 책이며 필통 따위를 꺼내 책상에 늘어놓았다.

아무렇지도 않은 듯 태연한 차연준을 보는 내 마음속은 그야말로 폭풍 한가운데처럼 혼란했다. 뭐지? 얘가 왜 내 옆에 앉지? 친구들이랑 반이 갈렸나? 그렇다고 해도 말 한마디 섞어본 적 없는 내 옆에 앉을 이유는 없지 않나?

홀로 치열한 고민을 하고 있을 때였다. 내 가장 친한 친구인 정원이 크게 하품하며 다가왔다.

"뭐야, 내 자리 맡아 놓는다며?"

그 말을 듣고서야 나는 내 옆자리에 주인이 있었다는 사실을 떠올렸다. 어젯밤, 우리가 같은 반인 걸 확인하고서 정원과 나란히 앉기로 약속했던 것이다. 난데없는 차연준의 등장으로 인해 새까맣게 잊어버리고 있던 사실이었다.

정원의 시선이 나와 차연준을 번갈아 훑었다.

"뭐냐, 유세현. 옆자리 맡아두기로 한 거 아니었어?"

"그게…… 내가 아까 앉아도 된다고 해버려서…… 미안해."

정원의 눈치를 보며 우물쭈물 사과하자 정원이 대수롭지 않다는 듯 고개를 저었다.

"됐어. 앞에 앉지 뭐."
"그래도 괜찮아?"
"어. 대신 다음엔 제대로 맡아 놔."
"응. 그럴게. 고마워."
정원과 대화하는 동안 차연준은 내내 찌푸린 얼굴을 했다. 닭살 돋는다고 생각하는 걸까. 나와 정원의 사이를 본 다른 애들이 종종 그런 말을 했다. 남자애들끼리 뭐 그러냐고. 하지만 남자라고 친구들끼리 다정하지 말라는 법은 없었다. 친구들끼리 험한 욕을 하며 낄낄대는 것보다는 이편을 더 좋아했다. 뭐든 시끌벅적하게 우글대는 것은 천성적으로 나와 맞지 않는 모양이었다.
자리 문제는 정원의 양보로 일단락되었으나, 차연준이 내 옆에 앉아 있다는 사실만은 여전히 문제였다. 늘 몰래 훔쳐만 보던 애가 바로 옆에 앉아 있으니 그렇게 신경이 쓰일 수가 없었다. 책상 위에 올려 둔 팔이 신경 쓰였고, 지우개질을 할 때마다 흔들거리며 차연준의 책상까지 건드는 낡은 책상도 신경 쓰였다. 하다못해 숨소리마저 신경 쓰였다. 내가 미친 것 같았다.
차연준은 아무렇지도 않은 걸까. 말 한마디 나눠 본 적 없는 애랑 앉아 있으면서. 차연준 쪽을 흘긋 돌아보았다가 단번에 눈이 마주쳤다. 화들짝 놀라 시선을 거두자 그 애가 작게 웃었다.
"왜 그렇게 놀라."
목소리에 웃음기가 배어 있었다. 이 상황이 어색하지도 않은가.
"…그런 거 아냐."
"그래?"
나는 대꾸 없이 선생님이 칠판에 적은 수학 공식을 받아 적었다.

그 애의 시선이 내가 글씨를 쓰고 있는 공책에 머무르는 것이 느껴졌다. 차연준은 내 쪽으로 살짝 몸을 기울이며 속삭였다.
"너 글씨 진짜 잘 쓴다."
차연준의 글씨라면 나도 잘 알았다. 칠판에 오늘의 급식 메뉴 따위를 적던 꼬불꼬불한 글씨체. 좋게 말하면 자유분방하고 개성 넘쳤지만, 나쁘게 말하면 지렁이가 기어다니는 것 같은 글씨였다. 그렇다고 해도 내 글씨체 역시 딱히 예쁜 편은 아니었다. 군더더기 없이 딱딱 떨어지는 글씨체는 깔끔하긴 했지만 그게 다였다.
괜히 부끄러워져 나는 책상에 하릴없이 얹어 두었던 왼손으로 슬그머니 공책을 가렸다. 차연준은 내 공책을 몇 번 기웃대더니 이내 시선을 거두었다. 그제야 나는 공식을 마저 받아적을 수 있었다. 글씨체가 보기 싫게 우그러졌다.

8시도 되지 않은 이른 아침, 나는 교무실에서 가져온 열쇠로 교실 문을 열었다. 9시 등교를 지키는 학교의 방침 덕에 다른 애들은 아직 등교하지 않을 시간이었다. 나는 익숙하게 불을 켜고 창문을 열었다. 아직은 차가운 3월의 바람이 교실 안으로 밀려 들어오며 먼지가 가득 끼어 텁텁하던 공기가 조금 씻겨 나갔다.
나는 삐걱거리는 마룻바닥을 조심스레 밟으며 내 자리로 향했다. 책가방에 가득 들어 있던 문제집 중 오늘 쓸 것들만 교과서와 함께 책상 서랍에 넣어 놓고, 나머지는 사물함에 가지런히 꽂아 두었다. 가벼워진 가방은 책상 가방걸이에 걸었다. 정리를 끝낸 후엔 책을 꺼내 들었다. 도서관에서 빌려온 소설책이었다.

어제 책갈피로 표시해 두었던 부분을 바로 찾아 펼쳤다. 아이보리색 종이 위에 박힌 까만 활자들을 더듬어 내려가자 이내 세상의 소음이 사라졌다. 내가 가장 좋아하는 순간이었다. 귓가를 따갑게 찌르는 모든 소음이 일순 사라지고, 오로지 책 속의 세상에 푹 빠져드는 것 말이다.

정신을 차렸을 때는 이미 교실이 절반쯤 차 있었다. 그제야 미처 인지하지 못하고 있던 엄청난 소음이 귀를 찔렀다. 이럴 때는 꼭 꿈에서 막 깨어난 것만 같은 기분이 들었다. 다른 차원의 세상을 떠돌다 막 현실 세계로 돌아왔다는 점에서는 비슷했다.

아직 9시가 되지 않은 것을 확인하고 다시 책으로 눈길을 돌리려는데, 바로 옆에서 익숙하면서도 낯선 목소리가 들렸다.

"안녕."

1년 내내 내 신경을 잡아끄는 목소리였다는 점에서는 익숙했으나, 그 목소리를 이렇게나 가까이서 들은 적은 없다는 점에서는 낯설었다.

나는 차연준의 행동을 하루쯤의 변덕으로 생각하고 있었다. 내일쯤이면 차연준이 다시 제 친구들에게 돌아가리라 짐작했었다. 하지만 그 애가 당연하다는 듯 인사를 건네며 내 옆자리에 앉자 나는 다시 놀라고 말았다. 내가 멀거니 그 애를 바라보는 동안 그 애는 또다시 제 물건들을 책상에 늘어놓았다. 이리저리 제 분비물을 묻혀 대며 영역 표시를 하는 강아지 같았다.

저러는 게 차연준의 습관이었나, 생각하는데 차연준은 익숙하게 내 옆자리에 자리를 잡고 앉아 나에게 말을 걸었다.

"몇 시에 왔어?"

"…나?"

"응."

"여덟 시."

"여덟 시? 왜 그렇게 빨리 왔어?"

그 애가 눈을 휘둥그레 뜨며 반문했다.

"그냥… 원래 그렇게 오는데."

"그러니까 왜 원래 그렇게 오는데?"

"그냥…… 교실이 조용한 게 좋아서."

"아하."

그 애는 내 말에 고개를 끄덕여 주었지만 사실 썩 이해가 가지는 않는 것 같았다. 내 가장 친한 친구인 정원도 나의 이른 등교는 전혀 이해하지 못했으니, 차연준이라 해도 다를 것은 없을 터였다.

"그렇게 일찍 와서 뭐해?"

"교실 창문 열고……."

선생님이 시켰어? 차연준이 물었다. 나는 고개를 저었다. 선생님이 시켜서 창문을 여는 건 아니었다. 그저 아침의 서늘한 공기가 좋았을 뿐이다. 퀴퀴한 교실을 환기해야 할 필요가 있기도 했고.

"그러고 나선?"

"책 읽는데."

나는 손에 들고 있던 책을 보여 주었다.

"그럼 한 시간 동안 계속 책만 읽은 거야?"

"응."

"와, 대단하다. 난 책은 십 분도 못 읽겠던데."

진심으로 감탄하는 그 애가 조금 우스웠다. 그 애가 어지간히 책 읽는 것을 싫어한다는 사실은 나 역시 알고 있었다. 생활기록부에 기재하기 위해 읽는다던 책이 한 달 내내 그 애의 책상 서랍에 들어 있는 것도 본 적 있었다. 결국 절반도 채 읽지 못하고 대충 지어서 썼다던가.

"넌 어떻게 쉬는 시간에도 늘 그렇게 책을 읽어?"

그 말엔 어제부터 차연준의 변덕에 덩달아 널뛰던 심장이 일순 멎는 듯했다. 차연준이, 나를 보고 있었다. 쉬는 시간이면 내가 늘 책을 읽는다는 사실도 알고 있었다. 그게…… 너무 놀라웠다.

같은 교실 안에 있지만 차연준이 나를 바라보는 일 따위는 없을 거라고 생각했다. 나의 존재 자체는 알까 싶은 생각이 들 때도 있었다. 나를 바라보는 차연준은 상상조차 하기 힘들었다. 늘 혼자 차연준을 바라보는 일에 익숙해진 탓이다.

"…그걸, 알아?"

"왜 몰라. 당연히 알지. 우리 같은 반이었는걸."

그러게. 차연준에게 당연한 일이 왜 나에게는 놀라운 일일까. 어제부터 당연하다는 듯 계속되는 차연준의 호의가 나는 그저 놀랍기만 했다. 도대체 저 애가 무슨 변덕으로 나에게 이러는지 종잡을 수 없었다. 오늘 차연준이 제 친구들에게 돌아가 버렸다면 나는 차연준의 한순간의 변덕을 두고두고 떠올리며 혼자 몰래 웃음 지었을 텐데, 차연준의 변덕이 계속되니 혼란스럽기만 했다.

그 애의 까만 시선을 견디기 힘들어서 나는 고개를 숙여 눈을 피했다. 책을 펼쳐 들자 그 애는 더는 방해하지 않겠다는 듯 말을 걸지 않았다. 내 얼굴에 꽂혀 오는 시선은 여전했지만.

"유세현."

아침부터 아이스크림을 물고 나타난 정원은 거의 구세주 같았다. 머리 뒤로 후광이 비치는 것처럼 보이기까지 했다.

"왔어?"

읽던 책까지 덮어 놓고 반색하는 나를 보며 정원이 고개를 갸웃했다.

"왜. 나 기다렸어? 뭐 할 말 있냐?"

"아니, 그런 거 아냐."

"그럼?"

"그런 거 아니라니까. 앉아."

손을 뻗어 정원의 의자 등받이를 톡톡 치자 정원은 의심스럽다는 듯 눈을 가늘게 뜨면서도 자리에 앉았다.

"먹을래?"

정원이 먹던 콘 아이스크림을 내밀며 물었다. 내가 가장 좋아하는 아이스크림이었다. 하늘색과 흰색이 어우러진 고운 색감에 상큼한 체리 시럽이 들어가 있고, 입안에서 팡팡 튀는 팝핑 캔디까지 콕콕 박혀 있는. 아주 어릴 적 집 앞에 생긴 아이스크림 전문점에서 처음으로 먹어 본 아이스크림이 바로 슈팅 스타였다. 입 안에서 톡톡 튀는 설탕 알갱이는 어린 나를 매료시키기에 충분했다.

어릴 때도 나는 늘 조용하고 차분한 것만 좋아하던 아이였는데, 왜 그 팝핑 캔디만은 그리 마음에 들었는지는 지금도 잘 모르겠다. 다만 그날의 경험이 내게 너무 강렬했는지, 나는 어느 정도 나이를 먹고서도 늘 그 아이스크림만 찾았다. 달마다 새로운 맛들이 쏟아져 나와도 나한테는 이만한 아이스크림이 없었다.

정원이 입 앞에 들이밀어 준 아이스크림을 한 입 베어 물었다. 익숙한 단맛과 함께 팝핑 캔디가 팡팡 튀었다. 입 안에서 설탕 알갱이가 튀는 감각을 즐기고 있는데, 문득 차연준이 나를 빤히 바라보고 있었다는 사실을 깨달았다.

"…왜?"

심지어 미간을 슬쩍 찌푸린 채였다. 내가 무언가 차연준의 심기를 거스를 만한 일을 했나 싶어 돌이켜 보았지만 딱히 그럴 만한 일은 없었다. 그 애는 일자로 다물린 입술에 꾹 힘을 주더니 이내 씩 미소 지었다.

"아무것도 아냐."

그 웃음이 어딘지 불만스러워 보였다. 뭐, 뭐지. 갑자기 왜 저런 표정이지? 뭐 때문에 기분이 상한 거야?

이유를 알 수 없어 조금 우물쭈물하는 사이 그 애가 먼저 말을 돌렸다. 그 애는 기분이 상했던 것은 금세 잊어버린 듯이 오늘 제출해야 하는 숙제나 제 친구들과 있었던 일들에 대해 떠들었다. 그 애와 마주 앉아 이야기를 나누는 것은 여전히 얼떨떨한 일이어서 내내 울렁이는 심장을 부여잡은 채 간간이 대꾸하고 고개도 끄덕여 주었다. 내게는 너무나도 힘든 일이었다는 걸, 차연준은 알는지 모르겠다.

얼떨결에 짝이 된 뒤로 그 애는 내게 너무나 간지럽게 굴었다. 정원과 내가 서로를 챙겨주던 건 비교도 되지 않을 정도였다. 가령, 그 애는 나와 우연히 눈이 마주칠 때마다 햇살처럼 환하게 웃었다. 그 환한 웃음을 볼 때마다 내가 설렌다는 것도 모르면서 말이다.

수업 시간에도 몇 번이나 눈이 마주쳤는지 모른다. 그뿐 아니라 자꾸만 내게 뭔가를 해 주려 들었다. 숙제를 대신 제출해 준다든가, 유인물을 대신 받아다 준다거나, 또는 내가 말하기도 전에 휴지를 건네주는 식이었다. 사소한 것들이라 아무렇지 않게 받다가도, 따져 보면 차연준이 왜 내게 이런 것들을 해 주는지 의문이 들곤 했다.

"유세현. 매점 가자."

"나도 같이 가."

오늘은 정원이 나를 부르자마자 기다렸다는 듯 그 애가 따라 일어났다. 나는 얼른 고개를 끄덕였지만, 정원은 갑작스레 끼어든 차연준이 영 마음에 들지 않는 듯한 기색이었다. 눈살을 찌푸리며 막 입을 열려던 차에 내가 잽싸게 끼어들었다.

"그, 그럼 정원이 넌 여기 있을래? 내가 사다 줄게."

"둘이 가려고?"

"으응. 너 수학 숙제 아직 다 안 했다며. 하고 있어. 뭐 먹고 싶은 거 있어?"

"…빵이나 하나 사다 줘. 아침 안 먹었거든."

"알았어."

정원의 앞에 수학 문제집까지 꺼내어 올려 두니, 정원은 빨리 갔다 오기나 하라며 손을 내저었다. 그제야 안심이 되어 차연준과 둘이 교실을 나설 수 있었다.

매점에 가는 내내 그 애는 한껏 신이 난 목소리로 조잘댔다. 대부분은 쓸데없는 이야기들이었지만, 그 애가 내게 무언가 이야기를 하고 있다는 사실이 좋아서 가만히 들어 주었다.

"그 아이스크림 좋아해?"

내가 냉동고에서 꺼낸 아이스크림을 눈짓하며 그 애가 물었다. 내 손에는 당연하다는 듯 슈팅 스타가 들려 있었다.

"응, 내가 제일 좋아하는 아이스크림이야."

"정말? 나돈대. 나도 이거 제일 좋아해."

"너 이거 먹는 거 한 번도 못 봤는데."

차연준이 이 아이스크림을 자주 먹는다면 내가 몰랐을 리가 없다. 애초에 차연준은 학교에서 군것질을 많이 하는 편이 아니었다. 가끔 배가 고프면 매점에서 빵이나 소시지 따위를 사 먹는 것 같기는 했지만, 아이스크림은 여름에도 잘 먹지 않았다.

"집에서 슈팅 스타 하프 갤런으로 사다 놓고 맨날 먹거든. 그래서 학교에선 단 거 많이 안 먹으려고 노력 중이야."

"하프 갤런에 슈팅 스타만?"

"응. 난 그게 제일 좋던데."

"그거 나도 해 보고 싶었던 건데……."

하프 갤런에 슈팅 스타만 가득 채워서 먹는 것은 내 작은 소망이었다. 그렇게 하지 못한 것은 누나가 초코 맛 아이스크림을 좋아하기 때문이다. 아이스크림을 살 때는 꼭 절반은 초코 맛으로 채워야 해서 한 번도 실행에 옮겨 보지는 못했다.

"해 보지. 왜?"

"우리 누나는 초코 맛 좋아하거든."
"세현이 누나도 있구나. 나이 차이 얼마나 나?"
"다섯 살. 지금 대학생이야."
"차이 꽤 많이 나네."
"응. 그래서 누나한텐 꼼짝 못 해. 아이스크림도 꼭 초코랑 슈팅스타 반반 채워야 하고."
"그러면 우리 집에 놀러 와. 가는 길에 사서 나눠 먹자."
"어…?"
선뜻 내민 제안에 나는 당황했다. 집에? 차연준네 집에? 지금 나보고 자기 집에 놀러 오라고 한 건가?
친구 집에 놀러 가는 게 처음은 아니었다. 특히 정원이네 집에는 밥 먹듯이 드나들곤 했으니 새삼스러울 일도 아니었다. 하지만 어릴 적부터 알고 지냈던 정원과 달리, 차연준과 나는 친해진 지 고작 일주일 남짓밖에 되지 않은 사이였다. 엄격히 따지자면 친구라기보단 친해지고 있는 사이쯤 되겠다. 차연준은 일주일 된 친구도 이렇게 집에 초대해주는 걸까?
게다가 차연준은 내가 좋아하는 애였다. 그 애의 집에 놀러가는 게 아무렇지 않을 리가 없었다. 솔직히 말하자면 그 애로부터 집에 놀러 오라는 이야기를 듣자마자 내 심장이 맹렬히 뛰기 시작했다.
벌써부터 이런데, 차연준네 집에 가서 내가 평소처럼 행동할 수 있을까? 만약 차연준네 집에 아무도 없다면, 그래서 나와 그 애 단둘이서 함께 있어야 한다면(김칫국을 사발로 들이키는 상상일지도 모르지만), 나는 긴장감에 심장이 터져 버릴지도 모른다.
단둘이 집에서 무엇을 할 것인지도 문제였다. 정원과 서로의 집에 놀러 가면 으레 하는 일은 정해져 있었다. 뭘 시켜 먹거나, 영화를 보거나, 같이 숙제를 하거나. 하지만 나와 배달 음식을 시켜 먹거나, 영화를 보거나, 공부를 하는 차연준을 나는 상상하기 힘들었다. 늘 제 친구들과 웃고 떠드는 모습만을 보아 와서인지도 모르겠다.

"맛있는 것도 시켜 먹자. 완전 좋겠지."

잔뜩 신이 난 듯 떠들며 그 애는 웃었다. 하지만 나는 따라 웃을 수 없었다. 도저히 그 애의 집에 갈 용기가 나지 않았던 탓이다. 차연준이라면 집에 놀러 올 친구들은 얼마든지 있을 테니 나 하나 가지 않는다고 해서 실망할 것 같지도 않았다. 차연준의 집에 가 보지 못하는 것은 조금 아쉬웠지만 어쩔 수 없었다.

정원에게 가져다줄 피자빵까지 사서 교실로 돌아오는 길에, 그 애는 내가 들고 있는 아이스크림을 빤히 바라보았다. 먹고 싶어 하는 것 같았다. 나는 조금 망설이다 조심스럽게 물었다.

"먹던 거긴 한데… 한 입 먹을래?"

"아, 학교에선 안 먹기로 했는데……."

그렇게 말하며 슬쩍 손을 내미는 걸 보니 이미 그른 것 같았다. 티 나는 언행 불일치에 웃음이 났다.

"여긴 내가 먹던 데니까, 반대쪽으로 먹어."

내가 베어 문 자국이 그대로 남은 콘 아이스크림을 반대편으로 돌려 차연준에게 건넸다. 그 애는 대충 고개를 끄덕이며 아이스크림을 받아들더니, 아이스크림을 반 바퀴 돌려 정확히 내가 먹던 쪽의 아이스크림을 먹었다.

"야, 왜 거길…!"

크게 한 입을 베어먹은 차연준이 아이스크림을 돌려주었다. 나는 나와 그 애가 먹은 자국이 남은 아이스크림을 망연하게 내려다보았다.

"왜? 나 입 댄 데 먹기 싫어? 이정원이랑은 아무렇지 않게 먹더니."

"그, 그게 아니라, 네가 싫을까 봐 그러지……."

"난 괜찮은데."

차연준이 어깨를 으쓱했다. 생각해 보니 차연준은 제 친구들이랑 아무렇지 않게 빨대나 숟가락 같은 것들을 공유하기는 했었다. 다만 그 영역에 나까지 포함될 줄은 몰라서 당황스러웠다. 나야 차연준이 먹던 걸 얼마든지 내 입에 넣을 수 있었지만, 차연준 역시 그럴 줄은 몰라서.

"안 먹어? 녹겠다."

아이스크림을 들고만 있는 나를 본 차연준이 재촉했다. 나는 차연준이 시키는대로 다시 아이스크림을 물었다. 아이스크림 속의 팝핑 캔디가 입 안에서 톡톡 튀었다.

다음날에는 한 학기 동안 할 동아리를 골랐다. 일주일에 한 차례 두 시간 동안 특별활동을 하는 것에 불과하기는 했지만 생활기록부에 들어가는 것이니만큼 학술 동아리에 들어가는 애들이 많았다. 수학문제풀이반, 과학실험반, 사회문제토론반 같은 것들 말이다.

하지만 나는 늘 도서부였다. 중학교 때도, 고등학교에 올라오고 나서도. 동아리 시간마다 조용한 도서실에서 책을 읽을 수 있다는 게 좋아서였다. 이번에도 나는 당연하게 도서부에 들어갈 생각이었다.

그리고 내 옆에 앉은 이 애는, 아마도 밴드부겠지. 그 애가 밴드부에서 일렉트릭 기타를 맡고 있다는 사실은 이미 알고 있었다. 축제 때 무대 위에서 기타 줄을 튕기는 그 애의 모습을 눈여겨본 적도 있었고.

"무슨 동아리 할 거야?"

그 애가 내 쪽으로 몸을 기울이며 물었다.

"나는 도서부."

"책 읽는 거?"

"응. 나 늘 도서부였어."

"그렇구나."

"너는 밴드부지?"

"음, 그랬었는데…."

말을 멈춘 차연준은 나를 바라보며 웃었다. 그랬었는데, 뭐?

"이번엔 도서부 할까 하고."

"응?"

난데없이 도서부는 왜? 밴드부는 학생들 사이에서 인기가 좋아서 아무나 들어가지도 못하는 동아리였다. 희망자들을 대상으로 오디션까지 보고 들어가는 동아리인데, 왜 갑자기 도서부에 들어오겠다는 건지 이해가 가지 않았다. 그 애와 책이라니. 정말 안 어울렸다.

"도서부는 갑자기 왜…?"

"그냥. 해 보고 싶어서."

차연준은 해 보고 싶은 게 있으면 뭐든 해 보는 애였다. 기타도 쳐 보고, 학교 수영부 애들을 따라 하루 종일 수영도 해 보고, 내킬 때는 미술부 실기실에 쳐들어가서 그림도 그려 보고. 그러니 도서부가 해 보고 싶어서 들어온다고 해도 이상하지는 않았다.

"그래도 아깝지 않아?"

"뭐가?"

"밴드부. 오디션 보고 들어가는 거잖아. 그거 하고 싶어 하는 애들도 엄청 많고."

"그런가. 그럼 걔들 하라고 하지 뭐. 난 도서부 하고 싶어."

본인이 그렇다는데 내가 뭐라고 말하겠는가. 나는 그냥 고개를 끄덕이고 말았다.

하지만 내심은 조금 아쉬웠다. 밴드부에서 나왔으니, 이제 무대 위에서 기타를 치는 차연준의 모습을 더는 볼 수 없는 탓이었다.

무대에서 기타를 치는 차연준을 나는 딱 한 번 봤다. 학교 축제 때였다. 핀 조명이 떨어지는 무대 위의 차연준은 홀로 빛이 났었다. 드럼이나 보컬을 맡은 다른 애들은 눈에 들어오지도 않았다. 오로지, 차연준만이 가득했다.

무대가 끝날 무렵에 살짝 땀에 젖은 검은 머리카락이나, 마찬가지로 번들번들해진 목덜미, 현란하게 움직이며 기타 현을 튕기는 긴 손가락 같은 것들을 나는 하나하나 뜯어보았다. 무엇 하나 예쁘지 않은 것이 없었다. 누군가를 그렇게 홀린 듯이 바라본 것은 처음이었다. 함께 무대를 하고 있는 밴드부 친구를 바라보며 그 애는 장난스럽게, 그리고 한껏 신이 난 얼굴로 웃었다. 그 미소를 보자 나도 밴드부에 들어가고 싶다는 터무니없는 생각을 했을 정도였다.

물론 나는 밴드부에서 맡을 수 있는 게 단 하나도 없겠지만, 그 애의 빛나는 미소를 받아 볼 수만 있다면 내가 싫어하는 시끄러운 전자 음과 드럼 소리를 견딜 수 있을 것 같기도 했다.

"그래도 조금 아쉽다. 너 기타 잘 치던데……."

"어? 나 기타 치는 거 봤어?"

"당연하지. 축제 때 밴드부 무대 했었잖아. 너 하는 것도 봤지."

"우와. 세현이도 봤었구나. 기분 좋다."

신기하다는 듯 웃는 차연준이 조금 우스웠다. 나도 이 학교 학생이니 당연히 밴드부 무대를 보지 않았을 리가 없는데 뭐가 그리 좋은 걸까.

"나 그때 어땠어?"

"어? 멋있었지. 네가 제일 잘하던데. …물론 난 밴드 그런 거 잘 모르지만."

"정말? 나 멋있었어?"

차연준이 애처럼 웃었다. 그 순진한 웃음에 순간 숨이 턱 막히는 듯해 나는 아무런 대답도 하지 못했다.

때마침 차연준의 친구가 아이스크림을 물고 불쑥 다가왔다. 밴드부에서 드럼을 맡고 있는 애였다.

"야, 차연준. 너 밴드부 써서 냈지?"

차연준이 함께하는 게 당연하다는 듯한 어투였다. 나도 그 애가 당연히 밴드부에 들어갈 줄로만 알았다.

"아니."

"아직 안 냈냐? 빨리 내."

"그게 아니라, 밴드부 안 할 거라고."

"밴드 안 한다고?"

"어. 나 도서부 들어갈 거야."

차연준의 말에 그가 입을 쩍 벌리며 경악했다.

"갑자기 무슨 소리야. 일렉 이제 안 하냐?"

"그건 아닌데, 도서부 해 보고 싶어서."

"야. 도서부가 해 보고 싶고 말고 할 게 어딨어. 그냥 가서 책이나 읽는 건데."

그의 말에 차연준이 흘긋 나를 보았다. 내 기분이 상할까 염려하는 것 같았다. 그렇지만 기분이 나쁘지는 않았다. 도서부가 가서 책이나 읽는 거 맞지, 뭐.

"그래도 해 보고 싶은데."

"네가 갑자기 무슨 도서부야. 책이라곤 읽어 본 적 없는 돌대가리가. 지나가던 개가 웃겠다."

"진짜야. 이미 도서부 들어가기로 했어."

"진짜라고? 이 새끼가 갑자기 돌았나? 야, 왜 그래."

"뭐가. 야, 가. 나 바빠."

"처놀고 있는 새끼가 뭐가 바빠. 책상에 책이 하나도 없는데. 도서부가 너 같은 애들 받아 주기는 한대?"

"아, 꺼져."

차연준에 대한 친구의 평가는 참 냉혹했다. 돌대가리…. 책 좀 안 읽는다고 돌대가리일 것까지야……. 차연준이 귀찮다는 듯 손을 휘젓자 차연준의 친구는 욕을 중얼거리며 떠났다.

"…받아 주지?"

매몰차게 내친 친구에게 내심 허점을 찔렸는지 그 애가 조심스럽게 물었다. 자기가 어지간히 책을 읽지 않는다는 사실을 스스로도 잘 알고 있는 것 같았다. 안 된다는 말을 들으면 절망할 것 같은 얼굴로 나를 애타게 바라보는 것이 웃기고 귀여웠다.

"당연히 받아 주지."

"아, 다행이다."

그 애는 안심한 듯 웃으며 동아리 신청서에 커다랗게 '도서부'라고 썼다. 2학년 7반 25번 차연준, 도서부.

정말, 그 애가 도서부에 들어오는 것이다. 기분이 이상했다.

"도서부는 무슨 활동 해?"

첫 동아리 시간에 그 애가 나에게 물었다. 손에는 막 책장에서 뽑은 책 한 권이 들려 있었다. 찰스 로버트 다윈의 〈종의 기원〉. 무슨 내용인지도 모른 채 그냥 유명해서 고른 듯한 책이었다.

"별거 안 해. 그냥 동아리 시간에 책 읽고, 독후감 쓰고."

"그게 다야?"

"응."

"도서위원 활동은 안 해? 점심시간에 책 정리하고, 사서 쌤 대신 대출해 주고, 그런 거."

드라마를 너무 많이 본 것 같다. 차연준의 드라마틱한 상상이 웃겨서 나는 픽 웃었다. 그 애는 살짝 입을 벌린 채 멍하니 나를 바라보았다.

"그런 거 안 해."

"…왜? 드라마나 영화 보면 다 그러던데."

"그건 드라마잖아. 현실에선 고딩한테 그런 거 안 시켜. 공부해야 하니까."

"그렇구나."

그 애는 시무룩한 표정으로 고개를 주억거렸다.

"심심하겠지."

"어? 아냐."

"그냥 지금이라도 밴드부 다시 들어가. 넌 작년에도 활동한 멤버라 받아 줄걸."

"싫어. 도서부 할 거야."

도대체 뭐에 꽂혀서 저리 고집을 부리는지 알 수가 없었다. 책은 좋아하지도 않는 거 다 아는데. 나는 작게 한숨을 쉬며 말했다.

"정 뭐가 하고 싶으면 점심시간에 나랑 같이 도서관 오자. 나 점심시간마다 여기 와."

"아, 그래서 안 보였구나."

"응?"

"아무것도 아니야."

"그래서, 올 거야?"

"응. 당연하지."

그 애가 환하게 웃었다. 그리고 당당하게 들고 있던 〈종의 기원〉 첫 장을 넘겼다. 30초도 채 지나지 않아 웃음이 사라졌다. 그럴 줄 알았다.

여느 때와 같이 정원이와 점심을 먹고 도서관으로 올라가던 길이었다. 축구공을 들고 제 친구들과 운동장으로 뛰어가던 차연준이 나를 보고 손을 흔들었다.

"세현아!"

"아, 안녕."

"밥 맛있게 먹었어?"

마주 손을 흔들어주자 그 애가 곱게 눈을 접어 웃으며 물었다. 밥 먹었냐는 평범한 질문을 뭐 저렇게 간지럽게 물어보는지 모르겠다. 그에 설레하는 나도 문제였고.

"응. 너는?"

"나도."

옆에서 정원이 헛구역질하는 시늉을 했다. 정원의 옆구리를 세게 꼬집고 싶은 충동을 누르며 나는 애써 웃는 낯을 만들었다.

"이정원이랑 둘이 먹고 온 거야?"

"응."

"다음부턴 나도 끼어도 돼?"

내가 대답을 하기도 전에 정원은 '싫어' 했으며, 옆에 있던 차연준의 친구들은 '야, 이 새끼 버려' 했다. 그 애는 주변에서 뭐라 하든 전혀 알 바 아니라는 듯 나만을 바라보고 있었다.

"응?"

"어…."

"안 돼?"

그 애의 동그란 눈꼬리가 축 처졌다. 심장이 덜컥 떨어졌다. 내가 그 애를 거절하다니. 안절부절못하며 나는 정원 쪽을 흘긋 보았다. 정원의 눈빛은 단호했다. 절대 안 돼. 그 눈빛을 이해하지 못한 건 아니었지만, 그 애 앞에서 내 입은 제멋대로 움직이고 말았다.

"그래. 같이 먹자……."

"와, 정말? 고마워!"

"안 된다고!"

"야, 얘랑 같이 먹어 주지 마."

"그럼 내일부터 같이 먹을 수 있는 거지?"

"못 들었냐? 안 된다고."

아주 양쪽에서 난리도 아니다. 차연준의 친구는 차연준이 알아서 하겠지만, 정원이가 반발하는 것은 확실히 문제였다. 차연준을 데려오려면 정원에게 확실히 승낙을 받았어야 했는데. 이건 내 잘못이 맞았다. 하지만 그 애가 저렇게 가련한 눈빛을 하면 못 견디겠는 걸 어떡해.

차연준이 제 친구들한테 질질 끌려 사라지자마자, 나는 고개를 푹 숙이고 정원에게 사과했다.

"미안해…."

"알긴 알아?"

"알지, 그럼……. 근데 대놓고 안 된다는 말을 어떻게 해."

"왜 못 해?"

정원은 할 수 있을지 몰라도, 나는 안 된다. 내게 허락을 구한 것이 그 애이기 때문에. 그 애를 좋아해서 그 애의 부탁을 거절할 수가 없었으니까. 아무래도…… 정원이에게 말해야 할 때가 온 것 같았다. 내가 그 애를 오래도록 좋아했노라고.

일부러 정원이를 집으로 데려왔다. 워낙 익숙한 일이라서 정원은 아무런 생각도 없는 것 같았다. 따끈따끈한 김이 피어오르는 피자를 앞에 두고, 나는 거의 실토하듯이 고백했다.

"나 있잖아…."

"어."

"나 사실……. 사실… 차연준 좋아해."

"뭐라고?"

정원은 태어나서 가장 해괴한 말을 들었다는 듯 눈을 크게 떴다. 내가 차연준을 좋아하고 있다는 건 정원에게도 비밀이었다. 평소에 차연준을 좋아하는 티도 내지 않았으니 내가 그 애를 좋아한다는 사실이 놀랍기도 할 거다.

"…진짜야?"

"응. 진짜로. 1학년 때부터 좋아했어……."

"진심으로? 아니, 차연준을 좋아한다고?"

"응. 그러니까…… 나 좀 봐주면 안 돼? 그 애가 먼저 밥 같이 먹자고 해 줬단 말이야……."

그 애가 같이 밥을 먹자고 해 줬다. 제 옆에 있는 친구들이나 정원이 안 된다고 하건 말건, 오로지 내 의견만이 중요하다는 듯 시선을 나에게 똑바로 고정하면서 말이다.

뒤늦게 심장이 뛰었다. 그 순간에는 어떻게 평정을 유지할 수 있었는지 이해가 가지 않을 정도였다. 아니, 사실 평정을 유지한 건 아니었다. 정원이 안 된다고 하는데도 홀린 듯이 그러자고 대답해 버렸으니까. 아무튼… 어떻게 그 순간 심장이 난동을 부리지 않았는지는 모르겠다. 내 심장은 집에서 그 상황을 복기해 보고 나서야 미친 듯이 뛰기 시작했다. 새빨갛게 달아오른 얼굴을 숨기려 고개를 푹 숙이자 정원이 허, 헛웃음을 쳤다.

"차연준을 좋아한다고."

그 애가 좋았다. 처음에는 그 애가 나랑은 너무나 다른 사람이라서, 그게 신기해서 한 번 쳐다본 게 다였다. 두 번째 쳐다봤을 때는 그 애가 희한했고 세 번째 쳐다봤을 때는 그 애가 조금 궁금했다. 그게 네 번, 다섯 번 반복되다 보니 나는 어느새 그 애를 짝사랑하고 있었다. 시끄러운 걸 질색하던 내가, 세상에서 제일 시끄러운 차연준을 말이다.

하지만 나는 확신할 수 있다. 누구든 차연준을 마주하게 되면 그 애를 사랑할 수밖에 없다. 성애적인 의미가 아니라, 차연준이라는 인간에게 호감을 느끼고 빠져 버릴 수밖에 없다는 뜻이다. 그토록 밝은 색감과 빛을 품고 있는 인간을 사랑하지 않을 수 있을 리가 없다. 차연준에게 속수무책으로 묶여 버린 건 나 역시 마찬가지였다. 정원이 싫어하는 걸 뻔히 알면서도 고집을 부리고, 결국은 정원에게 모든 것을 털어놓으며 도와 달라 말하게 될 정도로, 나는 그 애를 좋아했다.

내 무언의 대답을 정원은 알아들은 것 같았다. 정원은 한숨을 푹 쉬더니 이내 피자를 한 조각 들었다. 세모꼴의 피자 끄트머리를 한 입 베어 문 정원은 여전히 고개를 수그리고 있는 나에게 턱짓했다.
"뭐해, 먹어. 식겠다."
"…도와주는 거야?"
"뭘 도와줘."
"밥 같이 먹게 허락해 주는 거야?"
"그게 도와주는 거냐? 방관하는 거지."
정원이 얄밉게 빈정댔다. 그러고는 피자를 크게 한입 더 먹었다. 손에 들고 있는 피자는 어느새 절반이 사라졌다.
"아무튼."
"…어."
"진짜? 진짜지?"
"그래."
웃음이 났다. 피자를 먹을 생각도 하지 않은 채 웃고만 있는 나를 보고 정원이 좋댄다, 했다. 좋은 건 사실이었으므로 딱히 부정하지는 않았다.
"안 먹냐? 배 안 고파? 그럼 내가 다 먹고."
"고파. 먹을 거야."
여전히 따뜻한 기운이 남아 있는 피자 한 조각을 들어 베어 물었다. 참을 수 없이 기분이 좋았다. 그 애와 같이 밥을 먹게 된 게 뭐라고. 피자를 먹으면서도 내가 자꾸만 싱긋 웃자 정원이 어이가 없다는 듯이 바라보다 따라 웃었다. 아무래도 차연준이 나를 이상하게 만든 것 같았다.
다음 날 눈을 뜬 순간부터 내내 점심시간만 기다렸다. 점심시간이야 원래 즐거운 시간이지만, 오늘은 특히 심했다. 차연준과 함께 급식을 먹기를 고대하느라 책이고 수업이고 눈에 잘 들어오지 않을 정도였다. 내가 이렇게 차분하지 않은 사람이라는 걸 차연준 덕에 알았다. 아니지. 원래 차분하고 침착한 나를 차연준이 그렇지 않게 만든다. 이런 내가 나도 어색했다.

그렇게 기다려 온 점심시간인데도 정작 4교시 수업을 마치는 종이 울리자 이상하리만치 행동이 느려졌다. 선생님이 칠판에 가득 적어 놓은 필기를 공책에 끝까지 적고 고개를 드니 차연준이 나를 바라보고 있었다. 눈이 마주치자 그 애가 싱긋 웃었다.

"다 썼어?"

"…응."

"가자. 밥 먹으러."

꼭 단둘이 밥을 먹으러 가는 것처럼 간지럽게 굴던 차연준은 정원이 따라나서자 슬쩍 미간을 찌푸렸다. 정원이 그걸 봤더라면 또 한판 대거리를 했을 텐데, 정원은 내게 무언가를 묻느라 눈치채지 못했다. 다행이었다.

차연준은 뒤에서 나와 정원의 어깨에 팔을 걸치며 어깨동무를 했다. 그 통에 나는 몸을 펴지도 움츠리지도 못한 채로 굳어 버렸다.

"아, 뭐야. 꺼져. 소름 돋게."

정원은 대번에 짜증을 내며 차연준의 팔을 휙 던지다시피 치워 버렸다. 그러자 차연준은 미련 없이 정원을 버리고 내게만 딱 달라붙어 조잘댔다. 어느새 나와 정원 사이에 자리를 꿰찬 채였다. 내 목덜미를 지나 어깨에 걸쳐진 그 애의 팔이 신경 쓰여 나는 내내 몸을 돌처럼 굳히고 있어야 했다.

그래도 좋았다. 따지고 보면 별것 아닌 스킨십인데도 그랬다. 그 애의 작은 스킨십도 내게는 특별하게 느껴졌다. 차연준의 바운더리 안에 내가 들어간 것을 확인시켜 주는 것 같다고 해야 하나. 내가 그의 세계에 발 끄트머리를 들이밀었다는 나름의 증거 같았다.

"오늘 메뉴 곤드레나물밥에 연근조림이래. 윽, 진짜 싫지."

"나물 싫어하는구나."

"좋아하는 사람도 있어?"

…나는 좋아한다. 하지만 그 이야기를 해 괜히 산통을 깰 필요는 없겠지. 그냥 웃어 주며 급식실로 향하는데, 정원이 뒤에서 빈정댔다.

"애냐, 편식하게."

그러는 본인도 나물을 잘 먹는 편은 아니었다. 자기객관화가 안 되는 것 같은 정원의 옆구리를 아프지 않게 찔러 주었다.

"내일은 돈가스 나온대. 맛있겠지."

"응. 그러게."

후식으로 나온 과일 샐러드를 받을 때 차연준은 '이모, 많이 주세요' 하며 넉살을 떨었다. 그런다고 급식실 이모들이 많이 주는 건 아닐 거라고 늘 생각해 왔는데, 자리에 앉아 살펴보니 정말 두 배가량 많았다. 차연준이라서 그러는 건지, 원래 더 달라고 하면 저렇게 턱턱 더 얹어 주는 건지 모르겠다. 하지만 후자라고 해도 나에게는 맛있는 반찬을 더 달라고 애교를 떨 넉살이 없었다. 아무렇지 않게 애교를 부리고 다니는 차연준이 신기했다.

식사를 시작하기 전에 차연준은 아예 미간까지 찌푸려 가며 밥에 섞인 나물을 골라냈다. 대단한 정성이었다. 차연준과 함께 밥을 먹을 일이 없었기 때문에 이 정도로 나물을 싫어하는지 처음 알았다.

하지만 아무리 골라내 봐야 이미 밥알에 붙은 조그만 나물 조각까지는 다 골라내지 못했다. 결국 죽상을 하고 밥을 먹는 내내 차연준은 곤드레나물밥에 대해 불평했다.

"도대체 누가 밥에 나물을 섞을 생각을 하는지 모르겠어. 너무 끔찍해."

참고로 우리 집에서 제일 인기 있는 밥은 곤드레나물밥이다. 우리 가족들은 다 나물을 좋아해서, 엄마가 나물밥을 해 주는 날이 바로 특식이었다. 차연준과 내가 다른 점은 음식 취향에서도 있다는 것을 오늘 알았다. 한참을 떠들던 차연준은 내가 곤드레나물밥과 연근조림을 다 먹은 것을 보고 호들갑을 떨었다.

"헉. 너 다 먹었어? 먹기 싫으면 남겨도 되는데."

"그게 아니라…."

"재 원래 나물 같은 거 좋아해."

폭로라고 해야 할까, 고자질이라고 해야 할까. 하여튼 정원의 말을 들은 차연준은 헐, 했다.

"진짜? 진짜로? 나 이거 좋아하는 애 처음 봐. 내 것도 먹을래?"

텅 빈 식판 위에 연근조림 세 개가 턱 얹혔다. 나는 차연준이 하사한 연근 하나를 젓가락으로 집어 입에 쏙 넣었다. 연근조림은 달짝지근해서 밥 없이 먹는 것도 좋아했다. 어릴 적에는 냉장고에 있는 연근조림을 엄마와 누나 몰래 간식처럼 꺼내먹곤 했었다. 행복하게 연근조림 세 개를 먹는 내 모습을 그 애는 내내 웃으며 바라보았다.

그 애는 곤드레나물밥과 연근조림은 싫어했지만 과일 샐러드는 맛있게 잘 먹었다. 다만 오이는 싫었는지 한쪽에 슬쩍 골라내는 것을 보니 웃음이 났다. 나물만 싫어하는 게 아니라 모든 종류의 채소를 다 싫어하나 보다.

밥을 먹고 양치질을 한 후에는 차연준과 함께 도서관에 갔다. 정원은 가서 못다 한 숙제를 해야 한다며 빠졌다. 그 애와 도서관으로 올라가는 길에 나는 이게 꿈인가 생시인가 싶어 어안이 벙벙했다.

차연준은 원래 점심시간마다 별관 음악실에서 밴드 연습을 했다. 정원에게 들킬까 봐 구경하러 갔던 적은 없지만 점심시간마다 기타를 들고 음악실로 내려가는 모습은 여러 번 봤다. 그때 차연준의 표정은 정말 반짝반짝 빛나서, 그 애가 얼마나 기타를 좋아하는지 알 수 있었다.

하지만 그 애는 지금 그토록 좋아하던 기타를 포기하고 나와 함께 도서관에 가고 있다. 바로 어제 차연준과 점심시간에 도서관에 오기로 약속을 했었는데도, 막상 그 상황이 닥치자 잘 믿기지가 않았다. 그 애와 점심시간을 함께하는 날이 있을 거라고는 상상조차 해 본 적 없어서였다. 밥을 같이 먹은 것도 내게는 충분히 엄청난 일이었는데, 함께 도서관에 갈 수 있다니.

"전에 읽던 책 마저 읽을 거야?"

"어? 아… 〈종의 기원〉…?"

"응. 전에 보니까 다 못 읽었던데."

"아, 응……. 내가 과학에 약해서… 크흠. 읽는 데 오래 걸리더라고……."

읽기 싫으면 다른 책으로 골라도 된다고 말해 줄까 하다가 차연준이 하도 민망해하기에 그냥 모르는 척해 주었다. 빨갛게 달아오른 귓불이 귀여웠다.

내가 책장 사이를 돌아다니며 읽을 책을 고르는 동안, 그 애는 일찌감치 골라든 〈종의 기원〉을 들고 내 뒤를 졸졸 따라다녔다. 꼬리를 달고 다니자니 영 부담스러웠는데 그 애가 마냥 해맑아 보여서 말도 못 했다. 결국 전에 읽었던 책을 아무거나 한 권 뽑아 들었다.

불행히도 내가 선호하는 책상 자리는 이미 다 차 있었다. 소파에 앉아서 책을 읽으면 자세가 구부정해져서 별로 좋아하지 않지만 자리가 없으니 어쩔 수 없었다. 소파에 앉아 책을 펴니 그 애도 얌전히 내 옆에 앉아 책을 폈다. 차연준은 전에 읽던 부분을 찾으려는 듯 이리저리 뒤적이다 이내 작게 한숨을 쉬며 아무 곳이나 펼쳐 들었다.

점심시간이라 학생들이 많은 도서관에 있으려니 교실에서보다 더 가까이 붙어 앉아야 했다. 팔이 맞닿았고, 조금만 몸을 기울이거나 다리를 벌리면 허벅지까지 맞닿을 것 같았다. 나는 그 애의 허벅지가 나와 닿지 않도록 다리를 한껏 오므리고 앉았다.

다만 팔이 맞닿는 것까지는 어떻게 할 수 없었다. 그 애와 마주 닿은 팔의 감촉 때문에 숨을 쉬는 것마저 불편했다. 태어나서 이렇게 조심스럽게 숨을 쉰 것은 처음이었다. 잔뜩 긴장한 나에 비해 그 애는 너무나 태연해 보였다. 비록 손에 들고 있는 〈종의 기원〉을 읽기 싫어 죽겠다는 표정을 하고 있기는 했지만 말이다.

저렇게 죽을상을 하면서 왜 굳이 도서관에 따라오는 걸까. 그 좋아하는 기타도 마다하고서. 참 알 수 없는 애다.

차연준은 책을 읽는 둥 마는 둥 죽죽 훑고는 페이지를 팔락팔락

넘겼다. 저래서는 한 권을 다 읽은 후에 무슨 내용인지 기억이나 할까 싶다. 저 책으로 생활기록부는 못 쓰겠네……. 그런 생각을 하니 조금 웃겼다.

바로 옆에 있는 차연준을 훔쳐보며 실실 웃던 나는 차연준이 이쪽을 흘긋 쳐다보는 것과 동시에 시선을 책에 박았다. 차연준이 이쪽을 빤히 쳐다보는 것이 느껴졌지만 나는 그 시선을 모른 척 까만 활자만 눈으로 더듬었다. 꾸역꾸역 한 장을 다 읽고 페이지를 넘길 때쯤 그 애의 시선이 느릿하게 떨어졌다. 차연준이 책으로 시선을 돌리고 나서야 나는 익숙한 고요 속으로 빠져들었다. 다시 정신을 차린 것은 차연준이 내 팔뚝을 톡톡 건드렸을 때였다.

"세현아. 점심시간 10분 남았는데. 언제까지 읽을 거야?"

가만히 앉아 책을 읽는 것은 그 애에게 너무 지루한 일이었는지 엉덩이를 들썩거리고 있었다. 내가 책을 읽는 사이에 이미 읽던 책까지 원래 자리에 꽂아 놓고 가자는 말만 기다리고 있던 것 같았다.

"지금 가자."

내 말에 그 애는 매우 안도했다는 듯한 표정을 지었다. 혹시라도 내가 더 있자고 할까 봐 불안했던 모양이다. 책 읽는 걸 싫어하는 애들을 이해하지 못하는 편이었는데, 차연준이 그러는 것만은 귀여웠다. 잠시도 가만히 있지 못하고 이리저리 사고를 치고 다니는 똥꼬발랄한 대형견 같다는 생각이 들었다. 콩깍지가 씌어도 단단히 씌었나 보다.

내일 올 때는 고른 책이 마음에 들지 않으면 얼마든지 다른 책으로 바꿔도 된다고 말해 줘야겠다. 나 역시 너무 내 취향에 안 맞는

다 싶으면 다른 책으로 바꾸는 경우가 가끔 있었다. 너무 취향에 안 맞는 책을 꾸역꾸역 읽을 필요는 없으니까.

"너 정말 책 좋아하나 보다."

도서관을 나오자마자 그 애는 종알대기 시작했다. 도서관에서는 조용히 해야 하는 것도 차연준을 힘들게 했던 모양이다. 평소에 어지간히 말이 많고 시끄러웠어야 말이지. 입을 딱 다물고 있느라 얼마나 온몸이 근질거렸을까 생각하니 웃음이 나려 했다.

"너는? 조용히 있는 거 안 힘들었어?"

장난으로 한 말인데 차연준은 티가 나게 머쓱해했다. 과장된 리액션을 보이며 애써 변명까지 했다.

"…조금. 진짜 조금이야. 익숙해지면 괜찮을 것 같은데…."

"혹시 지루했어…?"

사람의 마음이 이렇게나 간사하다. 차연준이 얼마나 활달하고 소란스러운 애인지 아는데도, 나와 함께 도서관에 있는 시간이 지루하지 않았다고 말해 주기를 바란다니. 그저 바라만 볼 때는 이렇게 가끔 훔쳐보는 것만으로 충분하다고 생각했으면서, 그 애가 며칠간 내게 맞춰 주었다는 이유만으로 금세 마음이 서운해졌다. 내 마음을 나조차도 모르겠다. 예측 불가능한 이 짝사랑도 참 지독한 병이지 싶다.

"아냐, 그런 거. 좋았어."

"지루하면 그냥 안 와도 돼. 도서부라고 해서 점심시간에 와야 하는 거 아니니까……."

함께 도서관에 오는 게 차연준에게 괴로운 일이라면 굳이 고집하고 싶지 않았다. 싫은 곳에 억지로 따라오다가 괜히 도서부에 들었다는 말을 들을까 봐 걱정되기도 했다.

"왜? …내가 신경 쓰이게 했어?"

"어?"

정작 눈치를 봐야 할 건 나였는데, 오히려 차연준이 내 눈치를 보며 시무룩하게 물었다. 나는 당황해서 마구 손사래를 쳤다.

"아니, 그런 거 아냐. 그냥, 너 지루해하는 것 같아서……."

"아니라니까. 너랑 같이 오는 거 좋은데. 내일도 너 따라올래. 응?"

그 애가 내게 매달리는 것 같은 투였다. 사실은 내가 그 애를 짝사랑하는 상황인데도 말이다. 도리어 내가 매달리고 싶은 심정이라는 걸 그 애는 알까. 그 애의 사소한 행동에도 웃음이 나왔다가, 마음이 심란해졌다가, 또 못내 좋았다가 하며 갈팡질팡한다는 걸, 그 애는 절대 모를 것이다. 모르게 하고 싶었고.

혼자 마음껏 그 애를 좋아하다가 학창시절의 아름다운 추억쯤으로 남길 수 있다면 그걸로 나에게는 충분했다. 내가 그 애를 짝사랑하는 이상, 나와 같은 무게의 감정을 가져 주기를 바랄 정도로 염치가 없지는 않았다. 그 애가 나와 얼마나 다른지 잘 알고 있으니 괜한 기대를 가질 일도 없었다. 친구든 연인이든, 공유할 수 있는 게 있어야 친밀함을 유지할 수 있는 거니까.

나랑은 너무나 다른 그 애는 당장 내년에 반이 갈리기만 해도 자연스럽게 멀어지게 될 터였다. 처음에는 복도를 지나며 인사와 사소한 잡담을 나누다가도 나중에는 인사마저 하지 않게 될 수도 있겠지. 우리가 원래 그랬던 것처럼 말이다.

…그래도 지금 이 순간 그 애와 조금 더 오래 같이 있고 싶어 하

는 마음 정도는 괜찮을 것 같았다. 딱 이 정도는.

"그래. 네가 원하면 언제든."

내 말에 뒤따른 그 애의 미소는 언제나 그렇듯 빛났다. 나처럼 희미한 인간이 갖고 있기에는 과할 정도로. 나는 홀린 듯 그 애를 바라보며 빛나는 미소를 마음속에 담았다. 내 생에 마주할 가장 밝은 빛일 테니, 시간에 퇴색되도록 두고 싶지 않았다.

차연준과 멀어진 뒤에 지금의 선명한 색감과 눈부신 빛을 내 일생 동안 되풀이하여 곱씹어야 한다고 해도 상관없었다. 그런 것을 두려워하기에는 이미 그 애에게 푹 빠진 후였다. 아마도, 한동안은 계속 그럴 터였다.

2

평소와 다름없이 매점에서 간식거리를 사 들고 교실로 올라가는 길이었다. 나와 정원은 슈팅 스타 하나씩을 물고 있었고, 차연준은 배가 고프다며 핫바 하나를 샀다. 나를 흘긋 바라보는 게 아이스크림을 먹고 싶어 하는 것 같아서 입가에 대줬다. 내가 먹던 부분을 아무렇지 않게 베어 먹은 그 애가 내 어깨를 부드럽게 잡으며 물었다.

"세현아. 오늘 우리 집 놀러 올래?"

"…응?"

"아이스크림 사 먹기로 했잖아. 마침 집에 있던 거 어제 다 먹었거든. 오늘 와, 응?"

"뭐야. 차연준 집 놀러 가기로 했어?"

나를 탐색하는 듯한 정원의 눈빛에 졸아붙는 것과 별개로 조금 당황스러웠다. 차연준이 자기 집에 놀러 오라고 말을 하긴 했지만, 내가 그러겠다고 약속한 적은 없었다.

"아니, 아닌데…."

"저번에 약속했잖아. 기억 안 나?"

급하게 손사래를 치며 부정하자, 이번에는 차연준이 눈을 댕그랗게 뜨며 얼굴을 들이밀었다. 나도 모르게 주춤하며 몸을 뒤로 물렸다.

"야, 약속한 적 없는데……."

"그런 적 없다는데?"

"우리 같이 맛있는 것도 시켜 먹기로 했잖아. 와, 서운해."

그러자고 대답한 적은 없건만 그 애의 머릿속에서는 이미 약속까지 되어 있는 모양이었다. 난감했다. 그 애의 집에 가는 건 어렵겠다고 혼자 결론을 내린 후였기 때문이다. 뭐라 대답해 줄 말이 없어 시선을 피하며 침묵을 지켰다.

"뭐, 그럼 지금 약속하면 되지. 오늘 우리 집에 놀러 와."

나를 살피던 그 애가 산뜻하게 웃으며 말했다. 놀라운 결론이었다. 음, 생각해볼게……. 그런 애매한 말로 대답을 미룬 채 나는 그 애가 먼저 잊어주기만을 빌었다.

그러나 차연준은 정말 끈질기게 나를 졸라댔다. 처음에는 생각해보겠다는 말로 어색하게 웃으며 넘겼지만, 며칠이 지나자 절대 그냥 웃어넘길 수가 없는 수준이었다. 초등학생처럼 억지를 부리며 떼를 쓰는데, 정말이지 곤란했다.

"너 이정원 집에는 자주 놀러 간다며."

"…아니야. 그렇게 자주는 안 가."

"거짓말. 이미 이정원이 다 말했거든? 자기 집엔 엄청 자주 놀러 온다고, 나 비웃었단 말이야."

그 애가 말꼬리를 늘이며 칭얼댔다. 내 오른팔을 꼭 붙잡고서였다. 벌써 몇 분째 잡혀 있는 통에 팔이 아팠다. 팔이 잡힌 순간부터 부정맥이 온 것마냥 뛰어대고 있는 심장 역시 뻐근했다.

"정원이가 널 왜 비웃어……."

"안 믿어 주네. 너무해. 정원이만 네 친구야?"

"아, 아냐. 그런 거……."

"나 너 오는 거 기다리느라 며칠째 아이스크림 먹지도 못했어."

"왜 못 먹어?"

"너 놀러오는 날 같이 아이스크림 사 가기로 했잖아. 네가 당장 내일 온다고 할지도 모르니까 계속 기다리고 있단 말이야."

내가 가겠다고 약속을 한 적도 없는데 왜 기다리고 있는지 모르겠다. 그렇게나 아이스크림을 좋아한다던 애가 며칠째 못 먹고 있다고 하니 마음이 좋지 않았다. 내가 오면 같이 맛있는 걸 시켜 먹으려고 용돈도 두둑이 받아 뒀고, 아이스크림도 혼자 안 사 먹고 꾹 참고 있다며 조르는 데는 더 이상 버틸 재간이 없었다.

"그래. 가자, 오늘."

"진짜? 진짜지?"

"응. 진짜."

쇠뿔도 단김에 빼랬다고, 오늘 학교가 끝난 후 가기로 약속하자 차연준의 눈이 기쁨으로 반짝였다. 자꾸만 진짜냐며 되묻더니 종내엔 도장에 복사, 코팅까지 야무지게 받아갔다. 초등학생도 아니고, 아직도 복사, 코팅 운운하는 애는 처음 봤다. 그렇지만 그 애랑 잘 어울린다는 생각이 들어 솔직히 마냥 귀여웠다.

청소가 끝난 후 마지막 교시에 그 애는 수업을 듣는 둥 마는 둥 하며 끊임없이 내게 말을 걸었다. 수업시간이라 목소리는 못 내고, 공책 한 장을 죽 찢어 서로 할 말을 적었다.

'우리 집 학교에서 가까워. 걸어서 15분.'

'가깝네.'

'뭐 먹을래? 먹고 싶은 거 있어?'

'글쎄. 생각해 볼게.'

눈이 마주치자 그 애는 입꼬리를 한껏 끌어 올려 밝게 웃었다. 그 애가 이렇게 웃는 걸 볼 수만 있다면, 두 번이고 세 번이고 그 애가 원하는 대로 해 줄 수 있을 것 같았다.

학교가 끝나고 그 애의 집으로 가는 내내 그 애는 신이 난 목소리로 조잘댔다. 학교 이야기, 제 친구들 이야기, 급식 이야기……. 머릿속에 떠오르는 생각은 일단 말로 하고 보는 것 같았다. 차연준만 아니었더라면 이 시끄러움을 참아 주기 힘들었을 거다.

알고 보니 차연준은 우리 집에서 불과 5분 떨어진 아파트에 살았다. 그 애의 집과 내 집은 딱 아파트 단지 하나만큼 떨어져 있었다. 학교 가는 방향이 같다는 걸 알게 되자마자 차연준은 난리가 났다.

"정말? 진짜 신기하다. 그럼 우리 앞으로 학교 같이 가자. 아, 너 아침엔 되게 빨리 간댔지. 몇 시랬지? 여덟 시였나? 우와아…. 난 그렇게 일찍은 못 갈 것 같은데. 나 조금만 기다려 달라고 하면 안 기다려 주겠지? 응?"

"…음."

"에이, 어쩔 수 없지."

'응'이 아니라 '음'인데 그 애는 '응'으로 들었는지 아쉽다, 하며 코를 찡긋했다. 차연준의 등교 시간에 맞춰야 할지 아닐지 나조차도 고민이 되었으므로 차마 정정해 주지는 못하고 그냥 입을 다물었다.

"그래도 집에 갈 땐 같이 갈 수 있겠다. 그치?"

그렇게 말하며 나를 보고 웃는데, 정말이지 눈이 부셨다. 그 애는 이런 나를 모른 채 해맑게 웃으며 폭탄을 던졌다.

"세현이 너희 집이 더 가까우니까, 내가 데려다주고 가면 되겠다."

그냥 폭탄도 아니고 대형 폭탄을. 차연준을 조금이나마 가까이서 지켜본 결과 알게 된 사실이 있는데, 차연준은 빈말하는 법이 별로 없었다. 친해진 지 얼마 되지도 않았을 때 집에 놀러 오라고 했던 것만 봐도 그랬다.

가만두면 정말로 우리 집까지 데려다줄 기세라 나는 급하게 손사래를 쳤다.

"뭐? 아, 아냐. 그러지 말고……."
"싫어? 나 부담스러워?"
"아니, 그런 게 아니라……."
"싫은 거 아니면 데려다줄래."
나는 아직도 차연준이 왜 이런 일에 고집을 부리는 건지 도무지 모르겠다. 차연준의 다정에 나만 홀로 속이 시끄러웠다. 도대체 친구에게 저렇게 다정할 이유가 뭐란 말인가. 쓸데없이 사람을 설레게 하는 것도 죄라면, 차연준은 무기징역감이다.
"아이스크림 사서 가자."
생각에 빠져 잠깐 넋을 뺀 나를 끌고 차연준은 아이스크림 가게로 들어갔다. 하프 갤런 사이즈를 주문한 그 애는 냉장고를 둘러볼 필요도 없이 슈팅 스타로만 가득 채워 달라고 했다. 나는 직원이 커다란 아이스크림 통에 슈팅 스타를 가득 채워 넣는 것을 한시도 눈을 떼지 못한 채 구경했다.
내 오랜 소원이 이루어지는 순간이었다. 커다란 아이스크림 통에 슈팅 스타를 가득 담아서 먹어 보는 것. 별건 아니지만 그래도 소원은 소원이니까. 그런 나를 보며 차연준이 웃었다.
"그렇게 좋아?"
"…응."
고개를 끄덕이자 그 애가 더 크게 웃었다. 비웃는 것 같지는 않았으나 사람을 앞에 두고 그렇게 웃으니 조금 민망했다.
"여기야. 907호."
현관문 앞에서 그 애는 비밀번호를 꾹꾹 눌렀다. 고작 여섯 자리의 비밀번호를 누르는 시간은 내가 마음의 준비를 하기에는 너무나 짧았다. 크게 심호흡을 하기도 전에 나는 차연준의 집 현관을 맞이해야 했다.

내가 차연준의 집에 오다니. 기쁘기도 하고, 난처하기도 하고, 긴장되기도 했다. 감정이 온통 뒤죽박죽이었다. 팔레트에 마구 엉긴 물감 같았다. 도저히 진정이 안 돼서 눈을 질끈 감는데, 그 애가 웃으며 내 팔을 잡았다.

"안 들어오고 뭐 해."

조심스럽게 신발을 벗고 안으로 발을 디뎠다. 양말을 지나 발바닥에 와 닿는 촉감이 아찔했다. 고작 차연준네 집 거실 바닥일 뿐인데도 말이다. 아무래도 미쳐 버린 게 분명하다.

"오늘 엄마 아빠 늦게 오신댔어. 편하게 있어도 돼."

"응…. 고마워."

"아이스크림 바로 먹을래? 아, 아니다. 편하게 입을 옷 줄까? 교복 불편하잖아. 내 옷 입고 있어."

"어? 아냐, 그럴 필요 없어."

너무 당황해서 거세게 손사래를 쳤다. 짝사랑하는 애의 옷을 아무렇지 않게 입을 수 있는 사람은, 아마 없을 거다. 적어도 나는 그렇다.

"교복 구겨지잖아."

"빨면 돼. 집에 여벌 하나 더 있어."

"그러지 말고. 너 불편하게 교복 입고 있는 거 보면 나도 불편해."

미처 붙잡기도 전에 그 애는 후다닥 제 방으로 들어가 옷장을 뒤졌다. 긴장감과 암담함에 숨이 막힐 지경이었다. 티셔츠 하나와 추리닝 바지를 꺼낸 차연준은 방으로 들어오라며 손짓했다.

"여기서 갈아입어. 나가 있을게."

"정말, 정말 괜찮은데……."

"미안해서 그러는 거면 괜찮아. 이게 뭐 별거라고."

참담한 기분으로 옷가지를 받아들었다. 그 애는, 순가락 가져올게, 얼른 갈아입고 나와, 하곤 문을 닫아 주었다.

차연준의 방 한가운데에 어정쩡하게 서 목구멍으로 치받는 감정을 꾹꾹 눌러 삼켰다. 설렘과 당혹스러움, 걱정과 기쁨이 내 뱃속에서 마구 뒤엉키며 아우성을 쳤다. 까딱하면 요동치는 감정들이 튀어나와 나를 온통 헤집어 놓을 것 같았다. 앞뒤 재지 못하고 그 애에게 내 마음을 드러내 보일 것 같았다.

그건… 안 되지, 그럼. 그 애랑 이만치 가까워진 것도 어딘데……. 이렇게 허무하게 망칠 수야 없었다.

울렁이는 심장을 겨우 진정시키고 나서야 방 안 풍경이 눈에 들어왔다. 문과 마주 보고 선 벽에는 커다란 창문이 하나 있었고, 그 옆으로는 침대가 벽에 붙어 놓여 있었다. 그 반대편에는 세트로 붙어 있는 책꽂이와 책상이 있었고, 침대 발치에는 옷장과 작은 서랍장이 있었다. 전체적으로 깔끔한 방이었다. 나나 정원의 방과 비슷했다.

침대 옆 벽에 커다란 밴드 포스터가 붙어 있고, 책꽂이 옆에 기타가 두 대 놓여 있다는 점은 달랐다. 포스터에는 밴드의 이름으로 추정되는 글씨가 흰색으로 커다랗게 쓰여 있었는데 내가 아는 가수는 아니었다. 다만 책꽂이 옆에 서 있는 기타는 내가 아는 거였다. 하나는 차연준이 축제 때 사용했던 기타였고, 나머지 하나는 점심시간에 밴드부 연습을 위해 종종 가지고 다니던 거였다. 관리를 잘 해 주는지 반짝반짝 윤이 나는 기타를 들여다보다 차연준이 노크하는 소리를 듣고 화들짝 놀랐다.

"세현아. 아직 갈아입는 중이야?"

"어, 곧 나가. 잠깐만."

그제야 정신을 차린 나는 급하게 교복을 벗어 던지고 차연준의 티셔츠에 몸을 꿰었다. 너무 서두르는 바람에 새삼스럽게 차연준의 옷이라는 데 구구절절 의미를 부여할 여유도 없었다. 차연준이 바로 방 밖에 있는데 한가롭게 방 구경이나 하고 있었다니. 질질 끌리는 추리닝 바지 밑단을 대충 접어 올리며 급하게 문을 열고 나갔다. 식탁에 앉아 심각한 표정으로 휴대폰을 들여다보던 차연준이 번쩍 고개를 들었다.

"세현아. 배 안 고파? 아이스크림 먹기 전에 밥부터 먹을까?"

"응. 그것도 괜찮아."

"원래 바로 아이스크림 먹으려 했는데, 그러면 이따 밥맛 없을까 봐. 우리 맛있는 거 시켜 먹자. 뭐 먹고 싶어?"

"음, 글쎄…."

"피자, 떡볶이, 짜장면, 치킨, 햄버거 중에서 골라봐. 아, 아니다. 너 밥 좋아해? 밥 먹을까? 닭발이나 해물찜 같은 것들도 있는데. 집에 밥 정돈 있으니까 그런 거 시켜서 밥이랑 먹어도 돼. 뭐 먹고 싶어?"

쏟아지는 선택지들에 정신이 없었다. 우물쭈물 망설이다 결국은 익숙한 선택지를 골랐다.

"그럼… 그냥 떡볶이."

“나 자주 시켜 먹는 데 있어. 매운 건 잘 먹어?”
“못 먹진 않아. 너는?”
“나도 그럭저럭. 그럼 중간 맛으로 시킬게.”
그 애는 익숙하게 손가락을 움직여 주문을 마치고는 나를 다시 제 방으로 이끌었다.
“떡볶이 오기 전까지 내 방 구경할래? 구경시켜 줄게.”
내가 이미 자신의 방을 훔쳐보고 온 줄은 모르고, 차연준은 잔뜩 신이 난 얼굴이었다.
차연준이 가장 먼저 소개해 준 것은 침대 옆에 붙어 있던 밴드 포스터였다. 자신이 가장 좋아하는 밴드인데, 저번 방학 때도 밴드부 친구들과 함께 공연에 갔었다고 했다. 그런 시끄러운 자리는 딱 질색이지만, 차연준과 함께라면 나도 한 번쯤 가 볼 수도 있을 것 같았다. 물론 내 바람이 그렇다는 거고 차연준은 별로 그럴 생각이 없다는 건 안다. 그런 곳은 나같이 조용한 애랑 가면 재미가 없을 테니까. 괜시리 마음이 울적해지려던 차에 그 애가 기타를 보여 주었다.
“내가 제일 아끼는 거야.”
“너 공연할 때 쓰는 기타지?”
“응, 맞아. 어떻게 알았어?”
그야, 내가 공연 내내 너를 보고 있었으니까…….
“…그때 나랑 같이 있던 친구가 그 기타 멋있다고 해서, 음, 그래서 기억하고 있었어.”
“아하. 친구가.”
“응….”

상황을 모면하고자 급하게 지어낸 거짓말이었기에 급하게 말을 돌렸다.

"비싼 기타야?"

"백만 원 좀 넘게 주고 샀어."

"부모님이 사 주신 거야?"

"아니. 몇 년간 용돈 모아서 샀지."

그 애의 입가에 뿌듯한 미소가 걸렸다. 그 모습이 어린아이 같아 귀여웠다. 열여덟 살 먹은 남자애를, 그것도 나보다 훨씬 덩치가 큰 애가 도대체 뭐가 그렇게 귀여운 건지. 나도 제정신은 아니었다.

"세뱃돈도 하나도 안 쓰고 모은 거야."

내가 이 기타를 본 것이 작년의 일이었으니 차연준이 기타를 산 것은 그보다 더 전일 터였다. 그때라면 겨우 중학생이나 되었을 텐데, 사고 싶은 거 안 사고 먹고 싶은 거 안 먹어 가며 모은 돈으로 기타를 샀을 꼬맹이 차연준이 기특했다.

차연준이 기타 치는 모습을 보고 싶었다. 기타의 현을 튕기는 손가락을, 땀에 젖은 머리카락을, 진한 미소를 보고 싶었다. 차연준이 만들어 내는 것이 시끄러운 전자음이든 뭐든 상관없었다. 빛나는 그 애를 눈에 담을 수만 있다면 뭐든 좋을 것 같았다.

"한번 보여 줄까?"

그런 나를 안다는 듯 그 애가 물었다. 고개를 들자 익숙하게 시선이 마주쳤다. 마주한 눈빛이 다정했다. 그 애와 무언가를 함께하게 된 지 며칠이나 지났다고, 나는 벌써 차연준에게 익숙해지고 있었다. 황홀한 동시에 소름 끼치는 감각이었다. 자꾸만 그 애에게로 무너져 가는 나를 깨닫는 일은 섬뜩한 만큼이나 혀가 아릴 듯 달콤했다. 절대 교차하지 않을 것 같은 감정들이 동시에 나를 뒤흔들었다. 나의 첫사랑은, 이렇게나 알싸했다.

그 애는 익숙하게 앰프를 꺼내 기타에 연결했다. 기타라곤 전혀 알지 못하는 나는 멀거니 구경만 했다. 그 애가 기타 줄을 한 번 부드럽게 튕겼을 때 작게 감탄하자 그 애가 웃었다.

"아직 시작도 안 했는데 호응이 좋네."

그 애가 하는 건데 뭐든 좋지 않을까. 차연준이 내 앞에 기타를 들고 앉아 있다는 사실 자체를 믿기 힘들 정도로 감격스러웠다. 꿈을 꾸는 듯한 기분이었다. 아니, 이게 정말 꿈이라 해도 좋을 것 같았다. 비록 눈을 떴을 때 조금은 아쉬워지겠지만, 이보다 달콤한 꿈은 다시 없을 테니까.

"내가 노래하면서 치려니까 쑥스럽다. 나 노래 잘하는 편은 아닌데."

연주를 시작하기 전에 그 애가 밑밥을 깔아 두듯 말했다. 내가 혹시나 제 노래가 별로라고 생각할까 봐 그러는 것 같았는데, 정말 쓸데없는 걱정이다. 나는 그 애가 들려주는 거라면 뭐든 행복한 마음으로 들을 준비가 되어 있었다. 그 애가 기타로 산토끼만 연주해도 나는 너무 좋아서 며칠을 그것만 곱씹을 수 있다. 세상에서 나처럼 만족시키기 쉬운 관객은 아마 없을 거다.

숨을 작게 들이마신 그 애가 이윽고 연주를 시작했다. 눈을 내리깔고 현을 튕기는 그 애의 모습이 너무 예뻐서, 나는 비명이라도 지르고 싶은 심정이었다. 정말 소리를 지를 수는 없으니까 나는 손을 꼭 맞잡은 채 입을 꾹 다물고 차연준만을 응시했다. 그러니까 이것은 소리 없는 아우성, 저 푸른 해원을 향하여 흔드는 영원한 노스탤지어의 손수건…….

제정신이 아니다. 스스로도 그걸 알고 있었다. 하지만 차연준이 좋아 죽겠는 나머지 자꾸만 헛소리가 튀어나오는 걸 어떡하겠는가. 헛소리를 늘어놓는 와중에도 눈과 귀는 착실히 차연준에게 집중하고 있다는 것은 칭찬할 만한 일이다.

그 애의 기타 연주는 내가 지금껏 들은 그 어떤 기타 음보다 매력적이었다. 전혀 시끄럽지도 않았고, 고막을 찌르는 것처럼 날카롭지도 않았다. 나를 감싸 안는 것처럼 몽글몽글하고 폭신하기만 했다. 말도 안 되지만, 차연준의 목소리를 입은 전자 기타 음은 정말 그렇게 느껴졌다.

그 애가 기타를 치며 노래 부르는 동안 나는 차연준만의 작은 세계에 들어와 있는 것 같았다. 그러니까, 우리가 나란히 앉아 있는 이 소파만큼을 감싸는 작은 세계에 유일한 손님으로 초대된 기분이었다. 누구도 들어올 수 없고, 누구에게도 방해받지 않을 수 있는. 눈을 내리깔고 기타를 치던 그 애가 문득 고개를 들어 나를 쳐다보며 웃을 때마다, 이 작은 세계에 싱그러운 바람이 불고 꽃이 피어나고 새가 지저귀는 것 같았다. 정말이지 달콤한 착각이었다.

크흠. 노래가 끝난 줄도 모르고 넋을 놓고 있던 나는 그 애가 헛기침을 하고 나서야 뒤늦게 정신을 차렸다. 노래를 부르는 내내 멀쩡했던 차연준 역시 뒤늦게 얼굴이 달아오르고 있었다. 공연을 많이 해 봤어도 다른 사람 앞에서 연주하는 일은 여전히 떨리는 일인가 보다.

"으음…. 어땠어? 별로야?"
"아니…!"
이번에야말로 나도 모르게 큰 소리가 나왔다.
"그럴, 그럴 리가 없잖아. 좋았어. 진짜 좋았어."
그제야 그 애는 다행이다, 하며 옅게 웃었다. 솜사탕처럼 가볍고 달콤한 미소였다. 그게 또 좋아서 심장이 떨렸다.
"이 곡 제목이 뭐야?"
"음, 네가 좋아하는 거야."
"아닌데…. 나 이런 밴드 노래 잘 몰라."
"아니, 노래 제목이. 네가 좋아하는 거라고."
당최 무슨 말인지 모르겠다. 차연준의 말이 이해가 가지 않아서 미간을 찌푸려 가며 고민하는데, 그런 나를 보며 그 애가 웃었다.
"너랑 나랑 같이 먹기로 한 거 있잖아."
"…떡볶이?"
"그거 말고. 너 이거 먹으려고 우리 집에 왔잖아."
"…아이스크림?"
"어. 슈팅 스타. 이 곡 제목도 그거야, 슈팅 스타."
슈팅스타. 차연준이 나를 위해 연주해 준, 심지어 직접 불러 준 노래의 제목이 '슈팅 스타'라니. 생각지도 못한 말에 바보 같은 웃음이 났다.
"마음에 들어?"
"…응."
그 애의 눈꼬리가 곱게 휘어졌다. 청량한 오렌지 주스 같은 웃음이었다. 절로 입 안에 새그러운 침이 고였다. 그 애를 좋아하는 일은 늘 그랬다.
 차연준은 그 뒤로 짧은 노래 몇 곡을 더 불러주었다. 다 처음 들어 보는 노래들이었다. 내가 음악을 많이 모르는 건지, 차연준이 유독 많이 아는 건지 모르겠다. 사실 둘 다인 것 같았다. 나는 늘 듣던 노래만 돌려 듣는 편이었고, 차연준은 밴드를 하니 아는 노래도 많겠지. 차연준은 자기가 노래를 잘 부르는 편이 아니라고 했지만, 내가 듣기에는 마냥 좋았다. 새삼 차연준이 밴드에서 기타만 맡고 있다는 사실이 아쉬워질 정도였다.
 아니, 아니다. 차연준의 노래는 나 혼자만 가지고 싶었다. 무대에서 기타를 치며 노래 부르는 차연준의 모습을 보는 것도 좋겠지만, 그보다는 내가 독점하고 싶은 욕심이 더 컸다. 차연준의 이런 모습을 아는 사람은 몇 없을 거고, 그 몇 없는 사람에 내가 포함되어 있다는 사실은 나를 들뜨게 만들었다. 이런 나를 차연준은 절대 모를 것이다.
 나만을 위한 차연준의 공연은 주문한 떡볶이가 오는 바람에 끝이 났다. 이 정도로 밥이 반갑지 않은 적은 처음이었다. 차연준이 방에 기타를 가져다 놓는 것을 아쉬운 마음으로 지켜보다가 느릿느릿 봉투를 열었다. 수저를 가져온 그 애의 얼굴에는 살짝 홍조가 올라 있었다. 예뻤다. 기타를 치고 난 후에는 늘 저런 모습이었을까. 지금껏 그런 그 애를 몰랐다는 것은 참 아쉬운 일이다.
 차연준이 자주 시켜 먹는다던 떡볶이는 맛있었다. 처음에는 너무 떨리는 마음에 체하지나 않을까 걱정됐는데, 그 애가 직접 앞접시에 덜어 준 음식을 먹고 체하면 너무 아까울 것 같아서 천천히 꼭꼭 씹고 넘겼더니 문제없이 먹을 수 있었다.

"맛있어?"
"응."
"다행이다. 입맛에 안 맞을까 봐 걱정했거든."
"아냐, 맛있어. 내가 가본 떡볶이 맛집 중에 손에 꼽게 맛있어."
"떡볶이 맛집? 어딘데?"
"여기선 좀 먼데…. 진짜 맛은 있어."
"직접 찾은 데야?"
"아니. 내가 찾은 건 아니고, 정원이한테 들었어. 걔가 떡볶이를 엄청 좋아하거든."
내 말에 차연준은 그으래, 하며 말꼬리를 늘였다. 썩 내키는 것 같은 기색은 아니었다. 괜한 이야기를 했나 싶어 조용히 떡볶이만 입에 넣었다. 그 뒤로는 침묵이었다. 침묵을 불편해하는 편은 아니었지만, 항상 말이 많은 차연준이 조용한 게 이상해서 절로 그 애의 눈치를 보게 되었다. 무슨 말을 꺼내서 이 침묵을 깨야 할지 고민하느라 맛있게 먹던 떡볶이의 맛도 느껴지지 않을 지경이었다.
한동안 조용히 떡볶이만 먹다가 나는 무언가 이상한 점을 발견했다. 차연준은 조그만 떡 한 개를 반으로 잘라 입에 넣고는 제대로 삼키기도 전에 자꾸 물만 마셨다. 입술도 빨개져서는 도톰하게 부어올라 있었다.
…매워하는 것 같았다.
"…연준아. 매워?"
"어? 아냐, 괜찮아…."
"안 괜찮은 것 같은데…. 아까부터 물을 몇 컵을……."
"…아냐, 나 진짜 괜찮, 쿨럭."

전혀 괜찮지 않아 보였다. 얼른 내 물컵까지 차연준 앞으로 밀어주자 그 애는 입술을 물고 안절부절못하다 결국 컵을 가져가서는 단번에 들이켰다. 컵을 내려놓는 차연준의 눈꼬리에 눈물이 조금 묻어 있었다.

"어떡해, 많이 매워? 순한 맛으로 시키자고 할걸……."

"아니야… 내가 시킨 건데……."

"매운 거 못 먹는다고 말을 하지."

"…이 정돈 먹을 수 있을 줄 알았지……."

매운 걸 못 먹으면 그냥 순한 맛 시키지, 왜 중간 맛을 시켜서는. 쓸데없이 고집부리는 초딩도 아니고. 한숨을 푹푹 쉬며 나는 부엌에서 접시 하나를 빌려 왔다.

"자. 여기다 씻어 먹어."

접시에 물을 조금 따라 내밀자 차연준은 눈꼬리를 축 늘어뜨렸다.

"나 애 아닌데…."

매운 걸 못 먹는 건 애가 아니지만, 먹을 수 있는 척 허세를 부리는 건 조금 애 같았다.

"응, 알아. 어른도 매우면 씻어 먹을 수도 있지."

차연준을 완전 애라고 생각하면서도 나는 아닌 척 그 애를 달랬다. 차연준이 매운 떡볶이를 억지로 밀어 넣으며 스스로 혀를 고문하는 꼴을 보는 것보다는 나았다.

"얼른. 나도 가끔 떡볶이 너무 매우면 씻어 먹는데."

"…진짜?"

"응. 진짜."

그 애를 안심시켜 주려 일부러 내가 먼저 떡 하나를 물에 헹궈 양념을 덜어내고 입에 넣었다. 차연준은 나를 따라 시뻘건 떡을 물에 헹궈 냈다. 허여멀게진 떡을 입에 넣은 차연준은 비로소 편안해 보였다.

"안 맵지?"

"…응."

멋쩍은 듯 웃는 그 애가 귀여워서 나는 웃어 버렸다. 아까 전 어색했던 분위기는 한바탕 소란에 감쪽같이 사라진 후였다.

"아까 노래 진짜 잘 부르더라……. 밴드에서 보컬은 안 해?"

"응. 보컬은 따로 있으니까."

"그렇구나."

"나 정말 노래 잘 부르는 편 아니라니까. 네가 너무 후하게 봐주는 거 아냐?"

그럴지도 모르겠다. 사랑을 하면 객관성을 잃는다고들 하니까. 나 역시 차연준에게 콩깍지가 씌어 차연준이 하는 거라면 뭐든 다 좋아 보이는 걸지도 모른다. 하지만 콩깍지가 씌었든 아니든, 나에게는 정말로 다 좋게 느껴졌다. 얼마나 좋았냐면, 너무너무 좋아서 평생 이 순간을 잊지 못할 것 같다고 느낄 만큼 좋았다.

그렇다면 빛이 바래지 않게 고이고이 간직해 뒀다가 아주 가끔씩 꺼내 보며 지금 이 순간의 행복을 다시 맛보고 싶었다. 그 기억은 아이스크림처럼 달콤하고 황홀한 맛이겠지.

"너도 노래 잘할 것 같은데."

"나? 아냐, 나 노래 못 불러. 진짜로."

"노래가 싫으면 악기는? 다룰 줄 아는 악기 있어?"

"그것도 딱히…. 어릴 때 피아노학원 다닌 적은 있었는데……."
"피아노? 얼마나?"
"별로 안 했어. 1년 좀 넘게 다닌 것 같은데……. 바이엘만 떼고 그만뒀지."
"바이엘 치는 어린 세현이라니. 진짜 귀여웠겠다."
별 의미 없이 하는 말이라는 걸 알면서도 괜히 심장이 수런거렸다. 귀엽다니. 나랑 정원이도 서로 귀엽다는 말은 안 하는데. 도대체 차연준은 어떤 친구들을 사귀었기에 저런 말을 아무렇게나 하는지 모르겠다. 원래 시끄러운 애들은 저러나.
달아오르기 시작한 얼굴을 숨기려 고개를 푹 숙이고 그릇 안에 담긴 떡볶이만 젓가락으로 쿡쿡 찔러 괴롭혔다.
"너, 너는? 기타 말고 다른 악기 다룰 줄 알아?"
"드럼 배운 적은 있는데."
"드럼도 칠 줄 알아? 얼마나 배웠어?"
"몇 년 하긴 했는데 잘 치는 건 아냐. 따로 학원에서 배운 게 아니라 밴드에서 드럼 치는 애한테 조금씩 배운 거라."
"그래도. 멋있다."
"그래?"
"응. 여자애들이 좋아할 것 같은데. 원래 악기 다루는 남자가 멋있어 보인다잖아."
"너는? 네 눈에는 안 멋있어?"
"…멋있지. 멋있다니까."
그 말을 할 때는 부끄러움에 귓불이 달아올랐다. 그러니까, 나는 정말이지 네가 너무 좋다고…….

"정말?"

내가 무슨 생각을 하고 있는 줄도 모르고, 저 몰래 귓불을 붉힌 줄도 모르고서, 칭찬을 들은 차연준은 마냥 신이 난 것 같았다. 끊임없이 조잘대는 그 애는 평소보다 유독 시끄러웠다. 선생님께 칭찬받은 유치원생처럼 기뻐하는 차연준이 너무 귀여워서 나도 웃음이 났다.

그 애와 함께 노는 것은 지극히 평범했다. 정원이랑 하던 것처럼 밥을 먹고, 아이스크림을 먹고, 영화를 봤다. 그 애가 좋아한다는 액션 영화였다. 나는 액션 영화를 좋아하지 않지만 그 애가 좋아하는 거라고 해서 보자고 했다. 내가 킹스맨 시리즈를 처음 본다는 이야기를 듣고 차연준은 영화가 끝날 때까지 끊임없이 조잘조잘 설명을 곁들여 주었다. 그 덕에 그 애와 함께 본 킹스맨 첫 번째 시리즈는 내가 끝까지 본 첫 액션 영화가 되었다.

한참을 놀다 보니 어느새 여덟 시가 넘은 시간이었다. 내 교복으로 다시 갈아입고 가방을 챙겨 나오는데, 그 애가 불쑥 손을 내밀었다.

"휴대폰 잠깐만 빌려주라."

집 전화나 본인의 휴대폰은 어디 두고 내 걸 빌리는 건가 싶었지만 군말 없이 손바닥 위에 내 휴대폰을 올려 주었다. 비밀번호가 걸려 있지 않은 내 휴대폰을 꾹 눌러 켠 차연준은 키패드에 11자리의 숫자를 입력해 돌려주었다.

"내 번호야."

"아…."

그러고 보니 나와 차연준은 아직까지도 서로의 휴대폰 번호를 모르고 있었다. 작년에는 친한 사이가 아니었기 때문에 번호를 교환할 기회가 없었고, 올해는 학교에만 가면 늘 볼 수 있었으니까 딱히 필요성을 느끼지 못했었다. 그 애와 내가 학교가 끝난 후에 따로 연락할 이유도 별로 없어서 나는 그 애와 휴대폰 번호를 교환할 생각도 하지 못하고 있었다. 그런데 그 애가 먼저 제 번호를 준 거다.

감격스러웠다. 마음만 먹으면 언제든 그 애에게 연락을 할 수 있는 거니까. 그 애와 나 사이에 언제든 사용 가능한 연락 수단이 생겼다는 이유만으로 그 애와 나를 잇는 작은 연결 다리가 생긴 것 같은 기분이었다. 마음이 벅차오르도록 좋았다.

"나, 나도 줄게. 휴대폰 줘 봐."

"난 있어."

"응?"

"네 번호, 가지고 있어."

그 애의 말이 잠깐 이해되지 않아 입을 다물었다. 내 침묵을 뭐라고 생각했는지 그 애의 까만 눈동자가 나를 살피더니 조심스레 물었다.

"혹시 싫어?"

"어?"

"네가 알려 주지도 않았는데 내가 네 번호 가지고 있어서 기분 나빠?"

그 애는 실수로 손가락을 깨물고 눈치를 보는 강아지처럼 나를 바라보았다.

"아, 아냐, 아닌데. 나 안 싫어. 진짜야. 하나도 안 싫은데, 하나도."

말이 횡설수설 쏟아졌다. 그 애가 어떻게 그걸 알고 있는 건지, 왜 알고 있는 건지 모르겠지만 그 애가 내 번호를 가지고 있었다는 사실이 너무 기분이 좋고 설레고 얼떨떨했다. 그 애는 싫냐고 물었지만 전혀 싫지 않았다. 그 애가 나에게 관심이 있어서, 그래서 내 번호를 가지고 있었을 테니까, 그리고 나는 그 애가 내게 가진 관심보다 훨씬 더 많은 관심을 품고 있으니까, 그러니까 하나도 싫지 않고 좋았다.

굳이 나오지 말라고 했는데도 그 애는 엘리베이터 앞까지 나를 따라와서 배웅해 주었다. 엘리베이터 문이 닫히는 순간까지 내게 손을 흔들어 주는 그 애가 너무 좋아서 숨이 멎을 수도 있을 것 같았다. 어떻게 한 사람이 이다지도 좋을 수 있는지 아무리 생각해도 모르겠다. 그냥 차연준이 좋아 죽겠다. 다정한 차연준에게 푹 절여지는 것 같았다. 내 생애 가장 달콤한 하루였다.

3

그날 이후 차연준은 정말로 자기가 했던 말을 지켰다. '내일 보자'는 선생님의 말이 끝나자마자 미리 챙겨둔 가방을 챙겨 교실을 나서던 차연준이, 느릿느릿 가방을 싸며 집에 갈 준비를 하는 나를 참을성 있게 기다려 주었던 것이다.

정원이와는 집이 반대편이었기에 먼저 보내고 나면, 교실에는 나와 차연준 둘만 남았다. 학생들이 썰물처럼 빠져나간 학교 운동장을 가로지르며 그 애는 웃었다.

"집에 같이 가니까 좋다. 그치?"

"으응…."

"가는 길에 아이스크림 사먹자."

"그래."

요새 차연준은 집에 가는 길에 꼭 군것질을 했다. 여름이 가까워오면서 날이 더워졌다는 핑계였다.

우리는 항상 같은 아이스크림을 먹었다. 슈팅스타. 한 입 베어 물면 팝핑캔디가 와르르 터지는, 우리가 가장 좋아하는 아이스크림.

아이스크림 하나씩을 사 물고서 우리는 느리게 걸었다. 차연준의 수다를 노래 삼아 걷는 하굣길은 평화로웠다. 머리 위로는 따사로운 햇볕이 쏟아지고, 평일 오후의 소란스러움이 우리를 둘러쌌다. 시끄러운 길거리에서 나는 오히려 우리만의 세상에 있는 듯한 기분을 느꼈다.

곧 있을 중간고사, 학교 친구들, 차연준네 밴드… 이야깃거리는 무수히 많았다. 대부분은 차연준이 떠들고 나는 들어주는 역할이었지만, 가끔은 차연준의 성화에 못 이겨 내가 이야기를 할 때도 있었다. 그럴 때면 차연준은 내내 나를 바라보았다.

"세현이는 여름이 좋아, 겨울이 좋아?"

"음… 여름이 더 좋아."

"왜?"

"겨울엔 너무 춥기도 하고… 여름엔 나뭇잎들이 진한 초록색이 되잖아. 그게 좋아."

겨우내 앙상했던 나무들이 봄과 여름을 거치며 푸릇푸릇해지는 것을 바라보는 걸 나는 좋아했다. 물에 초록색 물감을 여러 번 떨어트리는 것처럼 점점 초록을 더해가는 잎사귀들을 볼 때면 새삼 그 찬란한 아름다움에 매료되곤 했다.

"여름엔 맛있는 과일도 많고."

"나도 수박 좋아해. 복숭아도 좋고 포도도 좋고."

"…너는 여름이랑 겨울 중에서 뭐가 더 좋은데?"

나로선 꽤 용기를 낸 질문이었다. 여러 번 차연준을 훔쳐 보면서 그 애에 대해 많은 것을 알게 되었지만, 그 애에게 직접 뭔가를 물어보는 것은 처음이었다.

"나는 겨울. 붕어빵이 있잖아."

천진난만한 차연준의 대답에 나는 웃음을 흘렸다.

"그게 다야?"

"그게 제일 중요하지. 너는 붕어빵 안 좋아해?"

"나도 좋아하는데."

"팥이 좋아, 슈크림이 좋아?"

"팥이 더 좋아."

"나는 슈크림이 더 좋던데. 다음에 겨울 되면, 팥이랑 슈크림 반반 해서 나눠 먹으면 되겠다."

아직 여름이 되지도 않았는데 그 애는 당연하다는 듯 겨울을 가정하며 웃었다. 그래서 나는 그 애가 좋았다.

시시콜콜한 이야기를 나누다 보면 어느새 우리 집 앞에 다다랐다. 까만 페인트가 발린 대문 앞에서 차연준이 손을 흔들었다.

"안녕, 세현아. 내일 보자."
"응, 조심히 가."
차연준에게 손을 마주 흔들어주고서 나는 대문을 열고 들어갔다. 작은 마당을 지나 현관문을 닫자마자 재빨리 내 방으로 뛰어가 창문 밖을 내다보면 저만치 멀어지는 그 애의 뒷모습을 볼 수 있었다. 차연준을 바라보는 일은 늘 즐거웠으므로 나는 그 애의 모습이 골목 끝에서 사라질 때까지 바라보곤 했다.
가끔은 내가 차연준을 데려다줄 때도 있었다. 차연준네 현관문 앞에 서서 손을 흔들면 차연준은 도통 들어가려 하질 않았다. 더 놀고 싶은데, 어차피 집에서 혼자 할 것도 없는데, 이번엔 내가 너 데려다줄게, 종알종알거리는 핑계가 어찌나 많은지 다시 내려와 차연준네 단지 한 바퀴를 산책하거나 기어이 우리 집까지 가게 되기도 했다.
어느 쪽이든 내겐 오히려 좋은 일이었다. 차연준과 더 오래 시간을 보낼 수 있다면 뭐든 좋았다. 아파트 단지를 세 바퀴 돌고 다시 우리 집 앞까지 가고서도, 헤어질 때면 차연준이 늘 아쉬운 얼굴을 해서 더 그랬다. 나도 아쉬운 건 마찬가지였으나 내일 또 그 애를 볼 수 있다는 생각을 하며 참았다. 차연준은 어리광이 많은 편이라 내가 항상 정신을 차리고 있어야 했다.
오늘도 차연준은 잔뜩 아쉬운 표정으로 집에 들어가려는 나를 붙잡았다.
"더 놀고 가면 안 돼?"
"우리 이미 한 시간이나 걸었잖아…."
"아직 여섯 시밖에 안 됐는데."

"가서 저녁 먹어야지. 너 오늘 엄마가 저녁으로 갈비찜 해준댔다며."

"그치만……."

아쉽다는 듯 뭉그적거리는 차연준의 등을 떠밀었다.

"얼른 집에 가. 저녁 맛있게 먹고."

"그럼 세현이 너도 같이 가자. 같이 갈비찜 먹으면 되잖아."

"무슨 말도 안 되는 소리야. 어머님 놀라실걸."

"아닌데. 울 엄마 내 친구들 좋아하는데."

시무룩하게 중얼대는 차연준을 기어코 돌려보낸 후 얼마나 지났을까. 차연준에게 메시지가 왔다. 대접 가득 담긴 갈비찜 사진이었다.

-세현이가 등 떠밀어서 먹으러 온 갈비찜

-엄마가 다음엔 너도 데려오래

-맛있는 거 해준대

따라붙는 말엔 웃을 수밖에 없었다. 여름이 다가오고 있었다.

부모님은 부부동반 모임에 나가시고 누나는 애인과 데이트를 하러 나간 한가로운 주말, 나는 홀로 집에 남았다. 침대에 누워 가만히 천장을 바라보고 있자니 자연스레 쓸데없는 생각들이 떠올랐다. 대부분은 차연준에 대한 생각이었다. 그 애가 내게 불러 줬던 노래나 우리가 함께 나눠 먹는 아이스크림, 우리 집 앞에서 '잘 가, 세현아' 하는 그 애의 목소리 같은 것들 말이다.

상대가 내게 보여 주는 사소한 호의 하나에도 이렇게 즐거울 수 있다는 건 짝사랑의 특권이다. 나는 그 달콤한 특권을 손이 찐득찐득해지고 혀가 아릴 때까지 오래도록 녹여 먹었다.

한참을 누워 있다 보니 배가 고파져서 냉장고에 있는 반찬을 대충 꺼내 늦은 점심을 차렸다. 차연준이 질색하던 나물무침과 연근조림이었다. 차연준은 오만상을 하고 그것들을 골라냈지만 나는 맛있게 먹었다.

정말이지 밥 먹을 때까지 차연준 타령을 해야 하는 걸까? 차연준에 대한 생각을 털어 버리듯, 한 숟가락 남은 밥을 재빨리 입에 털어 넣고 일어나 설거지를 했다. 어제저녁에 가족들이 남겨 놓은 설거짓거리를 처리하고 내친김에 부엌을 싹 치웠다. 마른행주로 물기까지 말끔히 닦아내고 다시 방으로 돌아왔을 땐 휴대폰이 혼자 빛을 내고 있었다.

-세현아
-뭐해?
-바빠?
-안 바쁘면 나랑 놀자
-대답없네
-읽지도 않고

-나 심심한데 답장해 주면 안 돼?

내가 밥을 먹고 설거지를 하는 사이 차연준이 여러 차례 메시지를 보낸 것이다. 마지막에는 애교인지 뭔지 모를 서운함까지 가득 담아 놓은 것이 귀여워 조금 웃었다.

[미안해 밥 먹느라 늦게 봤어]

답장을 보내자 기다렸다는 듯 또 다른 메시지가 도착했다.

-맛있게 먹었어?
-뭐 먹었어?
[그냥 나물무침이랑 연근조림]
-음 그렇구나
-맛있었어?

인상을 찌푸리고 있을 차연준의 표정이 상상이 가서 나는 짧게 웃었다. 침대에 누워 즐거운 마음으로 자판을 톡톡 두드렸다.

[응 봄나물이라 맛있는데]
-그럼 이제 뭐할 거야?
[음… 글쎄]
[심심해서 책이나 읽을까 하고…]
-맨날 읽는 건데?

-안 지루해?
-그러지 말고 나랑 놀자
-응?

차연준이 이렇게까지 말하는데 거절할 수 있을 리 없었다. 책이야 내일 읽으면 되는 거니까 차연준과 놀기로 했다.

[뭐 하고 놀 건데?]
-너 오늘 뭐 했는지 이야기해 줘

나란 인간이 한 거라 해봤자 차연준에게는 재미없는 일들뿐일 거다. 그래도 이거라도 해 줄 답이 생겨서 나는 좋았다.

[별거 없긴 한데…]
[아침에 일어나서 한참 누워 있다가]
[배고파서 밥 차려 먹고 설거지했어]
-가족들이랑?
[아니 다들 나가서 집에 혼자 있어]
-정말?
-그럼 심심하겠다
-나는 세현이 놀아줄 수 있어
-ㅎㅎ

아, 귀여워서 어떡하지. 놀아 준다니. 꼭 내가 혼자 못 노는 유치원생이라도 되는 것처럼 말하는데, 정작 애처럼 귀여운 건 차연준이다. 유치원생까지는 아니고 초등학생 정도로는 보였다. 초딩 차연준. 'ㅎㅎ'라고 써 보낸 것마저도 귀여웠다. 실제로는 절대 저렇게 조용하게 안 웃는데 메시지로 보니까 참 얌전해 보인다. 그 애의 색다른 모습을 발견한 듯한 기분이었다. 차연준이 이렇게나 귀여운 애였다니. 여태껏 멀리서 구경만 하느라 몰랐던 그 애의 모습들이 아쉬웠다.

[뭐 하고 놀아줄 건데?]
-지금 너 보러 가줄 수 있지

반 장난삼아 물은 질문에 그런 답이 돌아왔을 때, 이번에는 정말로 휴대폰을 떨어뜨리고 말았다. 하필 누워서 휴대폰을 보고 있었던 죄로 나는 얼굴을 호되게 얻어맞았다. 손바닥만 한 쇳덩어리가 얼굴을 묵직하게 때리고 이불 위로 나동그라졌다. 진짜 아팠다.

"으…."

뺨을 붙잡고 끙끙대다 간신히 고개를 들었을 때는 이미 차연준이 시무룩해진 뒤였다. 불쑥 집에 찾아가겠다는 말이 달갑지 않았던 거라고 오해한 모양이었다.

-갑작스러워서 좀 그런가
-원래 다른 애들이랑은 연락도 없이 쳐들어가고 그래서…
-네가 불편하면 안 갈게

-심심하다길래 말해 봤어
-나도 마침 심심했거든
-세현아?
-세현아…ㅠㅠ

이러다 무르겠다고 할까 봐서 나는 욱신거리는 뺨도 내버려 두고 급하게 자판을 쳤다.

[지금?]
-싫어?
[아니 싫다는 게 아니라…]
[정말 지금 오겠다고?]
-응 정말로
-네가 좋다면
-지금 당장 갈게

너무 좋아서 죽을 것 같았다. 당장 현관문을 열면 그 애가 서 있을 것만 같은 느낌에 설레서 심장이 떨렸다. 심심하다는 말 한마디에 그 애가 내게 와 준다니. 그것도 지금 당장 와 주겠다니. 이게 꿈은 아닐까 잠깐 의심해 보았다가, 아까 휴대폰에 얻어맞고 눈물이 찔끔 나게 아팠던 걸 떠올리고 꿈은 아니라는 결론을 내렸다.

차연준이 우리 집에 온다니. 그렇다면 오늘은 처음으로 주말에도 차연준을 만난 날이 되는 것이다. 차연준의 주말에 내가 끼어들 수 있다는 사실이 말도 못 하게 좋았다.

한참을 혼자 설레하다가 조심스럽게 두 글자를 써넣었다.

[그래]

온 세상이 핑크빛으로 물들고 공기에서도 달콤한 맛이 났다. 사랑이 나를 찾아오는 것 같았다.

그 애와 나는 겨우 5분 거리에 살고 있으니까 금방 올 거라 생각했는데, 차연준이 우리 집 현관문을 두드린 것은 약 한 시간이 지나서였다. 나는 초인종이 울리자마자 부리나케 뛰어나가 문을 열었다. 차연준은 열리는 현관문 사이로 나와 눈이 마주치자마자 싱긋 웃었다.

"안녕."

하얀 반소매 티셔츠와 청바지가 차연준에게 아주 멋들어지게 어울렸다. 내 흰 신발은 다 때가 묻어 더러운데, 차연준의 스니커즈는 새것처럼 눈부시게 하얬다. 내가 잠시 넋을 놓은 사이 그 애는 알아서 현관문을 닫고 들어오며 내게 손을 팔랑팔랑 흔들었다.

뭐지. 왜 저렇게 예쁘게 입고 온 거지? 나도 옷을 좀 챙겨 입고 있었어야 했을까? 아무 생각 없이 입고 있던 차림 그대로 맞이했는데, 조금 더 깔끔한 옷으로 갈아입었어야 했다는 생각이 뒤늦게 들었다. 정원이가 찾아올 때처럼 편하게 생각해서는 안 됐던 건데. 목 늘어난 티셔츠와 헐렁한 추리닝 반바지가 조금 부끄러웠다.

"바로 온다 해 놓고 좀 늦었지. 미안."

"아, 아냐. 들어와. 뭐 좀 마실래?"

"괜찮아. 이거 같이 먹으려고 사 왔어."

그 애가 내민 것은 커다란 아이스크림 통이었다. 굳이 열어 보지 않아도 어떤 아이스크림이 들어 있는지 알 것 같았다.

"와… 고마워."

"너 좋아하는 걸로만 가득 채워 왔어. 두고 먹어."

차연준이 눈을 찡긋하며 웃었다. 그 애의 귀여운 웃음과 손에 들린 커다란 아이스크림 통이 좋아서 덩달아 웃음이 났다.

차연준은 어떻게 이렇게나 다정할까. 가까운 친구 집에 놀러 오면서 내가 좋아한다며 아이스크림까지 사 오고. 늘 그 애를 훔쳐보면서도 이렇게 다정다감한 애인 줄은 미처 몰랐다. 아이스크림은 입에 넣지도 않았는데 혀가 달았다. 다 차연준 때문이다.

"이따 같이 먹자."

"좋아. 여기가 네 방이야?"

"응."

차연준이 내 방 안으로 빼꼼 얼굴을 들이밀었다. 다행히 차연준이 오기 전에 방은 대충 정리를 해 놔서 깨끗했다. 차연준이 내 방을 기웃대는 사이 나는 얼른 냉동실에 아이스크림을 넣어 두었다. 방으로 돌아오는 길에는 몰래 거울을 보고 헝클어진 머리칼을 정리했다. 방만이 아니라 내 차림새도 신경 썼어야 했는데 왜 그건 생각하지 못했을까. 정말 바보 같았다.

"방 되게 깔끔하다."

"너 오기 전에 대충 치워서 그래."

"침대 되게 작다. 귀여워."

차연준이 내 침대를 가리키며 조금 웃었다. 별것도 아닌데 갑자기 민망해서 얼굴이 확 달아올랐다.
"어, 어릴 때 쓰던 거라 그래…."
"어릴 때 쓰던 침대를 아직도 써?"
"이 방에 있는 거 거의 다 어릴 때부터 쓰던 거야."
"정말? 이불도? 어쩐지 귀여운 거 쓰더라."
"이불은 새로 산 건데……."
그냥 연두색 이불인데 뭐가 귀엽다는 건지 잘 모르겠다. 다른 애들은 뭐 얼마나 고급스러운 이불을 덮고 자길래. 나는 그냥 엄마가 사 온 걸 쓴다(정원도 그렇다). 폭신폭신하고 가벼워서 내가 아끼는 이불인데, '귀여운 거'라고 지칭하는 말을 들으니까 내가 유치하다는 것 같아서 부끄러웠다.
"…애 같아?"
"아니. 그냥 세현이 네가 연두색 이불 덮고 자는 거 상상하니까 너무 귀여워서."
"……."
"와. 책 진짜 많다. 이거 다 읽어 본 거야?"
"…응."
"대단하다."
평범한 내 방을 차연준은 참 오래도 구경했다. 벽에 붙여 둔 사진이나 포스터 같은 것도 없고, 그냥 가구만 덜렁 있어서 차연준의 방에 비하면 볼 것도 없을 텐데. 차연준이 방을 구경하며 이것저것 물을 때마다 나는 화끈거리는 얼굴을 진정시키느라 애써야 했다.
"아. 맞다. 너한테 줄 거 있었는데."
방을 실컷 구경하고 난 후에 차연준은 멋쩍게 웃으며 주머니를 뒤적였다. 청바지 주머니에서 나온 것은 하얀 손수건이었다.

"…손수건?"

"아니. 이거 말고. 잘 봐봐."

차연준은 내 눈앞에 대고 하얀 손수건을 팔랑팔랑 흔들었다. 저 애가 뭘 하는 건가 싶어 나는 미간을 찌푸리고 손수건을 응시했다.

"봐 봐. 아무것도 없지?"

"응."

"자. 이 하얀 손수건에서……."

"……."

"짠!"

"……."

차연준이 팔랑팔랑 흔들며 앞뒷면을 번갈아 보여 주던 손수건에서, 별안간 주황색 장미가 한 송이 튀어나왔다.

"자. 너 주려고 방금 만들어 낸 거야."

"……."

미쳤나 봐……. 나는 입술을 꾹 깨물며 차연준이 건네는 주황색 장미를 받아들었다. 그 애가 재롱부린 강아지처럼 해맑게 웃는 앞에서, 나는 참담한 얼굴로 손에 들린 장미를 바라보았다.

이 심정을… 뭐라고 표현할 수 있을까? 손수건에서 장미꽃이 나타나는 마술로 꽃을 받아 본 사람에게 물어보고 싶다. 그때 어떻게 반응하셨어요?

그러니까… 내 심정으로 말하자면……. 아주…… 당황스러웠다.

이게… 이게 지금 무슨 일이지? 차연준이 나한테 꽃을 준 건가? 왜? 왜 나한테 꽃을 주는 거지?

너무 당황스러운데 좋았고, 너무 좋은데 당황스러웠다. 차연준이 나한테 꽃을 주다니. 좋기는 했지만, 도대체 왜 나에게 꽃을 준 건지 이해가 가지 않았다. 이런 건 고백할 때나 하는 이벤트 아닌가. 친구 집에 놀러 와서 뜬금없이 하는 게 아니라. 차연준이 원래 마술하는 걸 좋아했었나? 그래서 이렇게 아무 데서나 장미꽃을 꺼내는 건가? 그렇다면 차연준은 아주 큰 실수를 하고 있는 거다. 이 꽃을 받아 든 상대방은 절대 그냥 장난으로 받아들이지 못할 테니까. 나만 해도 차연준은 별 의미 없이 내민 거라는 걸 알면서도 설레고 있으니 말이다. 차연준이 이런 내 마음을 알면 얼마나 놀랄까.

손이 바들바들 떨리면서 주황색 장미도 함께 흔들렸다. 그리고 내 마음은 그야말로 태풍 한가운데 떠 있는 조각배처럼 흔들렸다.

차연준이 나한테 꽃을 줬다니까? 손수건에서 만들어 내서…! 원래 마술하는 애들은 이렇게 친구 앞에서도 막 장미꽃을 꺼내고 그러나? 그럼 차연준은 도대체 몇 명한테 꽃을 건넨 거지? 한 손으로 꼽을 만큼? 두 손으로도 다 못 꼽을 만큼…? 차연준이! 나한테! 꽃을 줬어! 나를 주려고 만들었대! 사람 오해하기 딱 좋은 마술 아닌가? 이런 걸 왜 친구한테……. 차연준이 나한테 꽃을 줬다구! 주황색 장미는 처음 보는데. 정말 예쁘다……. 이런 마술은 어떻게 한 거지? 얘 이런 것도 할 줄 아나? 귀엽다. 어떡해. 너무 귀여워.

아무 말도 하지 않는 나를 보고 차연준은 사고 친 강아지처럼 낑낑대며 안절부절못했다.

"세현아…? 재미없어? 이거 별로야? 응?"

차연준이 준 주황빛 장미꽃은 참 예뻤다. 노을빛을 가득 품은 듯한 고운 색도 그렇고, 싱그러운 물기를 머금은 꽃잎은 눈으로 보기에도 보드라웠다. 은은하게 풍기는 장미 향도 좋았다.

…물론 가장 예쁜 건 차연준이다. 아이스크림만으로도 충분했는데 어떻게 이런 예쁜 꽃까지 사서 마술을 보여 줄 생각을 했을까. 2000년대 초반에나 한창 유행했을 법한 마술 이벤트라 해도 그 애가 하니 마냥 귀여워 보였다. 이런 것도 할 줄 아나 싶어 기특하기까지 했다. 물론 그런 그 애가 귀여워 어쩔 줄 모르는 나도 제정신이 아닌 것 같기는 했다.

“세현아…. 세현아, 나 좀 봐줘…….”

차연준은 애처롭게 졸라대며 허리를 숙여 나와 눈을 맞추려 애썼다. 그에는 더 버틸 재간이 없어 머뭇머뭇 입을 열었다.

“싫어서… 그러는 거 아냐.”

“재미없었으면 미안해. 난 그냥, 너 재밌게 해 주고 싶어서 그런 건데…….”

시무룩하게 내려간 눈꼬리와 입꼬리가 눈에 들어왔다. 별것도 아닌데 가슴이 철렁했다.

“진짜야. 재미없어서 그런 거 아냐. 이런 거 처음 봐서, 그래서 신기해서…….”

“정말?”

“응. 진짜 신기해. 너 마술도 할 줄 알아?”

“나 중학교 2학년 땐 마술부였거든. 그때 배운 거 가끔 이렇게 해 봐.”

마술부라니. 차연준이 마술부라니! 얘는 왜 이런 것까지 잘 어울리고 난리지? 차연준이 해 보고 싶은 건 뭐든 해 봐야 직성이 풀리는 애라는 건 잘 알고 있었다. 도서부에 들어오겠다며 무대포로 신청서를 적어서 냈을 때처럼, 마술을 배워 보고 싶다며 앞뒤 잴 것 없이 마술부를 신청했을 차연준의 모습이 눈앞에 그려지는 것 같았다. 정말이지 귀여웠다.

"이런 건 어떻게 하는 거야?"

"비밀을 아무에게나 알려 줄 순 없지."

차연준은 그제야 눈가를 허물어뜨리며 장난스레 웃었다.

"특히 세현이 너한텐 안 돼."

"…왜?"

나랑 마술은 안 어울린다는 건가? 솔직히 말해 차연준이 아니었다면 나는 마술 따위에는 조금도 관심이 없었을 것이다. 차연준도 그걸 알아챈 걸지 모른다.

그러나 그 애의 대답은 내 예상을 가뿐히 뛰어넘었다. 그 애는 답지 않게 우물우물하더니 수줍은 목소리로 대답했다.

"너한텐… 멋있게 보이고 싶으니까."

'수줍은'이라니. 내가 돌아 버렸나 보다. 차연준이 내 앞에서 수줍어할 이유가 없는데. 그 애한테 꽃 한 번 받고는 좋아서 미친 게 분명하다.

미쳤어. 미쳤어, 유세현. 제정신이 아니야. 정신 차리자. 차연준이 알면 얼마나 놀라겠어. 친구한테 마술 한 번 보여 준 건데 이렇게 착각하고 있으면 나라도 당황스러울 거야…….

"그, 음… 마실 거 줄까?"

멍청한 질문을 한 것은 뇌에 녹이라도 슨 것처럼 사고가 원활하지 않았기 때문이었다. 할 말을 찾으려 열심히 머리를 굴렸는데,

정작 입 밖으로 나온 말은 형편없었다. 얼마나 바보 같아 보였을까. 너무 부끄러웠다. 쥐구멍이 있다면 당장 들어가 숨고 싶었다. 쥐구멍이 없다면 벌레 구멍에라도…….

"그냥 물이면 돼. 고마워."

친절한 차연준은 전혀 그런 내색을 하지 않고, 되레 나를 배려해 주었다. 이러니 그 애를 좋아하지 않으려야 않을 수가 없다. 아무 생각 없는 차연준을 두고 나 혼자 별생각을 다 하는 것은 절대 내 잘못이 아니다. 그 애가 너무나 다정하게 굴어대는 탓이다. 나는 지금 차연준 때문에 정신이 없는 상태다. 말하자면, 일종의 심신미약이라고 볼 수 있다.

심신이 미약한 유세현은 차연준이 물이면 된다고 한 것을 깜빡 잊고 오렌지 주스를 따라 내밀었다. 컵이 그 애의 손으로 넘어간 후에야 그걸 깨달았다.

"고마워. 잘 마실게."

그 애는 환하게 웃으며 컵을 받았다. 이번에도 내 실수는 전혀 언급하지 않고서 말이다. 차연준이 너무 좋고, 이런 내가 너무 부끄러워서 나는 정말이지 울고 싶었다. 이렇게 바보 같은 실수만 남발할 줄 알았다면 집에 와도 된다고 하지 않았을 거다. 바보 같은 것보다는 매정한 게 나으니까.

그 애는 마치 자기 집처럼 나를 끌어다 침대에 앉히고, 자신은 책상 의자를 빼 앉았다. 의자를 옆으로 돌려 내 쪽을 향해 앉는 그 애를 보고 또 금세 행복해지는 나도 참 나다.

"뭐 하고 있었어?"

"그냥…. 책 보고 있었어."

"늦게 와서 심심했지. 미안해."
"아냐. 괜찮다니까. 와 준 걸로도 고맙지…."
차연준을 집으로 부른 것을 후회하고 있었지만 그 말을 곧이곧대로 할 정도로 심신이 미약하지는 않았다.
"꽃은 마음에 들어?"
"응, 맘에 들어. 예쁘다."
오렌지 주스를 따르느라 잠시 내려놓았던 꽃을 다시금 손에 들었다. 주황빛 장미는 정말 다시 봐도 예뻤다. 분명 어딘가에 숨기고 있었을 텐데 꽃잎이 상한 곳도 하나 없었다.
"컵에 물 받아서 꽂아 놔야겠다. 엄마도 보면 좋아하실 것 같은데."
"너는?"
"응?"
"너는 꽃 좋아?"
"당연하지…. 마음에 든다니까."
그 말에 차연준은 몹시 기쁘다는 듯, 꽃망울이 탁 터지는 것처럼 웃었다. 역시 꽃보다는 차연준이 예쁘다.
차연준에게 보여 주기 위해 바로 목이 긴 유리잔을 꺼내와 물을 담고 꽃을 꽂아 두었다. 책상 위 잘 보이는 곳에 고이 올려 두자 그 애는 꽃을 받은 나보다도 더 좋아했다. 휴대폰을 꺼내 뭔가를 검색해 보더니, 물에 설탕을 넣고 줄기를 자주 잘라 주면 꽃이 덜 시든다는 팁도 알려 주었다. 나는 얼른 부엌에서 설탕을 찾아와 물에 조금 넣어 주었다. 그 애가 준 꽃을 더 오래 보고 싶은 마음은 나 역시 똑같았다.

그 애는 끝내 내게 장미꽃 마술의 비법을 알려 주지 않았다. 재밌으면 나중에 다시 해 주겠다고 했는데, 그랬다가는 심장이 남아나지 않을 것 같아서 말을 얼버무리고 말았다. 그랬다고 차연준이 서운해하지는 않았으면 좋겠는데.

영화라도 볼까 물었더니 차연준은 그냥 둘이서 이야기하고 싶다고 했다. 해 줄 수 있는 재밌는 이야기가 없어 우물쭈물하자 차연준이 먼저 말을 꺼내 주었다.

"주말에 집에 있으면 보통 뭐 해?"

"가족들 있으면 같이 거실에서 티비 보기도 하고, 책 보기도 하고……. 다 같이 외식하기도 하고."

"오늘은 왜 혼자 있었어?"

"엄마랑 아빠는 모임 가셨고, 누나는 데이트."

"혼자서 심심했겠다."

나는 집에 혼자 있다고 해서 심심해하는 성격은 아니었다. 오히려 여럿이서 있는 것보다는 혼자 있는 게 더 편했다. 그렇지만… 내가 심심하다고 하면, 차연준이 다음에도 와줄까?

"응… 심심했어."

거짓말이란 걸 알면서도 모른 척 그렇게 대답하자 그 애가 씩 웃었다.

"언제든 말만 해. 또 놀러 올게."

바라던 말이 차연준의 입에서 떨어졌다. 그러니 앞으로 나는 주말마다 심심할 예정이었다. 심심하고 싶었다. 그러면 그 애가 또다시 내게 와줄 테니까.

"…넌 주말에 뭐해?"

"늦잠도 자고, 기타도 치고. 밴드 애들이랑 연습실 빌려서 합주하기도 하고 그래."

"학교 밴드부?"

"아니. 걔들 말고. 내 친구들이랑 따로 만든 밴드 있어."

"정말?"

밴드를 두 개나 하고 있다니. 여러 번 그 애를 훔쳐보면서도 그건 몰랐다. 학교 밴드만 하는 줄 알았는데. 공부하기도 바쁜 고등학생이 밴드를 두 개나 하려면 엄청 바쁘지 않았을까.

그래서 학교 밴드부를 미련 없이 나왔는지도 모르겠다. 어차피 활동하는 밴드는 하나 더 있으니 아쉬움이 크지는 않았겠지. 그렇다면 도서부를 해 보고 싶다는 이유로 동아리를 바꾸는 것쯤은 아무렇지 않았을 수도 있겠다. 나는 그것도 모르고 차연준이 나를 따라 도서관에 들락거릴 때마다 마음이 불편했었다.

물론 차연준이 나 때문에 도서부에 들어온 건 아니겠지만, 조용한 도서관을 견디느라 몸을 움찔거리는 차연준을 보면 마음이 불편해지는 건 어쩔 수가 없었다. 어쨌든 이제 사실을 알게 되었으니 더 마음 편히 도서관에 갈 수 있을 것 같았다.

"다음에 우리 연습할 때 한번 보러 올래?"

거절하고 싶은 마음과 가고 싶은 마음이 동시에 들었다. 기타 치는 차연준을 보고 싶기도 했고, 또 바보 같은 짓을 벌일지도 모르는 나를 사전에 차단하고 싶기도 했다. 차연준의 친구들 앞에서 어리바리 맹한 모습을 보여 주기는 싫었다. 그렇지만 역시 그 애가 기타를 연주하며 웃는 모습을 보고 싶기도 했다.

이번에도 아무 말 못 하고 치열하게 마음의 사투를 벌이고 있는데, 차연준이 대신 결론을 내렸다.

"연습실 여기서 안 멀어. 애들한테 말해 보고 시간 맞춰 볼게. 너는 그냥 잠깐 시간만 내주면 돼. 응?"

차연준이 저렇게 조를 때 나는 거절하기가 힘들었다. 그 애를 실망시키고 싶지 않아서 뭐든 그 애가 원하는 대로 해 주고 싶어졌다. 그렇지만 안 되는 건 안 되는 건데. 거기 가서 또 어떤 바보짓을 할지 생각하면 안 가는 게 백번 천번 나은 선택일 거다. 그건 알지만… 차연준이 강아지 같은 눈빛으로…….

"오는 거다? 응? 오기로 약속한 거야!"

"시간 되면…."

"무조건 너한테 맞출게. 알았지?"

응? 응? 차연준이 내게 몸을 기울이며 귀엽게 졸라댔다. 그 모습이 너무 귀여웠다. 절대 안 된다고 생각하면서도 입으로는 알겠다고 승낙해 버린 것은 그 애가 너무 귀여웠던 탓이다. 나는 그 애의 미소에 넋이 나가서는 중얼거렸다.

"응, 그래."

허락을 얻어낸 차연준은 뭐가 그리 좋은지 잘생긴 얼굴로 헤실헤실 웃었다. 가만 보면 애가 좀 미남계를 쓸 줄 아는 것 같다. 자기 얼굴 잘생긴 걸 알고 그걸 활용하는 솜씨가 수준급이었다. 그걸 다 알면서도 나는 미남계에 홀딱 넘어가곤 했다.

고전소설에서는 황제나 권력깨나 있다는 사람들이 늘 미인계에 홀라당 넘어갔다. 소설까지 갈 것도 없이 역사책만 봐도 그랬다. 그때마다 권력 좀 있다는 사람들이 왜 저렇게 무방비할까 생각했었는데, 지금 보니 나도 똑같은 사람이었다. 차연준의 미모가 내 마음을 흐물흐물하게 녹여 버려서, 이건 좀 아닌데 생각하면서도 어느새 완전히 넘어가 있었다. 그 황제들도 나와 같은 마음이었을까?

"그보다, 너 이야기도 해 줘."

"나?"

"응. 내가 좋아하는 거 말고 네가 좋아하는 거."

네가 좋아하는 거 나도 알고 싶단 말이야. 차연준이 투정 부리듯 덧붙였다.

"너는 뭘 좋아해?"

"나는…."

내가 뭘 좋아하더라? 잘 생각이 나지 않았다. 아니, 생각이 나지 않는 게 아니라 그 애에게 말해 줄 만한 것들이 없었다.

소설책, 이른 아침 교실 창문 안으로 쏟아져 들어오는 희끄무레한 햇빛, 어릴 적 이후로 인테리어를 거의 바꾸지 않아 시간이 박제된 것만 같은 내 방, 늘 덮고 자는 연두색 이불. 그런 것들은 그 애에게 말해 주기에는 너무나 사소하고, 지루하고, 보잘것없는 것 같았다. 그 애가 관심을 가질 만한 것들이 전혀 아니었다.

그 애는 밴드, 마술, 액션 영화, 해변을 좋아했다. 나는 해 본 적도, 관심이 있었던 적도 없는 것들이었다. 반대로 그 애도 내가 좋아하는 소설책, 햇빛, 내 방, 연두색 이불 같은 것들에는 관심이 없으리라는 걸 알 수 있었다. 나는 그 애가 관심을 가질 만한 선명하고 반짝이는 것들을 말해 주고 싶었다. 나의 세상에 어울리는 희미한 안개 같은 것들이 아니라.

그 애는 한참을 고민하고 있는 나를 빤히 바라보았다. 내가 대답을 해 줄 때까지 쳐다보고 있을 생각인 것 같았다. 마음이 급해져서 그 순간 떠오르는 것을 아무렇게나 내뱉었다.

"나는… 비행기 타는 걸 좋아해."

"비행기?"

그 애가 얼굴을 갸웃했다.

"응. 비행기…."

"왜? 여행가는 게 설레서?"

"아니. 그런 게 아니라……. 비행기를 타고 창밖을 내다보면… 공간이 한데 엉기는 게 좋아. 어디서부터 어디까지가 하늘이고, 어디가 바다인지 구분이 안 가는 거. 또 지평선은 구름으로 잔뜩 뒤덮여서 어디가 땅이고 어디가 하늘인지 구분이 안 가잖아. 바다랑 땅, 하늘을 나누는 경계선을 팔레트 나이프로 슥슥 문대서 둥그런 공간을 만든 것 같아. 아, 물론 지구는 원래 동그랗지만."

내 말을 듣는 그 애의 표정이 묘해서 농담을 덧붙였는데, 그 애는 전혀 웃지 않았다. 재미없는 농담이었나 보다. 더 민망해져서 횡설수설 말을 이었다.

"뭐라고 해야 하지. 경계가 희미해진 둥그런 공간 안에 있으면… 이상한 기분이 들어. 시공간 없이 색채만 존재하는 세상에 남겨진 것 같은 느낌. 아니면 색이 칠해진 유리구슬 속에 내가 들어가 있는 것 같기도 하고…. 뭐, 그렇다고. 말하고 보니까 이상하다."

나는 어색하게 웃었다. 왜 하필 이때 비행기가 생각났을까. 누구에게도, 가장 친한 정원에게도 이런 이야기는 한 적 없었는데. 괜히 이야기를 꺼냈다는 생각이 들었다. 차라리 책을 좋아한다고 말하는 게 나을 뻔했다. 최근에 읽은 무슨 책이 재밌더라, 하는 이야기들은 지루하기는 해도 무난한 주제였을 테니까.

“무슨 소린지 잘 모르겠지.”

내가 원래 좀 그래, 변명하며 슬쩍 시선을 들어 그 애를 보았다. 아까부터 내게서 단 한 순간도 눈을 떼지 않았던 듯 바로 눈이 마주쳤다. 차연준은 내 눈을 또렷이 바라보며 말했다.

“하나도 안 이상해.”

“…….”

“비행기. 비행기를 좋아하는구나. 그럼 우리 다음에, 같이 여행 가자. 어디든 좋아.”

여행. 그 애와 내가.

“제주도도 좋고, 동남아시아도 좋고, 아프리카도 좋아. 비행기 타는 거 좋아한댔으니까 최대한 멀리 가 보는 것도 좋고.”

나, 차연준, 여행. 셋의 조합이 너무나 이질적이어서 나는 선뜻 이해가 가지 않았다. 그 애는 왜 함께 여행을 가자고 말하는 걸까. 나는 그 애와 무언가를 공유할 수 있는 사람이 아닌데. 그 애와 나는 너무나도 다른 세상에 속한 사람인데.

“왜?”

“응?”

“왜… 나랑 가는데?”

“그럼?”

그 애는 내 말이 이해가 가지 않는다는 듯 곱게 미간을 찌푸렸다. 차연준은 우리가 다른 세계에 속한 사람이라는 걸 모르는 걸까?

“넌… 다른 친구 많잖아.”

나 같은 애 말고 너랑 더 잘 맞는 애들, 너처럼 활기차고 시끌벅적한 애들, 네 주변에 늘 몰려 있는 애들. 그런 애들이랑 가야 하는 거 아냐?

나는 뒷말을 생략한 채 그렇게 말했다. 이 정도 말하면 알아듣겠지 싶었다.

"하지만 난 너랑 가고 싶은걸?"

그러나 그 애는 눈꼬리를 휘어 환하게 웃으며 내가 전혀 예상치 못한 대답을 했다. 순간 말문이 막혔다.

잘생긴 얼굴이 선명하고 반짝이는 웃음을 다는 순간을, 나는 좋아했다. 그렇지 않아도 진한 색감을 품고 있는 애인데 저렇게 웃으면 정말 세상의 모든 색과 빛을 끌어안는 것 같았다. 정말이지 마음에 들어오지 않을 수 없는, 사랑하지 않을 수 없는 웃음이었다. 내 조용하고 희끄무레한 세상에 유일하게 들어온 선명한 색감을, 반짝이는 그 애를 사랑하지 않는 방법을 나는 몰랐다.

나는 그저 홀린 듯 그 애의 웃음을 바라보고, 내 마음을 다 줘 버리는 것밖에는 할 수 없었다.

"왜? 나랑 같이 가는 거 싫어? 그래서 그래?"

"아니, 그건 아닌데……."

"그럼 같이 가는 거다?"

"…그래."

그렇게 엉겁결에 그 애와 나의 여행이 약속되었다. 언제 갈지도 모르고, 어디로 갈지도 모르고, 얼마가 들지도 모르지만, 어쨌든 약속은 약속이었다.

약속이라는 건 사람을 들뜨게 하는 무언가가 있다고 생각한다. 그냥 해 본 말일지도 모른다고 생각하면서도 나는 그 애와 여행 가기로 약속했다는 이유만으로 조금 설렜다. 그 애와 여행하는 동안은 나도 그 애와 비슷한 사람이 될 수 있을 것 같은 느낌이 들었다. 선명한 색감을 품고 있는 사람. 그 애와 같은 세상에 속하는 사람.

"기대된다."

그 애의 말에 나는 차마 부정을 말할 수 없었다. 나는 방금 진심으로 그 애와의 여행을 고대하게 되었으므로. 나는 쓸데없는 오기를 부리며 입을 꾹 다물 것이 아니라 그 애의 말에 긍정을 되돌려주기로 했다.

"나도 그래."

그 애의 진한 웃음에 왠지 코끝이 시큰해졌다. 사랑이란 그런 것인가 보다고, 나는 생각했다.

언제 가게 될지 모르는 여행보다 먼저 성사된 것은 주말 약속이었다. 만나서 맛있는 걸 먹자는 이야기였다. 먹고 싶은 게 있냐는 차연준의 물음에 나는 떡볶이라고 대답했다.

"떡볶이? 떡볶이 먹고 싶어?"

"으응…."

기어들어 가는 목소리로 대답하자 그 애가 작게 웃었다. 나를 귀여워하는 것처럼.

나를 귀여워하다니. 귀여워하다니! 착각할 게 따로 있지, 이 정도면 망상이다. 아주 심각한 망상증이었다.
"떡볶이 좋아해?"
"…좋아한다고 했잖아."
"언제?"
"저번에 너희 집 놀러 갔을 때."
"그런 적 없는데."
"했어."
"아냐. 이정원이 떡볶이 좋아한다는 말만 했어."
차연준은 까만 눈을 깜빡이지도 않고 나를 바라보았다. 쟤는, 왜 저런 것까지 다 기억하는 거지?
"맞지?"
"…응. 맞아."
"근데 왜 아닌 척해?"
"너랑 떡볶이집 가려고."
"왜?"
아까부터 왜 자꾸 저렇게 꼬치꼬치 물어보는 걸까. 떡볶이 한 번 먹자고 했다가 때아닌 취조를 당하고 있었다. 두 번 먹자고 했다가는 경을 치겠네.
"떡볶이 맛집 아는데, 다른 애랑 가 본 적이 없어서."
"이정원은?"
"걔랑은 이미 자주 갔어."
"그래서?"
"그래서, 너랑… 가려고."
우물쭈물 대답했으나 그 애는 썩 내키지 않는 듯한 기색이었다.

차연준은 미간을 옅게 찌푸리며 고개를 모로 기울였다.
"아, 이정원 대신이구나. 대타."
"그, 그런 거 아닌데…."
"아니면?"
"그냥, 같이 가고 싶었던 건데……."
"나랑?"
"……."
응, 너랑. 그 한마디만 하면 되는데 내 입술은 조가비처럼 꾹 다물렸다. 뒤늦게 부끄럼이라도 느꼈던 걸까. 입술만 달싹이다가 폭 한숨을 내쉬자 그 애가 또다시 웃었다. 뒤늦게 차연준이 장난을 치고 있었다는 걸 깨달았다.
"좋아."
둥글게 휘어진 눈꼬리가 마음에 들었다. 나를 바라보는 까만 눈동자가 좋았다. 가지런한 이를 드러내며 웃는 저 입술이 나는…….
"너랑 같이 가는 거면, 뭐든."
사랑스러웠다. 내 작은 심장에 눌러 담아 놓기에는 버겁다고 느껴질 정도로. 내 고요한 세상에 들이기에는 너무나 요란하다고 느껴질 정도로. 지금 이 순간, 달아오른 내 몸이 뻥 터져 버릴지도 모른다고 느낄 정도로.
그럼에도 불구하고 여전히 그 애를 사랑한다는 것은, 내가 할 수 있는 가장 절실한 고백이 아닐까. 내 세상을 네가 모조리 망가뜨려도 좋다는 거니까.
"사실 이정원 대신이라고 해도 상관없어."
"그러면서 왜…."

"튕겨 본 거지."

장난스러운 대답에 그제야 웃음이 터졌다. 웃는 나를 보고 그 애도 웃었다.

그렇다고 해도 진짜 튕겨 나가면 안 돼, 알겠지? 그 애가 덧붙였다. 아까와는 다르게 신중하고 단단한 목소리였다. 그 애랑 정말 안 어울렸다. 안 어울리게 무게를 잡는 그 애가 웃기고, 행여나 내가 멀어지기라도 할까 봐 불안해하는 것 같은 그 애가 좋아서 나는 또 웃음을 흘렸다. 순전한 웃음이라기보다는 사랑의 채도에 가까운, 그런 것.

내 사랑이 그 애에게 마구 쏟아져 내렸다. 내 전부를 건 선물을 그 애 손에 쥐여 준 것이다. 그 애의 해말간 웃음을 보니 내 전부를 줬는데도 하나도 아깝지가 않았다. 차연준이 그걸 오래오래 가지고 있어 주면 좋겠다. 내가 질릴 정도로 아주, 오래오래. 그럼 그동안 나는, 사실은 하나도 질리지 않고 오래오래 행복할 터다.

-데이트네.

오늘 차연준과 같이 떡볶이를 먹고 왔다는 말을 들은 정원이 말했다. 나는 휴대폰을 스피커 모드로 돌려놓고 침대에 비스듬히 기대 세웠다. 자유로워진 팔을 편하게 침대 위에 늘어뜨리고 정자세로 누운 후에야 대답했다.
"그런 거 아냐."

-뭐가 아냐. 만나서 놀고, 밥 먹고. 영화도 보고. 그런 게 데이트지.

"영화는 안 봤는데……."

-그게 중요하냐, 둔팅아?

"너랑도 밥은 자주 먹잖아."

-네가 차연준 좋아하는 거 피차 아는 사이에 뭐 눈 가리고 아웅이라도 하겠단 거야?

정원이 신랄하게 빈정댔다.
그 말에는 그렇게 묻고 싶었다. 그치? 나만 설레는 거 아니지? 갑자기 막 들뜨고 그러는 게 당연한 거지?
떡볶이를 먹으러 가기로 약속한 당일, 차연준은 우리 집 골목 앞까지 나를 데리러 왔다. 해가 쨍쨍하게 내리쬐는 더운 날이었는데도 말이다.
차연준과 만난다는 생각에 괜찮은 옷을 고르느라 늦어버린 나는 헐레벌떡 약속 장소인 공원으로 뛰어가고 있었다. 대문을 열고 나와 모퉁이를 꺾었을 때, 차연준을 발견했다. 차연준은 담벼락에 등을 기대고 하늘을 바라보고 있었다.

햇살 밑에 있는 그 애는 눈부시게 아름다웠다. 까만 머리칼이 빛을 받아 연갈색으로 빛나는 모습을, 나는 주먹을 꽉 쥔 채 바라보았다. 어쩐지 참기 힘든 기분이었다. 그런 나를 먼저 발견한 것은 차연준이었다.

"세현아."

차연준이 웃으며 나에게 손을 흔들었다. 나는 입술을 꾹 물며 차연준에게 다가갔다.

"뛰어왔어?"

"응, 늦어서 미안해."

"왜 뛰어왔어, 더운데."

"너 기다릴까 봐."

"난 괜찮으니까 앞으로는 천천히 와. 덥잖아."

이렇게 더운 날 사람을 기다리게 했는데도 차연준은 다정했다. 늦은 것을 탓하지도 않았다.

"가자."

산뜻하게 웃으며 차연준이 손짓했다. 오렌지 주스를 마신 것처럼 새콤한 감각이 목구멍 너머로 올라오는 것을 꾹꾹 눌러 삼키며 차연준을 따라나섰다.

주말의 버스에는 자리가 별로 많지 않았으나, 다행히 맨 뒷자리 두 개가 남아 있어서 나란히 앉아 갈 수 있었다. 차연준은 내가 창가 자리에 앉을 수 있도록 해 줬다. 내심 창가 자리를 선호하는 편이라 사양하지 않고 냉큼 앉았다.

"있잖아, 나 전에 버스에서 너 봤다?"

"버스에서? 언제?"
"작년 2학기 개학 날에."
그게 언제지. 나는 그날 내가 왜 버스를 탔는지조차 기억이 나지 않았다. 집에서 학교까지는 고작 걸어서 15분밖에 되지 않는데 왜 버스를 탔던 걸까. 늦잠을 잤나? 아니면 그날 유독 걷기 싫었나? 무슨 우연이 겹쳐서 차연준과 내가 함께 버스를 탔던 건지 모르겠다.
"그게 기억이 나?"
"당연히 나지. 그때, 너 맨 뒷자리에서 책 읽고 있었는데."
"음… 외할머니집에서 잤던 날인가. 그날 거기서 자고 버스 타고 왔던 것 같기도 하고."
"그날 늦잠 자서 버스 탔는데, 네가 버스에서 책 읽고 있는 걸 보고 너무 신기한 거야."
"그랬어?"
"응. 나 그래서 한참을…."
신나게 떠들던 차연준이 문득 말을 멈췄다. 그러더니 혼자서 눈동자만 도록도록 굴렸다. 뭔지는 몰라도 몹시 당황한 눈치였다.
"한참을, 뭐?"
"…아무것도 아냐. 아무튼, 갑자기 생각나서 말해 봤어."
대충 둘러대는 모양새가 별로 사실대로 말하고 싶지 않은 것 같아서 나는 그냥 모르는 척 말을 돌려주었다.
"오늘은 나 때문에 기타 연습 못 했겠네."
"괜찮아. 그게 뭐가 중요하다고."
"그래도. 너 기타 치는 거 좋아하잖아."

"너랑 노는 것도 좋아하는데."
그 말에 입을 딱 다문 나를 내버려 둔 채 차연준은 또 혼자 열심히 떠들었다.
"떡볶이 맛있겠다. 그치? 거기 튀김도 팔아? 무슨 튀김 있어?"
"음, 웬만한 건 다 있는데…."
"정말? 기대된다. 넌 무슨 튀김 제일 좋아해?"
"야채 튀김이랑 단호박 튀김."
내 튀김 취향이 뭐가 웃긴 지 그 애는 아하하, 맑은 웃음을 터뜨렸다.
"되게 너 같은 거 좋아한다. 귀여워."
'나 같은' 게 뭐라고 생각하는 건지. '야채=유세현'이라는 공식이 머릿속에 박혀 있는 것 같은데, 정말이지 할 말이 없었다.
"…넌 뭐 좋아하는데?"
"난 새우랑 오징어튀김. 김말이도 좋고 계란도 좋아."
"튀김 좋아해?"
"응. 기름에 튀긴 건 다 맛있다는 철학이 있어."
차연준은 얼굴에 환한 웃음을 걸고 신나게 고개를 끄덕였다. 몰랐는데 튀김을 정말 좋아하는 모양이었다. 떡볶이에 튀김 하나 먹으러 간다고 저렇게까지 즐거워하다니. 앞으로 차연준이랑 있을 때는 튀김 요리를 많이 먹어야겠다. 새우튀김, 김말이, 치킨, 돈가스……. 또 뭐가 있지?
내가 그런 생각을 하는 동안 차연준은 별별 이야기를 다 하며 내 혼을 쏙 빼놨다. 버스 안이라고 나름 목소리를 낮추기는 했지만, 그만큼 더 바짝 다가와 내 귀에 대고 속살대는 바람에 결과적으로 나의 체감 데시벨은 비슷했다. 오히려 자꾸만 차연준의 숨결이 내 귀의 솜털을 간질여서 조금 죽고 싶어지기만 했다. 하도 수다를 떨어대는 통에 버스에서 내릴 때쯤에는 차연준이 앉았던 쪽 귀가 얼얼했다.

한 시간이나 걸려 도착한 떡볶이집은 맛집답게 사람들로 붐볐다. 식사 시간에 맞춰 여기에 오면 적어도 30분씩은 기다려야 하는데 그나마 애매하게 점심때가 빗겨 나간 시간이라 앉을 자리는 있었다. 차연준을 30분이나 땡볕에서 기다리게 했다면 미안해서 어쩔 줄을 몰랐을 텐데, 바로 앉을 수 있어서 다행이었다.

차연준이 튀김 종류는 가리지 않고 다 좋아한대서—매우 귀엽게도 그 와중에 야채 튀김은 제외였다— 우리는 떡볶이 2인분과 모둠 튀김을 시켰다. 아, 차연준이 먹고 싶다고 해서 삶은 달걀 두 개도.

냄비 안에서 끓기 시작하는 즉석 떡볶이를 바라볼 적에 차연준은 웬일인지 심드렁했다. 아까까지는 그렇게 신나 하더니 막상 눈앞에 있으니 무던해지는 모양이었다. 오히려 차연준은 내 사소한 취향들을 캐묻느라 여념이 없었다.

"떡볶이엔 치즈를 넣는 걸 좋아해, 안 넣는 걸 좋아해?"

"밀떡이 좋아, 쌀떡이 좋아?"

"떡볶이에 당면 넣는 게 좋아, 라면 넣는 게 좋아?"

"당면은 얇은 게 좋아, 중국 당면처럼 넓적한 게 좋아?"

"밥 먹고 난 다음에 빙수를 먹는 게 좋아, 카페에서 음료를 먹는 게 좋아?"

"떡볶이 말고 또 뭐 좋아해? 이정원이랑 있을 땐 뭐 먹는데?"

"무슨 피자 좋아해?"
"하와이안 피자하고 민트초코 프라푸치노하고 둘 중 하나를 꼭 먹어야 한다면 뭘 먹을 거야?"
치즈를 넣는 걸 좋아한다고 말했더니 차연준은 바로 치즈 사리를 추가했다. 라면보다는 당면이 좋고, 당면 중에서는 넓적한 게 더 좋다고 했더니 당면 사리도 추가했다. 빙수를 더 좋아한댔더니 떡볶이를 다 먹으면 빙수를 먹으러 가자고 했다. 하와이안 피자를 좋아한다고 대답하자 다음 주에는 만나서 피자를 먹자면서 또다시 주말 약속을 잡아 버렸다. 사람 혼을 쏙 빼놓고는 저 원하는 대로 하는 솜씨가 아주 일품이었다.
그럴 일은 없어야 하겠지만, 혹시나, 혹시나 차연준이 다단계를 한다면 연 매출 5억을 벌어들이는 다단계의 전설이 될 것 같았다. 솔직히 말해서 차연준이 내게 보험 가입을 권유하면 하나쯤 들어줄 용의가 있기는 했다. 물론 지금은 미성년자라 안 되겠지만…. 그러면 옥장판 같은 거라도……. 아니, 옥장판은 우리 식구 수대로 하나씩……. 차연준 물건도 많이 팔아주고 우리 가족들도 잘 자면 서로 좋은 거니까.
아, 정원이한테도 하나 줄까. 그리고 또 뭐가 있지? 요즘 다단계에서는 뭘 팔지? 건강식품? 비타민제 같은 건 사서 엄마한테 주면 되겠지…….
"이제 먹어도 될 것 같은데."
가만뒀다가는 집안 기둥뿌리라도 뽑아서 판매 실적을 채워 줬을지 모르는 내 위험한 상상을, 다행히 차연준이 끊어 주었다. 차연준은 보글보글 맛있게 끓는 떡볶이를 국자로 몇 번 젓고는, 제일 먼저 내 접시에 덜어 주었다. 내가 좋아한다고 했던 넓적한 당면도 듬뿍 얹어서. 나는 차연준이 한입 크기로 자른 떡을 입에 쏙 넣는 것을 바라보았다.

"여기 떡볶이 진짜 맛있다."

"그치? 맛있지?"

맛있다는 말에 나는 굉장히 뿌듯해졌다. 이 가게로 말하자면 정원이가 알려 준 떡볶이 맛집 중에서 제일 내 입맛에 맞았던 곳이었다. 이렇게 맛있는 떡볶이를 같이 먹을 사람이 기껏해야 정원이나 가족들밖에 없어서 조금은 안타깝던 차였다. 언젠간 다른 사람을 데리고 와야겠다고 생각했었는데, 그 다른 사람이 차연준이 될 거라곤 정말 생각도 못 했다. 어쨌든 차연준이 좋아하는 것 같아서 나도 좋았다.

"응. 맛있어. 다음에 우리 또 같이 오자."

"그래, 좋아."

그 애와 친해지고서 내 소원이 벌써 두 개나 이뤄진 것에 기뻐하느라, 나는 차연준이 또 약속을 잡으려 드는 걸 대수롭지 않게 승낙했다. 식탁에는 내가 좋아하는 맛있는 떡볶이와 튀김이 있고, 눈앞에는 내가 좋아하는 차연준이 있어서 나는 기쁘기 그지없었다.

아니, 행복했다. 이런 감정을 단순히 기쁘다는 말로 표현하기는 너무 부족했다. 머리부터 발끝까지 세포 하나하나에 기쁨이 꾹꾹 들어찬 듯한 이 느낌은 행복하다는 표현을 써야 적합했다. 내 눈앞에, 환하게 미소 짓는 그 애가 있어서 난 행복해졌다.

행복감에 잔뜩 취해 있느라 나는 어울리지도 않게 잔뜩 희망을 품어 버리고 말았다. 그러니까 오늘 나와 차연준이 주말에 만나 떡볶이를 먹고 온 것이 바로 '데이트'라는, 정원이의 말에 홀라당 넘어가 버리고 말 정도로.

솔직히 말해서, 내가 생각해도 오늘 그 애와 나 사이의 분위기는 말랑말랑하고 보드라웠다. 아무리 내가 차연준 같은 애들한테 익숙하지 않다고 해도 보통 친구 사이에 이러지 않는다는 것 정도는 눈치챌 수 있었다. 남자애들치고 꽤나 다정하고 살가운 편이라는 나와 정원도 그런 짓은 하지 않았으니까.

맛있게 끓은 떡볶이를 제일 먼저 내 접시에 덜어 주던 것, 돌아오는 길에 곯아떨어져 버린 나를 내내 제 어깨에 기대게 했던 것, 그런 것들은 그냥 친구라고 보기에는 과하게 간지러운 구석이 있었다. 잠에서 깨자마자 내가 차연준의 어깨에 머리를 기대고 있었다는 사실에 얼마나 놀랐었는지.

짝사랑을 경험하는 사람이라면 누구나 이런 것에 설레게 되지 않을까? 들뜨게 되지 않을까? 물론 차연준이 나를 좋, 좋아한다고… 생각하기에는 과하다는 건 나도 알았다. 기껏해야 가벼운 호감 정도가 아닐까. 그건 알지만… 그 애의 다정한 행동에, 다정한 말에 설레 버리는 걸 어떡하란 말인가. 다른 사람도 아닌 차연준인데. 세상에, 차연준이 나에게 일말의 호감이라도 있다니. 친해지고 보니 이런 일도 다 생긴다.

어떡해. 미쳤나 봐. 어떡해…. 어떡하지? 설레는 마음이 주체가 되지를 않아서 나는 침대 위에서 잠시간 몸을 꿈틀거려야 했다. 온몸이 간지럽다 못해 가슴 깊숙이 자리한 심장까지 간지러웠다.

-한 번 찔러 봐 봐.

"뭘?"

-뭐긴 뭐야. 걔도 너한테 마음 있는지 한번 봐 보라고.

"…에이. 그렇게까지 진지한 건 아닐걸……."

-찔러나 봐 봐. 반응 괜찮으면 꼬셔 보고, 아님 말고.

"꼬, 꼬셔?"

-너 걔 좋다며. 사귈 마음까진 없고 그냥 눈요기인 거야?

"눈요기라니! 그런 거 아냐."
도대체 나를 어떻게 생각하기에 사람을 막, 눈요기 같은 거로 취급할 거라 생각하는지 도통 모르겠다. 눈요기냐고 묻는 정원의 목소리가 태연해서 더 그랬다. 얘 무서운 애네. 자기 경험담 아냐?

-아니면 왜 안 꼬시냐? 맘에 들면 당장 낚아채야지.

"아니, 그렇다고 막 그렇게… 꼬, 꼬시자고 하기에는……."

-뭐.

"그, 그렇잖아. 걔가 나한테 호감이 있는지 아닌지도 모르는데……."

-호감이 없는 것 같으면 더 힘내서 꼬셔야지 무슨 소리야? 네가 연애를 안 해 봐서 사람 맘 얻는 게 얼마나 어려운지 모르나 본데, 그렇게 가만히 있어서는 할 연애도 못 한다?

"연준이랑 내가 할 연애는 아니잖아……."

-그거야 모르는 일이지. 혹시 알아? 네가 떠보자마자 그쪽에서 먼저 옳다구나 달려들지?

너무나 터무니없는 말이라 그냥 웃어 버렸다. 차연준이 먼저 달려들기는. 그럴 일은 절대 없을 텐데. 내가 백날 꼬셔 봐도 넘어올 것 같지 않은걸.

-웃지만 말고.

"알았어. 생각해 볼게."
여전히 웃음기를 감추지 못한 목소리로 대답하자 정원이 작게 한숨을 쉬었다. 너한테 무슨 말을 하겠냐, 하며 고개까지 절레절레

저어대는 모습이 눈앞에 그려지는 것 같았다.

-야, 엄마가 부른다. 끊을게.

"응. 내일 봐."

적막한 방 안에서 침묵하고 있던 나는 얼마 지나지도 않아 슬쩍 웃음을 흘렸다. 오늘 하루 내내 내게 유독 다정하게 굴던 차연준이 생각나서였다. 다정한 그 애를 생각하니 특별할 것 없는 내 방 풍경도 무척 아름답게 보였다. 책상 위에 그 애가 준 주황색 장미가 여전히 놓여 있어서 더 그랬다. 일주일이 지난 장미꽃은 안타깝게도 시들기 시작했지만, 그 애가 꽃을 내밀며 보였던 웃음만큼은 내 안에 시들지 않고 남아 있었다.

불을 끄고 눕자 작은 내 방 안에 어둠이 내려앉았다. 모든 것들이 어둠에 젖어 먹빛으로 보이는데도, 그 애가 준 꽃만큼은 반짝반짝 빛을 내는 것 같았다. 빛나는 차연준이 지나간 자리에 작은 조각으로 남아, 내 방에 흩뿌려지는 나만의 별똥별이었다. 그 애가 작은 유성을 남겨 놓고 간 덕분에, 나는 내 방에 혼자 누워서도 그 애와 함께하는 것 같은 기분을 느낄 수 있었다. 혓바닥이 아리도록 달콤한 감각이었다.

4

월요일 아침, 등교 준비를 할 적에 나는 무척 기분이 좋았다. 짝사랑하는 애와 주말 데이트를–데이트라고 믿고 싶은 거지만–한 후 맞는 월요일이, 그 애가 있는 학교로 가는 일이 싫을 리가 없었다.

아슬아슬하게 지각을 면한 차연준은 늘 그렇듯이 내 옆에서 조잘조잘 이야기를 늘어놓았다. 나는 어제 차연준의 수다 때문에 귀가 아플 지경이었던 것도 잊어버리고 열심히 그 이야기를 들어 주었다. 중간에 한 번 정원이의 괜한 시비가 들어오기는 했지만, 다행히도 큰 문제 없이 넘어갈 수 있었다.

점심시간에 그 애는 제 몫의 양배추샐러드를 통째로 내 식판에 옮겨 주었다. 양상추는 몰라도 양배추는 싫다나. 말은 그렇게 했어도 양상추도 그렇게 좋아하지는 않는다는 걸, 이제는 안다. 저번 주에 유자 드레싱이 뿌려진 양상추샐러드가 나왔었는데 그때도 차연준은 내게 샐러드를 통째로 넘겨주었었다. 차연준이 샐러드를 양보해 준 답례로 나는 내 몫의 돈가스를 조금 잘라 넘겨주었다.

밥을 먹고 나서는 정원이까지 셋이서 도서관에 갔다. 요즘 그 애는 〈종의 기원〉을 읽고 있었다. 찰스 로버트 다윈의 〈종의 기원〉 말고, 소설 〈종의 기원〉. 처음 그 책을 골라 주었을 때, 그 애는 허옇게 질린 얼굴로 나를 바라보았다. 그러고는 더듬거리며 물었다.

'노, 놀리는 거야?'

정말 다시 생각해도 웃음이 났다. 내가 다른 책을 골라 주겠다고 해서 기대했는데, 표지만 다르고 제목은 똑같은 책을 내밀었으니 놀랄 만도 하겠지. 차연준은 완전히 사색이 되어서는, 차마 싫다는 말은 못 하겠는지 거의 손을 떨다시피 하며 책을 받아 갔다.

그 모습을 보며 나는 소리 없이 웃었다. 차연준의 말대로 놀리는 게 맞기는 했다. 일부러 똑같은 이름의 소설을 골라 내민 거니까. 당황한 그 애의 모습을 보고 싶어서 장난을 좀 쳐 본 거였는데, 아주 잘 먹혀들었다.

'진화론 얘기하는 책 아냐. 그냥 소설이야. 소설.'

그 말을 듣고서야 차연준은 눈에 띄게 안심한 기색을 보였다. 여전히 약간의 의구심이 남아 있는 것 같기는 했지만, 어쨌든 얌전히 책을 들고 내 옆에 앉아 비장하게 책을 펼쳤다. 그 책이 정말 소설이라는 걸 확인했을 때 차연준이 작게 안도의 한숨을 내쉬는 것을 나는 들었다. 정말 너무 귀여웠다.

오늘 보니 그 책을 절반 정도 읽었길래 나는 벌써부터 이다음에는 무슨 책을 추천해 주어야 할까 고민하기 시작했다. 내가 재밌게 읽었던 것 중에서 차연준도 쉽게 읽을 만한 게 뭐가 있을까…. 그 책을 다 읽으려면 아직 며칠은 남은 것 같아서 신중하게 고민해 보기로 했다.

어제의 달콤했던 감정이 아직도 내 심장 안에 들러붙어 있는지, 나는 하루 종일 구름 위를 걷는 것처럼 기분이 좋았다. 시답잖은 이야기를 늘어놓는 그 애를 보면 웃음이 안 나올 수가 없었다. 얼굴 근육이 고장 난 것처럼 헤실거리고 있으니, 청소시간을 틈타 정원이가 나를 놀려댔다.

"데이트하고 나니까 좋아 죽겠냐?"

"……."

좋아 죽겠는 건 사실이라 그냥 웃어 버렸다. 그걸 본 정원이가 질색하기에 또 웃었다. 자꾸만 웃음이 나오는 게 허파에 바람이 좀 들어간 것 같았다.

정원이와 투닥대며 계단을 올라오는데 교실이 유독 떠들썩했다.

"뭐야? 누구 싸우나?"

남고에서 싸움은 익숙하다 못해 진절머리가 날 만큼 잦은 일이다. 이번에는 또 누가 싸우길래 저러는 건지, 아무래도 교실에 돌아가서 조용히 책을 읽기에는 그른 것 같았다. 작게 한숨을 쉬며 우글우글한 복도를 헤치고 지나가는데 별안간 뒷문에서 우리 반 애 하나가 튀어나왔다.

"야! 대박! 대박! 들었냐?"

"뭘."

교실이 시끄러운 이유가 싸움 때문이라고 생각했는지, 정원이 시큰둥한 목소리로 되물었다.

"차연준 고백받았대!"

"…뭐라고? 누구한테?"

"옆 학교 여자애한테! 대박이지! 청소 시간에 여기까지 찾아왔더라니까? 점심시간에도 찾아왔었는데, 차연준 어딨는지 몰라서 못 만나고 돌아갔다가 다시 온 거래. 진짜 귀엽지 않냐? 생긴 것도 진짜 예뻐. 완전 청순해."

정원이가 걔와 대화할 적에 나는 거의 넋이 나가 있었다. 뭐랄까, 바로 내 옆에서 나누는 대화인데도 머릿속에 잘 입력이 되질 않았다. 뭐라 뭐라 길어진 말이 조각조각 흩어져 내 대뇌 속을 이리저리 떠다니는데, 내가 제대로 인식한 것은 딱 한 마디였다.

차연준 고백받았대.

아…. 그러니까, 나는 주말 내내 진짜 헛물켠 거구나. 가장 먼저

든 생각이 그거였다.

솔직히 아예 예상치 못한 일은 아니었다. 내가 혼자 바라만 보며 짝사랑할 때도 차연준은 여러 번 고백을 받은 적 있었다. 다만 그건 어디까지나 차연준이 인기가 많다는 식으로 전해 듣는 정도였지, 이렇게 적나라하게, 옆 학교 여자애한테, 그것도 방금, 고백받았다는 이야기를 듣는 건 처음이었다. 누가 김칫국 그만 마시고 정신 좀 차리라고 내게 찬물을 한 바가지 뿌린 것 같은 기분이었다.

"지금 교실에 있어?"

"아니. 차연준이 걔 데리고 나가던데."

"사귀재?"

"나도 모르지. 나가서 얘기하자고 하던데. 하 씨, 부럽다. 걔 존나 예쁘던데. 차연준 밴드에서 기타 치는 거 보고 반한 거래. 나도 밴드부나 들어갈걸."

"꺼져, 새끼야. 어떻게 됐는지도 모르면서 여기저기 떠벌리고 다녀."

"모르긴 뭘 몰라. 당연히 사귀겠지. 존나 예뻤다니까?"

"이 새끼는 뭔 얼굴만 보고 사귄대. 얼굴만 맘에 들면 아무나 다 사귀냐? 사상이 불순해서 넌 여친 사귀긴 글렀다, 개새끼야."

"지는 여친 있다고 존나 유세."

"음악이라곤 도레미파솔라시도밖에 모르는 게 밴드부는 뭔 놈의 밴드부. 발 닦고 잠이나 처자세요."

나를 생각해 주느라 괜히 화가 났을 정원이는 죄 없는 우리 반 애만 쥐 잡듯이 잡았다.

…나는 왜 차연준이 내게 호감이 있다고 생각했을까? 차연준이

좀 잘해 줬다고, 다정하게 대해 줬다고 헛바람만 잔뜩 들어서는 나랑 어울리지도 않는 걸 기대했다. 그 애가 나랑은 그렇게나 다르다는 걸 이미 알고 있었는데.

기타 치는 걸 보고 반했다고…. 당연하다는 생각이 들었다. 그 애가 기타를 칠 때는 정말, 정말 멋있으니까. 그걸 보고 반하지 않을 사람은 이 지구상에 없을 거다. 그 여자애가 어디서 차연준을 봤는지는 몰라도, 차연준의 덫에 딱 걸려 버린 거다. 한번 보고 나면 좋아하지 않을 수가 없는걸.

근데… 그래서… 차연준은, 뭐라고 대답했을까? 진짜 예뻤다던데. 점심시간에 찾아왔다가 못 만나서 청소 시간에 다시 왔다는 그 여자애는, 차연준이 얼마나 좋았으면 하루 안에 두 번이나 찾아왔을까.

점심시간에 못 만나고 돌아갔으면 용기가 사그라들었을 법도 한데 전혀 기죽지도 않고 또 찾아오다니. 내가 듣기에도… 정말 귀여웠다. 얼굴도 예쁘고 귀엽기까지 한 여자애를 거절하는 남자애가 얼마나 될까? 정원이는 얼굴만 예쁘면 다 사귀냐고 욕을 들이박았지만 예뻐서 나쁠 건 없지 뭐.

…그래서 차연준은 예쁘고 귀여운 그 여자애가 좋았을까?

한참 혼자 생각에 빠져 있다가 정원이가 내 어깨를 잡는 바람에 퍼뜩 정신을 차렸다.

"야. 괜찮아?"

"어…, 괜찮지. 안 괜찮을 게 뭐가 있어."

"아니, 너…."

"됐어. 신경 안 써. 들어가자."

나는 부러 아무렇지도 않은 척 어깨를 으쓱했다. 다만 허옇게 질렸을 얼굴까지는 어떻게 감출 수가 없어서, 자리에 앉자마자 아무 책이나 꺼내 들고 고개를 처박았다. 앞에서 정원이가 안절부절못하는 게 느껴졌지만 모르는 척했다. 눈에 들어오지도 않는 책을 몇 장 넘겼을 때 문제의 주인공이 등장했다.

일부러 그랬는지 차연준은 수업 종이 치고 나서야 교실로 돌아왔다. 차연준이 들어오자마자 시선이 우수수 쏠리는 게 조금 기가 질릴 정도였다. 그러나 누가 뭘 묻기도 전에 앞문이 벌컥 열리고 과학 선생님이 들어오는 바람에 다들 입을 닫아야 했다.

조용히 문을 닫고 내 옆에 앉은 차연준은, 믿을 수 없게도 나에게 거짓말을 했다.

"매점 갔다 왔는데 슈팅 스타 다 팔렸더라."

고백받았던 일 따위는 전혀 없었다는 듯한 투였다. 매점은 무슨 매점. 옆 학교 여자애랑 나갔다 온 걸 뻔히 아는데. 그 애가 고백을 받았다는 말을 듣고 절절 끓어오르던 심장이 그 순간 차게 식었다.

"그래?"

나도 모르게 내가 듣기에도 무성의한 말투가 툭 튀어나왔다. 읽던 책을 탁 소리 나게 덮고 가방에 집어넣었다. 선생님이 출석을 부르는 동안 책상 서랍에 넣어 둔 교과서를 꺼내는데, 그 애가 속삭이듯 나를 불렀다.

"세현아, 왜 그래? 뭐 안 좋은 일…."

"유세현."

차연준의 말이 길어지기 전에 타이밍 좋게 내 이름이 불렸다. 나는 재빨리 손을 들고 선생님과 눈을 맞췄다.

"네."

그러고는 그 애의 말을 듣지 못한 척 책장을 휙휙 넘기며 저번 시간에 마지막으로 배웠던 곳을 찾아 펼쳤다. 사실 매 수업이 끝날 때마다 작은 포스트잇으로 표시해 놓아, 부러 책장을 넘기며 찾을 필요가 없기는 했다. 그냥 그 애의 말이 듣기 싫어서 그런 거다.

"뭐 안 좋은…."

이번에는 못 들은 척 필통에서 검은 볼펜을 찾아 딸깍 버튼을 눌렀다. 그제야 차연준이 입을 다물었다. 앞과 옆에서 동시에 내 눈치를 보는 게 느껴졌지만 또 모르는 척했다.

"차연준."

"네에…."

대답하는 그 애의 목소리가 시무룩했다. 하지만 그걸 듣고도 단단히 상한 내 기분은 풀리지 않았다.

거짓말이라도 안 했으면 이렇게까지 기분이 나쁘지는 않았을 것이다. 그 애가 인기가 많은 거야 나도 알고 있었으니까. 저렇게 잘생기고 멋있고 사랑스러운 애인데 주위에 사람이 없으면 그게 더 이상한 일이지. 그런데 그 애가 나한테 고백받은 일을 숨기고 모르는 척 거짓말까지 늘어놓아서 나는 기분이 상했다.

더 솔직히 말하자면 그 애가 진짜 그 여자애랑 사귈까 봐 무서웠다. 둘이 나가서 대체 무슨 이야기를 했는지, 차연준은 그 여자애랑 사귀기로 했는지 궁금하고 불안한데도 차마 먼저 물어볼 수가 없었다. 그랬다가 응, 우리 사귀기로 했어, 하는 대답이라도 나오면 나는 견딜 수가 없을 것 같았다.

물론 사귀지 않을 수도 있다는 건 알았다. 이렇게 학교로 찾아오는 걸 보면 원래 알던 사이도 아닌 것 같으니까. 하지만 참 이상한 게, 머리로는 아는데 마음은 그렇지가 않았다. 아무렇게나 떼쓰는 어린애처럼 퍼질러 앉아, 기어코 다른 사람에게 나는 가져 본 적도 없던 차연준을 뺏겨 버리고 말았다며 눈물을 뚝뚝 흘려댔다.

확실치도 않은 일을 혼자 지레짐작해 땅을 파고 들어가는 심정을, 아마 짝사랑을 해 본 사람들은 이해할 수 있을 거다. 그러니까, 그 애를 너무 좋아한 나머지 모든 게 무서워져 버리는 것을. 너무 무서워서, 차마 일말의 희망조차도 갖지 못하게 되는걸…….

지금껏 나를 웃게 하고 설레게 하던 차연준은 처음으로 나를 무섭게 만들었다. 내가 이렇게 겁쟁이일 거라고는 나도 생각하지 못했다. 원래는 그렇지 않았던 것 같은데 그 애에 관한 일에서만큼은 이상하리만치 겁을 내게 됐다. 차연준이 나를 그렇게 만든다.

차연준 때문에 이렇게 슬프고 가슴이 아픈데도 동시에 그 애가 너무 좋을 수 있다니. 짝사랑이란 정말 해괴한 짓이다. 그리고 그 와중에도 나를 살피는 차연준에게 들키지 않기 위해 고개를 푹 숙여야 하는 건 참 비참한 일이었다.

옆 학교 여자애한테 고백을 받아 놓고도 차연준은 평소와 비슷했다. 늘 그랬던 것처럼 이런저런 이야기를 늘어놓았고, 웃음을 터뜨리기도 했다. 다만 그 애와 나 사이는 그렇지 못했다.

간밤에 나는 차연준을 평소처럼 대하기로 마음을 먹은 상태였다. 그 애가 내게 거짓말을 해서 기분이 나쁘기는 했지만 그렇다고 그 애와 싸우는 건 별개의 문제니 말이다. 나는 아직도 그 애가 좋아서, 차마 그 애와 싸운다느니 사이가 멀어진다느니 하는 생각을 할 수가 없었다. 그냥 모르는 척 그 애의 옆에 딱 달라붙어 있을 생각이었다.

차연준도 평소와 같고, 나도 평소처럼 그 애를 대하려고 하는데도 우리 사이는 어딘지 어색한 감이 있었다. 뭐라고 딱 꼬집어 말할 수는 없었지만 그 애와 나 사이에 얇고 투명한 막이 하나 생겨난 것 같았다. 같이 있어도 같이 있는 것 같지가 않고, 이야기를 나누는데도 이야기를 나누는 것 같지 않았다. 뭔가 유리된 기분, 헛도는 기분이 자꾸만 들었다.

나만 그렇게 느끼는 건가 고민하고 있는데, 차연준이 잠시 자리를 비운 틈에 정원이 물어왔다.

"둘이 뭐야? 싸웠어?"

"응? 누구랑?"

"누구긴 누구야. 차연준이랑."

"아니. 우리가 싸우긴 왜 싸워."

"그럼 둘 다 분위기가 왜 그래?"

분위기가 이상하다고 느낀 건 나뿐만이 아니었나 보다. 정원이가 느낄 정도라면 차연준도 어느 정도 느끼고 있을지 모른다. 어제 이후로 우리 사이가 뭔가 달라졌다는 걸. 그러나 그 달라진 부분이 뭔지 나도 모르기 때문에 정원이에게 해 줄 대답 역시 없었다.

"…나도 몰라."

내 대답에 정원이는 미간을 찌푸리더니 차연준이 들어오는 것을 보고 입을 다물었다. 자리로 돌아온 차연준은 이내 국어 숙제를 꺼내 문제를 풀기 시작했다. 쉬는 시간에 차연준이 내게 말을 걸지 않는 건 정말 오랜만의 일이라 나도 오랜만에 쉬는 시간에 마음 편히 책을 읽었다. 잡념을 없애는 데는 소설책만 한 게 없어서, 차연준에 대한 생각을 아주 효과적으로 떨쳐내 버릴 수 있었다. 그다음 쉬는 시간도, 그 다다음 쉬는 시간도 마찬가지였다.

하루는 금세 지나갔다. 청소를 하고 마지막 교시만 듣고 나면 집에 갈 시간이었다. 차연준이랑 특별히 싸운 것도 아니고 아예 말을 섞지 않은 것도 아닌데 이상하게 그 애랑 있는 게 불편해져서, 나는 곧 집에 갈 수 있다는 데 안도했다.

내가 빗자루로 계단을 쓸며 내려가고, 정원이가 두 칸 위에서 밀걸레질하며 내려오고 있을 때 정원이 다시 물었다.

"너희 정말 싸운 거 아냐?"

"아니라니까."

"그럼 왜 그러는데?"

"우리가 뭘?"

"어제 일 때문에 그렇지? 차연준 고백받은 거."

"…그런 거 아냐."

"아니긴 뭘 아냐, 맞구만. 역시 그 일 때문에 기분 상했던 거지? 하긴, 좋아하는 애가 고백받았다는데 괜찮을 리가 있겠냐."

괜찮을 리가 있었다. 나는 지금 아무렇지 않았고 심지어 평온하기까지 했다. 물론 그 애랑 나란히 앉아 있는 게 좀 불편하기는 했는데 그건 분위기가 좀 이상해서 그런 거지, 차연준이 고백받은 것 때문에 상심해서 그런 건 아니었다. 그 애랑 나랑 말다툼을 한 것도 아니고, 각자 조용히 할 거 하는 건데 이상할 건 또 뭔가 싶었다.

“별로. 난 괜찮은데.”

“웃기고 있네.”

“진짜야.”

“그러니까 내가 저번부터 말했잖아. 걔 한번 떠보라니까.”

“뭘?”

정원은 답답하다는 듯 발을 퍽퍽 굴렀다.

“걔는 너 어떻게 생각하는지 한번 떠보라고!”

“어떻게 생각하기는, 친구로 생각하겠지.”

“친구는 무슨. 너 지금 착각하고 있는 거다. 넌 그래서 걔가 그 여자애랑 사귀기로 했는지 아닌지도 모르잖아. 걔한테 안 물어봤지?”

“…그런 걸 어떻게 물어봐.”

“물어봐야 알지, 물어봐야! 물어봐봐, 여자친구 생긴 거냐고. 있다 하면 깔끔하게 접고, 없다 하면 꼬셔 보라니까?”

듣자 듣자 하니 헛소리도 정도가 있지, 나는 정말 어이가 없었다. 차연준 같은 애를 무슨 수로 꼬시라는 거야?

“저번부터 자꾸 왜 그래. 그런다고 걔가 넘어와? 괜히 사이 불편해지지나 않으면 다행이지.”

“그럴 리가. 네가 사귀어 준다고 하면 걔가 넙죽 절할 판인데.”

“정말 너 헛소리 좀 그만해. 걔가 도대체 왜 나랑 사귀고 싶어 한다는 거야? 걔가 아니고 내가 사귀고 싶은 거면 모를까.”

"아니, 그러니까…."

정원이 미처 말을 다 끝내기도 전에, 계단 위쪽에서 낮게 가라앉은 목소리가 들렸다.

"누가… 누구랑 사귄다는 거야?"

심장이 철렁했다. 놀란 만큼 땅이 꺼졌다면 우리 학교에 싱크홀이 생겼을 거다. 나는 삐걱거리는 고개를 들어 간신히 위를 올려다보았다. 난간 위에서 차연준이 험악한 표정으로 우리를 내려다보고 있었다.

정원이나 나나 놀라서 미처 말을 잇지 못하고 어버버하고 있는 사이에, 그 애가 계단을 뛰어 내려와 내 앞에 섰다.

"세현이 너… 좋아하는 사람 있었어?"

그렇게 묻는 차연준의 얼굴은 왠지 엄청나게 당황스러워 보였다. 크게 뜨인 눈이 바들바들 떨리는 와중에도 시선은 나에게 고정되어 있었다.

언제부터 들은 거지? 설마 처음부터 다 들었나? 너무 놀란 바람에 심장이고 폐고 다 오그라들어서, 나는 숨도 제대로 쉬기 힘들었다. 뭐라고 변명이라도 해야 할 타이밍이라는 건 알겠는데 혀가 굳은 것처럼 말이 나오지를 않았다. 까딱 잘못하다가는 꼼짝없이 들키겠구나 싶은 마음에 눈도 한번 깜빡일 수 없었다.

먼저 정신을 차린 것은 정원이었다. 정원이는 놀란 것치고는 꽤나 태연한 목소리로 거짓말을 주워섬겼다.

"응. 이거 비밀인데, 유세현 사실 좋아하는 애 있거든. 1년쯤 됐나. 우리랑 동갑인데, 나랑 아는 사이야."

거짓말처럼 포장한 사실이었다. 비밀인 것도 사실이고, 내가 좋아하는 애가 있다는 것도 사실이고, 1년 동안 좋아한 것도 사실이고, 동갑인 것도 사실이고, 정원이와 아는 사이인 것도 사실이었다. 뭐 하나 차연준이 아닌 게 없었다. 다 맞는 말인데도 저렇게 한 꺼풀 감싸서 말하니 전혀 다른 사람 이야기를 하는 것처럼 들렸다.

"그러니까… 네 친구를 좋아한다고?"

"어, 뭐, 그런 셈이지."

'친구'가 맞다고는 대답하기 싫었는지, 정원이는 어깨를 으쓱하며 둘러댔다. 차연준은 내가 좋아하는 애가 있었다는 사실에 많이 놀란 것 같았다. 그 애는 입술을 꾹 물며 혼자 감정을 삭이더니, 그 자리에 망부석처럼 서 눈만 도록도록 굴리고 있던 나를 바라보았다.

"진짜야?"

"…어?"

"진짜냐고."

"뭐, 뭐가?"

"좋아하는 애 있다는 거… 사실이야?"

"어, 어…."

나는 정원이랑 다르게 청산유수로 입을 놀릴 재간이 없어 아무렇게나 고개를 끄덕이고 말았다.

"왜, 왜 나한테… 진작 말 안 해 줬어?"

그건 정말 웃긴 말이었다. 바로 어제 차연준은 자기가 고백받은 일 자체를 내게 숨기려 들지 않았던가. 그런데 내가 몰래 좋아하는 사람이 있었다 한들, 자기가 뭐 대단하게 따질 말이 있어서 저러는 건지 나는 이해할 수가 없었다.

"내가 그걸 꼭… 너한테 말해야 하는 건 아니잖아."

너도 어제 나한테 말 안 했잖아. 나라고 뭐든 말해야 한다는 법은 없는걸.

내 대답을 마지막으로 무거운 침묵이 깔렸다. 고개를 숙이고 바닥을 내려다보고 있던 그 애는, 이내 말없이 우리를 지나쳐 계단을 올라갔다. 차연준이 시야에서 사라지고, 마침내 수업 시간을 알리는 종이 쳤을 때서야 우리는 '얼음 땡'을 받은 것처럼 숨을 들이켤 수 있었다.

"쟤 완전 기분 상한 것 같은데?"

그런 것 같기는 했다. 그런 말을 듣고 불쾌하지 않을 사람은 없겠지. 나답지 않게 냉정한 말이 나간 것은, 그래, 차연준에게 화가 났기 때문이라는 사실을 인정한다. 하지만 서로 말 안 한 건 똑같은데 자기만 서운하고 상처받은 것처럼 구는 게 솔직히 조금 어이없었다. 자기는 말하기 싫은 건 안 할 거고, 나는 뭐든 말해줘야 한다는 건 좀 불공평했다. 그 애나 나나 서로 한 번씩 주고받은 셈이다.

청소를 마친 후 교실로 올라가자 그 애는 나를 투명인간 취급했다. 내 쪽을 보지도 않고 말도 걸지 않았다. 그러는 걸 보니 정원이 꼬시라느니 어쩌라느니 했던 말이 얼마나 터무니없는 말이었는지 새삼 느껴져서 안도의 한숨을 내쉬었다.

들켰으면 정말 큰일 날 뻔했다. 정원이가 잘 둘러댔기에 망정이지, 나 혼자였으면 꼼짝없이 들키고 말았을 거다. 아무런 준비도 없이 그 애에게 내 마음을 들켜 버리는 끔찍한 상황이 일어나지 않아서 천만다행이었다. 비록 그 애가 기분이 좀 상한 것 같기는 했지만, 어쨌든 짝사랑을 들키는 것보다는 나았다. 이 정도 일은 나

중에 대화로 풀 수 있지만, 짝사랑을 들키고 나면 절대 지금의 관계로 돌아갈 수 없을 테니까.

그래, 잘된 일이다. 앞으로 내가 뭘 해도 차연준은 내가 저를 좋아한다고는 생각하지 못하겠지. 혹시 모를 때를 대비할 수 있는, 효과 좋은 방패를 하나 얻은 셈이다.

기분은 싱숭생숭했지만 다행히도 집에 갈 때쯤에는 우울한 기분을 털어 버릴 수 있었다. 내일은 차연준과 이야기를 좀 해 봐야겠다는 생각이 들었다. 아까 한 말은 그런 뜻이 아니었다고 사과해야지. 말해 주고 싶지 않아서 그랬던 게 아니라, 그냥 좀 부끄러워서 그랬던 거라고. 그 애는 착하니까 금방 용서해 줄 것도 같았다.

애써 희망적인 생각을 하며 밤을 지새운 다음 날, 학교 가는 길에는 차연준에게 어떻게 사과의 말을 해야 할까 다시 고민해 보았다. 어제 심하게 말했던 건 미안하다고, 그런 의미가 아니었다고 말하면 그 애가 날 용서해 줄까? 화해하고 나면 조금 어색했던 것도 평소처럼 돌아오겠지? 그 애가 마음을 풀어 준다면 그때는 정말 김칫국 마시지 말고, 그러느라고 괜히 서운해하지도 말아야겠다. 괜히 혼자 마음 상해서 차연준과 어색해지는 일은 다시 만들고 싶지 않았다.

교실로 올라가 늘 그랬듯 창문을 열고 자리에 앉아 책을 꺼내 들었다. 삼십 분쯤 지났나, 아직 애들이 열 명도 채 오질 않았을 때 정원이가 도착했다. 평소보다 훨씬 빠른 등교였다.

“오늘은 왜 이렇게 빨리 왔어?”

“말도 마…. 오늘 엄마가 아침부터 대청소한다고……. 밖이 너무 시끄러워서 깼어.”

정원은 피곤한 기색이 역력한 얼굴로 제 자리가 아니라 차연준의 자리에 털썩 앉았다.

"아, 나 좀 잘래…. 담요 좀 빌려줘……."

정원은 벌써 눈을 반쯤 감은 채로 내게 손짓했다. 사물함에 넣어 둔 담요를 꺼내다주자 내 담요를 베개처럼 베고는 그대로 잠들었다. 차연준이 오면 바로 깨워야겠다, 생각하고 몇 분이나 지났을까. 읽던 책 위로 문득 그림자가 지기에 고개를 드니 차연준이 몹시 험악한 얼굴로 우리를 내려다보고 있었다. 어찌나 냉랭한 얼굴이었는지 나는 순간 졸아붙기까지 했다.

"와, 왔어? 지금 깨울게. 얘가 오늘 너무 피곤하대서 좀 재우느라……."

나도 모르게 대신 변명을 해 주며 읽던 책을 내려놓고 정원이에게 손을 뻗을 때였다.

쾅. 차연준이 정원이가 앉아 있는 의자 다리를 세게 걷어찼다. 한참 잘 자고 있던 정원이는 당연히 벼락 맞은 듯 놀라 일어났고, 나 역시 너무 놀라서 입을 벌리고 그 애를 올려다보았다.

"야. 비켜."

제 자리에 좀 앉아 있었던 게 뭐라고, 그 애는 엄청나게 화가 난 것 같았다. 저렇게까지 화가 나 보이는 차연준은 작년과 올해를 통틀어 처음 보았다.

"아이씨, 깜짝이야. 놀랬잖아, 새끼야. 아, 진짜 피곤해……."

아직도 제정신을 차리지 못한 정원이는 횡설수설 말과 욕을 늘어놓으며 비척비척 제 자리로 돌아가 풀썩 엎어졌다. 그리고 침묵이었다.

그 애는 화가 나서, 나는 놀라서 아무도 말이 없었다. 나는 아직도 벌렁거리는 심장을 움켜잡은 채 고개를 떨궜다. 책은 읽던 곳 그대로 펼쳐져 있었지만 글씨가 눈에 들어오지 않았다. 너무 놀라서였다.

갑자기 의자를 걷어찬 것 때문에 놀란 것도 있지만, 다른 누구도 아니고 차연준이 그랬다는 것에 나는 더 놀랐다. 정원이가 제 자리에 좀 앉아서 자고 있었기로서니 그렇게까지 화낼 일이야 있나 싶었다. 짜증이야 좀 날 수 있겠지만 그래도 그렇지, 사람 자는데 그렇게 의자를 걷어찰 것까지는 없다는 생각이 들었다.

오늘 차연준과 이야기를 좀 해 봐야겠다는 다짐은 이제 씻은 듯이 사라졌다. 뭐가 그렇게 화가 났는지는 몰라도, 저렇게까지 기분이 안 좋아 보이는 애한테 뭐라 주워섬겨 봐야 짜증 나는 변명밖에 더 되나 싶었다. 나중에 차연준 기분이 좀 좋아 보일 때 말을 꺼내 봐야겠다. 담임선생님이 조회를 위해 교실로 올라오실 때까지 나는 잔뜩 찌그러진 채 조용히 책 읽는 척만 했다.

아침부터 차연준의 짜증을 봤기 때문인지, 그 이후로는 종일 신경이 쓰여 견딜 수가 없었다. 내 팔이 닿는 게 불편할까 싶어 일부러 차연준의 반대편으로 의자를 바짝 당겨 앉았고, 수업 시간에는 목이 뻣뻣해지도록 선생님에게만 시선을 고정했으며, 쉬는 시간에는 늘 그렇듯 조용히 책만 읽었다. 정원이 내게 무슨 말이라도 걸라치면 검지를 입에 대 조용히 할 것을 종용했다. 덕분에 귀에 습기가 차도록 귓속말을 주고받아야 했다. 아침의 일을 전혀 기억하지 못하는 정원은 대체 왜 그러냐고 의아해했지만, 내가 차연준의 눈치를 보고 있다고 하면 네가 잘못한 게 뭐 있냐며 대뜸 차연준에게 시비를 걸 게 뻔해서 철저히 숨겼다.

차연준의 신경을 거스르지 않게 내내 조심했다고 생각했는데, 종례 시간에 차연준은 내 쪽을 매섭게 노려보았다. 내가 책상에 있는 지우개 가루를 털다가 실수로 차연준의 책상 위로 조그만 가루를 날려 버렸을 때였다.

"……미안해. 실수였어."

재빨리 손으로 문제의 가루를 집어내며 나는 조그맣게 사과했다. 하지만 차연준은 사과가 마음에 들지 않았는지 눈을 무섭게 치떴다. 나는 그에 더더욱 졸아붙어 고개를 푹 수그리며 다시 한번 사과했다.

"미안. 다음에는 조심할게."

지우개 가루가 실수로 튀었을 뿐인데 이렇게까지 사과해야 하는 이유를 모르겠다. 이런 사소한 일로 성질을 부리는 차연준이 낯설었다. 이렇게 예민한 애가 아니었는데. 역시 아침부터 내가 마음에 들지 않았던 게 분명했다. 어제 말을 좀 심하게 했던 것 때문에 아직도 화가 많이 났나…….

오늘 하루 몸을 사리기를 잘했다고 생각하며 어색하게 시선을 피하는데, 그 애의 손이 불쑥 내 팔을 잡았다. 순간 심장이 떨어지는 줄 알았다. 화들짝 놀라 그 애를 쳐다보자 그 애가 매우 불만스러운 표정으로 입을 열었다.

"아까부터 대체 왜 그래?"

"…미안해, 조심한다고 조심했는데."

갑자기 눈물이 날 것 같았다. 이런 일로 차연준에게 추궁을 당하는 게 서러워서 견딜 수가 없었다. 진짜 그런 의미로 한 이야기가 아닌데. 그 자리에서 좋아하는 사람이 바로 너라고 이야기할 수는 없잖아…. 나는 정원이처럼 뻔뻔하게 둘러댈 말재간도 없는 걸 어떡하란 말이야. 그 한마디가 뭐라고 하루 종일 나를 고문해…….

"무슨 소리 하는 거야?"

하루 내내 요동치던 감정이 그 순간 정점을 찍었다. 따져 보면 내가 먼저 잘못한 일이기는 한데, 이상하리만치 서운하고 화가 났다. 차연준의 행동에 괜히 서운해하지 않기로 다짐했던 건 까맣게 잊었다. 나는 차연준의 손을 확 뿌리치며 그 애를 마주 노려보았다. 잘생긴 얼굴이 처음으로 미워 보였다.

"실수한 건 미안한데, 너도 너무하는 거 아냐?"

"내가 무슨……."

"실수 좀 했다고 이럴 것까진 없잖아. 고작 지우개 가루 하나를 가지고. 오늘 아침에도 정원이가 네 자리에 좀 앉아 있었다고 의자를 걷어차질 않나."

나와 차연준의 설전을 들었는지 정원이 놀란 눈으로 뒤를 돌아보았다. 그러나 앞문이 벌컥 열리고 담임선생님이 들어오셔서 정원은 머뭇대며 입을 달싹이다가 다시 몸을 앞으로 했다. 나는 내 옆얼굴로 와 꽂히는 차연준의 시선을 무시하며 조용히 가방을 쌌다. 종례를 마치자마자 교실에서 뛰쳐나가기 위해서였다.

"그럼 조심히 가고, 다들 내일 보자."

담임선생님의 말이 끝나자마자 나는 자리를 박차고 일어났다. 뒤에서 차연준이 무서운 목소리로 나를 부르는 소리가 들렸지만 못 들은 척 도주했다.

그대로 운동장 한가운데까지 쉬지 않고 달렸다. 이 정도면 차연준이 쫓아오지 않을 듯싶어 고개를 돌려보니 역시 차연준의 모습은 보이지 않았다. 대신 정원이 바보 같은 얼굴을 하고 나를 따라 뛰어오고 있었다. 그 모습에 괜히 웃음이 터졌다. 허리까지 굽혀 가며 웃는 나를 보고, 정원은 더욱 이상한 표정을 지었다. 내 정신 상태를 의심하고 있는 것 같았다. 여기까지 뛰어왔던 데다 웃느라 숨을 쉬기 힘들어 헐떡이자 정원은 내 등을 턱턱 두드려 주면서도 연신 나를 위아래로 훑었다.

"아, 웃기다."

"뭐가 그렇게 웃기는데?"

"웃기잖아. 아까 네 표정을 너도 봤어야 했는데. 발 달린 바나나 보는 원숭이 같은 표정."

웃느라 반쯤 공기가 섞인 내 말에 정원이 어이없다는 듯 웃었다.

"그건 또 무슨 표정이야. 책 읽고 그런 비유만 배워?"

"아, 시간 너무 끌었다. 빨리 가자, 빨리."

정원의 팔뚝을 덥석 잡아다가 평소의 두 배쯤 되는 보폭으로 힘차게 교문을 향해 걸었다. 그럴 리 없겠지만 혹시라도 차연준이 따라올까 싶어서였다. 정원은 내게 질질 끌려오면서도 끊임없이 주절댔다.

"아니, 정말 왜 그러냐고."

"내가 뭘."

"오늘 하루 종일 이상했어, 너."

정원이가 내게 잡히지 않은 반대편 팔을 쭉 뻗어 내 이마를 짚었다. 열이 나서 헛소리를 하는지 의심하나 본데, 나는 지극히 정상이었다. 정상이 아닌 건 차연준이지. 아무리 내가 좋아하는 사람이래도, 차연준이 저렇게 날을 세우는 게 정상이 아니라는 것쯤은 나도 알았다. 그 애한테는 늘 한 수 접어 주던 것도 내가 좋아하는 애니까 싸우고 싶지 않아서 그런 거지 내가 정말 큰 잘못을 했다고 생각해서 그런 건 아니었다. 고작 지우개 가루가 뭐라고 이렇게까지 화를 내다니…. 조그만 실수 하나도 너그럽게 넘어가 주기 싫을 만큼 내가 그렇게 꼴 보기 싫은가…….

아무래도 차연준과의 사이가 단단히 틀어진 듯싶었다. 지금까지 내가 알던 차연준은 사소한 일로 화를 내고 싸우는 애는 아니었다. 오히려 매일 싱글벙글 웃고 장난치고 농담하는 편이었지. 이렇게까지 마음이 상했으면, 쉽게 화를 풀어 주지는 않을 것 같았다.

그러면 이제 내일 학교에 가면 차연준과 나는, 다시 물과 기름 같은 사이가 될까. 한 교실 안에 있어도 인사도, 대화도 나누지 않는 그런 사이가. 새삼스러운 일은 아니었다. 새 학기 이후로 그 애가 유독 나에게 친절하기는 했지만, 원래 우리는 그렇게 친한 사이가 아니었으니까. 친해진 것도 갑작스러웠으니 갑자기 내가 싫어졌다고 해도 딱히 할 말은 없었다. 그냥 그렇구나, 하고 조용히 멀어져 주면 되는 것이다. 그래… 이상할 건 없었다. 그렇긴 한데…….

매우 화가 나는 건 별개의 일이었다. 진짜 미친 거 아냐? 무슨 애가 저래? 솔직히 말해서 나도 정말 억울했다. 물론 내가 그날 계단에서 말을 조금 날카롭게 했던 건 맞다. 차연준이 내게 거짓말을 했던 것 때문에 기분이 상해서 그런 거였지만 그 애는 그걸 모르니 일단은 내 잘못이 맞았다. 하지만 아무리 그렇다고 해도 그런 일로 이렇게까지 화를 내는 게 내 머리로는 도저히 이해가 가지 않았다. 정말 생각하고 또 생각하고 또 생각해 봐도 차연준이 좀 과했다.

어차피 차연준과 사이가 틀어진 거, 이제는 그 애를 몰래 훔쳐보는 일도 그만해야 할 것 같다. 일 년 넘게 좋아했으면 이제 그만할 때도 됐다. 목소리에 이어 오늘은 얼굴까지 좀 미워 보였으니까 나도 이젠 정을 뗄 수 있을 것 같았다. 사소한 걸로 지랄하는 짝사랑 상대는 나도 필요 없었다. 참나, 누가 아쉬울 줄 알고.

…물론 아쉽다. 많이, 너무 많이 아쉬웠다. 아쉽고 슬프고 서러웠다. 좋아하던 상대에게 그런 눈빛을 받고서도 괜찮은 사람은 없을 거다. 차연준과 친해진 지 이제 딱 두 달째인데 그 애가 나를 짜증나는 인간 취급하는 게 너무나 억울하고 서러웠다. 아까 본 차연준의 매서운 눈빛이 떠올랐다. 앞으로 교실에서 마주칠 때마다 그런 차연준의 눈빛을 마주할 거라 생각하니 마음 한구석이 시렸다. 차연준을 좋아하는 동안 한 번도 느껴 본 적 없는 감정이었다. 차연준이 내게 거짓말을 해서 서운했던 것과는 차원이 달랐다. 누가 내 심장을 움켜쥐고 쥐어짜는 것 같았다.

괜히 눈물이 날 것 같아서 정원의 손을 뿌리치고 고개를 푹 숙였다. 내 기분이 울적해진 것을 알아차린 정원이 눈치를 보는 것이 느껴졌다.

"갑자기 또 왜 그래."

아까까지와는 달리 목소리가 다정했다.

"…아무것도 아니야."

"무슨 일 있었지? 아까 차연준이랑은 무슨 이야기 한 건데?"

다정한 물음에 내가 얼마나 서럽고 슬픈지 미주알고주알 다 이야기할 뻔했다. 내가 말을 좀 심하게 했다고 한들 그걸로 이렇게까지 굴 일이냐고, 이제는 그 애가 나를 싫어하는 게 분명하다고, 나는 오늘 실연을 당한 거나 다름없다는 말까지 다. 오늘의 일을 실연이라고 말해야 하는지에 대해서는 확신이 들지 않았지만, 이제 차연준을 좋아하지 않기로 다짐했으니 실연당한 것으로 칠 셈이었다.

이런저런 이야기들을 차마 정원에게 털어놓지 못한 것은, 나에게는 유독 무른 정원이 차연준에게는 어떤 깽판을 칠지 몰라서였다. 내 말을 들으면 당장 차연준을 쫓아가서 한판 대거리를 해도 직성이 풀리지 않을 애가 정원이었다. 어쩌면 두고두고 차연준과 정원이가 앙숙으로 지낼지도 모른다. 나 때문에 정원이 학교에서 불편한 애가 생기는 것은 바라지 않았다. 나는 이제 차연준을 좋아하지 않을 거고, 딱 오늘만 우울함을 참으면 됐다. 딱 오늘만.

"우리 집에서 저녁 먹고 갈래?"

차라리 정원이가 있으면 우울했던 것도 잊고 즐거운 시간을 보내며 오늘 하루를 끝낼 수 있을 것 같았다. 그러면 그동안의 짝사랑도 완전히 종지부를 찍을 것이다. 내 바람대로 정원은 흔쾌히 그러겠노라 대답해 주었다. 정원이가 가장 좋아하는 영화를 보며 웃고 떠들고 배부르게 먹으니 차연준에 대한 것은 말끔히 잊혔다. 불쑥 생각이 날 때도 있기는 했지만 솔잎에 찔린 것처럼 잠깐 따끔하고는 금세 괜찮아졌다. 이 정도로 짝사랑을 청산할 수 있다면 나로선 호재였다.

정원이는 밤늦게까지 놀다가 야근을 마친 부모님이 집에 오고 나서야 자리에서 일어섰다. 내일 봐, 인사하는 정원의 등에 대고 손을 흔들어 준 뒤 방으로 돌아왔다. 불을 끄고 포근한 내 침대에 누우니 차연준 따위는 하나도 생각나지 않았다. 내일부터는 차연준도 진짜로 안녕이었다. 나는 더 이상 차연준을 좋아하지 않는 내 모습을 떠올려 보며 잠들었다.

5

더는 차연준을 좋아하지 않기로 한 첫날, 나는 자리에 서서 잠시 고민에 빠졌다. 나와 정원의 자리 사이에 서서 망설이다가 결국 정원의 자리에 앉았다. 정원과 자리를 바꾸려는 생각이었다. 늘 하던 대로 교실의 창문을 열고, 가방 안에 가득 차 있던 책을 꺼내어 책상 위에 올려 둔 후 어제 읽던 책을 마저 읽고 있으려니 정원이 왔다.

"뭐야. 왜 여기 앉아 있어?"

"있잖아, 나랑 자리 바꿔 주면 안 돼?"

"뭐, 그래. 맘대로 해."

어제 차연준과 나의 설전을 떠올렸는지 정원은 흔쾌히 고개를 끄덕였다. 서랍에 넣어 둔 서로의 물건을 맞바꾸기 위해 물건들을 모조리 꺼내고 있는데, 내 앞으로 그림자가 졌다. 고개를 드니 차연준이 얼굴을 굳힌 채 또 나를 내려다보고 있었다. 나를 매우 아니꼽다는 듯 쳐다보는 시선이 이젠 익숙할 정도였다.

"…자리 바꾸게?"

아니, 익숙하지는 않은 것 같았다. 차연준의 냉랭한 목소리에 나도 모르게 꿀꺽 침이 넘어갔다. 저 눈빛만 받으면 엄청난 죄를 지은 것 같단 말이지…….

"…응."

"왜?"

차연준의 물음에 시선을 피하며 하던 일이나 마저 했다. 서랍 저 안쪽에서 끄집어 낸 저번 달 급식 신청서를 마지막으로 책상 서랍이 완전히 비었다. 차연준은 한참을 나를 내려다보더니 덥석 내 옆자리에 앉았다.

"내 짝꿍이 자리 바꿨으니까, 나도 바꿔야지."

왜 저렇게 내 옆자리를 고집하는 건지 모르겠다. 그것도 저렇게 짜증 난다는 표정을 하면서. 내가 싫으면 자리를 바꾸든 말든 놔두면 될 텐데 왜 굳이 나를 따라 자리를 바꾸어 가면서 괴롭히려는 건지 모르겠다. 그 정도로 내가 마음에 안 드는 걸까. 차연준이 영역 표시를 하듯 제 물건을 내 옆자리에 늘어놓는 것을 보고만 있는데, 정원이 나섰다.

"뭐야, 지금 나 싫다고 따라 옮기는 거냐? 너무하네."

"이정원 네가 싫은 건 맞는데, 세현이가 좋아서 옮기는 거야."

"뭐래, 둘이 요즘 말도 잘 안 하면서. 유세현, 내 옆에 앉아. 본인이 자리 옮기겠다니 여긴 이제 빈 자리겠지."

말이 끝나기 무섭게 정원은 가방걸이에 걸려 있던 내 가방을 제 옆자리에 올려놓고 태연하게 웃었다. 그 표정을 보자니 상황에 안 맞게 웃음이 나올 것 같았다. 잽싸게 정원의 옆자리로 자리를 옮기는 나를, 차연준은 아주 잡아먹을 듯이 노려봤다. 까만 눈동자를 깜빡이지도 않고 나를 노려보는 게 꼭 십 년 묵은 원한이라도 품고 있는 것 같아서 조금 기가 질렸다.

애써 차연준 쪽을 무시하며 새로운 자리에 내 짐을 풀었다. 오늘 수업 들을 과목의 교과서를 챙겨 서랍 안에 집어넣는데, 문득 손에 종이 쪼가리 하나가 잡혔다. 뭔가 싶어 끄집어 낸 것은 작은 쪽지였다. 공책을 대충 찢어 내어 만든 쪽지에는 두 개의 다른 글씨체가 비스듬히 놓여 있었다.

-우리 집 학교에서 가까워. 걸어서 15분.
-가깝네.
-뭐 먹을래? 먹고 싶은 거 있어?
-글쎄. 생각해 볼게.

…나와 차연준이 나눈 대화였다. 이게 왜 아직도 여기 있지? 차연준이 안 버렸나? 예상치 못한 쪽지의 등장에 어리둥절해져 가만히 내려다보는데, 웬 손이 다가와 홱 낚아채어 갔다. 차연준이었다. 그 애는 잔뜩 심통 난 얼굴로 쪽지를 가져가서는 주섬주섬 제 교복 주머니에 밀어 넣었다. 왜 안 버리는 거지…. 평범한 종잇조각이 귀중한 보물인 줄 착각하고서 고이 모아 두는 까마귀 같아 조금 황당했다.

새로운 자리에서 하루를 보내며 알게 된 건데, 자리를 옮긴 건 좋은 선택이자 최악의 선택이었다. 차연준을 바로 옆에서 보지 않아도 되는 건 좋았으나, 더는 좋아하지 않기로 한 그 애가 내 눈앞에서 얼쩡대는 것은 최악이었다. 덕분에 정원이만 신이 났다. 원래도 그 애를 떼어 내지 못해 안달이었던 정원은 이제야 좀 살 것 같다는 얼굴로 내 옆에 딱 달라붙었다. 다만 정원이와 내가 붙어 있을 때마다 차연준이 무섭게 눈을 부라리고 지나가는 바람에 조금 눈치가 보였다.

"…야, 연준이가 또 노려보는데……."

"뭐 어때. 노려보면 지가 뭐 어쩔 거야."

"그래도…."

"됐어. 무시해."

곤욕스러운 시간도 끝이 나기는 났다. 담임선생님의 종례를 끝으로 나는 부리나케 책가방을 메고 일어섰다. 드디어 집에 갈 수 있다는－차연준의 시선에서 벗어날 수 있다는－ 해방감에 눈물이 다 날 지경이었다.

"세현아. 우리 잠깐 이야기 좀 하……."

그 애가 '잠깐 이야기 좀'이라는 무시무시한 발언으로 나를 붙잡지만 않았더라도 나는 집에 가서 차분히 다시 마음을 정리했을 것이다. 하지만 차연준이 나를 불러세웠으므로 나는…

"유세현!"

…도주했다.

"어딜 도망가려고!"

이제 알게 된 사실이 있는데, 차연준은 달리기가 정말 빨랐다. 해변가에서 커플들끼리 오글거리는 '나 잡아 봐라'도 아니고, 남고생들이 우글거리는 복도를 배경으로 나와 차연준은 때아닌 추격전을 벌였다. 달리기 속도로만 보자면 진작에 잡히고도 남았을 것이다. 하지만 지금은 막 학교가 끝난 참이었고, 덩치 산 만한 남자애들로 복도가 북적이고 있었다. 나는 그사이를 요리조리 헤집고 나가며 차연준을 따돌렸다. 잡히지만 않을 정도로 거리를 벌리는 게 고작이었으나 내 입장에서는 그것만으로도 감지덕지이기는 했다.
성난 황소처럼 뛰어오는 차연준을 피해 나는 학교 뒤편 개구멍을 향해 뛰었다. 학교 뒷산으로 이어지는 담장 틈에 난 조그만 개구멍이었다. 말 그대로 개구멍이라, 차연준의 덩치로는 거길 빠져나갈 수 없다는 사실을 나는 이미 알고 있었다. 등교 시간에는 거길 지키고 있는 선생님이 있지만 지금은 하교 시간이라 없을 것 같았다.
턱 끝까지 차오른 숨을 헐떡이며 겨우겨우 개구멍까지 뛰었다. 역시나 선생님은 보이지 않았다. 책가방을 먼저 개구멍 밖으로 꾹꾹 밀어 넣고 얼른 몸을 집어넣었다. 허리까지 담장 밖으로 나왔을 때는 드디어 살았다는 생각이 들었다. 마지막으로 왼쪽 다리를 빼내는데 우악스러운 손길이 내 발목을 턱 잡았다.
"으아악!"
순간 느낀 것은 엄청난 공포감이었다. 나는 질겁을 하며 뭍에 나온 생선처럼 펄떡댔다. 담장 너머의 누군가는 나의 반항을 전혀 아랑곳하지 않고 나를 질질 끌어냈다. 와중에 저항을 하다가 벽돌담장에 머리를 세게 박았다. 엄청 아팠다.
"씨이…."
머리카락에 벌건 벽돌 가루를 여기저기 매달고 옷은 흙투성이가 된 채로 나는 차연준을 올려다보았다. 내 발목을 잡아 다시 학교 안으로 끌어낸 차연준은 매우 화가 나 보였다. 나도 못지않게 화가 나 있었으므로 그 애를 마주 노려봐 주었다.
"하…."
분노에 찬 한숨이 내 머리 위로 쏟아졌다. 차연준은 화를 다스려 보려는 듯 한 손을 들어 얼굴을 쓸어내렸다.

"너 대체 요즘 왜 이래? 마음에 안 드는 게 있는 거면 말로 해 주면 안 돼?"

화가 난 목소리로 그 애가 말했다.

"난 너처럼 막 섬세하고 그러질 않아서, 나 진짜 단순하고 대가리 꽃밭인 거 세현이 너도 알잖아. 네가 요즘 왜 그러는지 나 도저히 모르겠어. 내가 뭐 잘못했어? 문제가 있으면 말로 해 줘, 제발…. 내가 다 고칠게……."

"……."

"나 진짜 너 때문에 애타 죽을 것 같아……."

대가리 꽃밭…. 그거 욕 아닌가? 누가 차연준한테 머리가 꽃밭이라느니 뭐라느니 한 거지? 차연준이 어디가 어때서. 귀엽고 사랑스럽기만 한데.

"너 지금 뭐하… 야!"

아, 들켰다. 등 뒤로 몰래 정원이에게 SOS 구조 신호를 치던 걸 차연준은 눈치 빠르게 포착했다. 그 뒤로는 몸싸움이었다. 뺏으려는 자와 뺏기지 않으려는 자. 절박함만큼은 누구에게도 비할 바가 아니었으나 차연준에 비해 체격 면에서 모자랐던 나는 결국 휴대폰을 뺏겨 버리고 말았다.

"누구한테, 이씨, 이정원? 야, 너 이정원이랑 무슨 사이야? 너 걔랑 사귀어? 걔 여친 있다며?"

차연준은 아주 속사포처럼 나에게 뭐라 뭐라 쏘아붙였다. 그중 절반은 헛소리였다.

"그게 무슨…."

"설마 이정원 그 새끼 너랑 그 여자애 사이에서 양다리 걸치냐?

이런 씨, 뭐 그딴 새끼가 다 있어? 이게 감히 누굴 지 맘대로, 이 개새끼가…….”

“야! 꽃밭! 너 거기서 뭐해!”

아, 이 정도면 거의 구세주라고 말해도 과언이 아니었다. 저 멀리 뛰어오는 정원의 뒤에서 후광이 비치는 것 같았다. 불행히도 빛나는 정원의 모습을 더 눈에 담을 수는 없었다. 차연준이 정원을 돌아보느라 방심한 틈을 타 도망쳐야 했기 때문이다.

“야!”

“야!”

차연준은 나에게, 정원이는 차연준에게 소리 지르는 것을 뒤로하고 나는 잽싸게 개구멍을 빠져나왔다. 아까 전 먼저 밖으로 밀어두었던 책가방을 주워서 미친 듯이 뛰었다. 담장 너머에서 차연준과 정원이가 엎치락뒤치락 왕왕대는 소리가 들렸다.

정원아, 미안해…. 이 은혜는 꼭 갚을게……. 연준이한테 꽃밭이라 한 것도 봐줄게……. 아무래도 이번 주말에는 정원이에게 비싼 밥을 사야 할 것 같았다.

나는 내가 이 추격전에서 훨씬 유리한 위치를 점하고 있다고 생각했었다. 그도 그럴 게 차연준은 그 구멍으로 빠져나오지 못할 게 뻔하니 나를 쫓아오려면 정문까지 돌아 나와야 할 테고, 또 정원이가 시간을 조금 더 벌어 주었을 거라는 확신도 있었다. 집까지는 걸어서도 고작 15분 거리니까 뛰어가면 당연히 내가 이기는 게 맞았다.

하지만 내가 미처 계산하지 못한 점이 있다면 차연준이 정말, 아주 많이 미친놈이라는 거였다. 차연준에게는 생각보다 집요한 구석이 있었다. 몇 분이나 뛰었을까, 별생각 없이 흘긋 뒤를 돌아보았던 나는 길 저 끝에서 차연준이 무시무시한 얼굴로 나를 쫓아오고 있는 것을 보고 기절할 듯이 놀랐다. 벌써 이만큼이나 나를 뒤따라왔다니. 차연준이 빠른 건지, 정원이가 충분한 시간을 벌어 주지 못한 건지 모르겠다. 하여튼 그 순간에는 정말 너무 놀라서 그 자리에 주저앉을 뻔했다. 다만 나의 생존본능은 내 생각보다 강했던 모양인지 용케 주저앉지 않고 다시 도주할 수 있었다.

한 가지 문제가 있다면 학교를 뛰어다닌 것도 모자라 차연준과 몸싸움까지 벌인 터라 이미 체력이 바닥이었다는 것이다. 숨을 헐떡이며 힘들게 골목을 뛰었다. 하도 뛰어다닌 탓에 땀에 푹 젖은 머리가 바람에 날렸다. 그래도 이젠 집이 멀지 않았다. 곧 죽을 것처럼 가쁜 숨을 헐떡이며 나는 젖먹던 힘까지 짜내어 집을 향해 뛰었다. 골목 끝에 위치한 허름한 슈퍼마켓을 지날 때였다. 낡은 유리문이 벌컥 열리며 별안간 차연준이 튀어나왔다.

"끼아악!"

장담컨대, 태어나서 지금까지 이처럼 놀란 적이 없었다. 담장 너머로 발목이 붙잡혔을 때나 나를 따라 쫓아오는 차연준을 보고 놀랐을 때와는 차원이 달랐다. 차연준은 물고 있던 하드를 그대로 바닥에 내던지고 물소처럼 돌진해 왔다.

대체 언제 나를 앞질러 가서 기다리고 있었던 건지 이해조차 되지 않았다. 내 바로 뒤를 쫓는 차연준에게 까딱하면 잡힐 위기였다. 마침내 저 앞에 우리 집이 보였을 때 나는 너무 기뻐서 울 것 같았다. 대문 손잡이에 손을 올리고 밀어젖히자마자 누군가 내 책가방을 덥석 붙잡았다. 심장이 떨어질 듯이 놀랐지만 침착하고 빠르게 가방을 벗어 던졌다. 살려면 가방쯤이야 못 버릴 것도 없었다. 차연준이 허무하게 내 가방을 획득하는 동안 나는 대문을 쾅 닫았다. 일단 몸으로 문을 틀어막고 덜덜 떨리는 손으로 잠금장치를 거는데, 차연준이 대문을 쾅 걷어찼다.

"악!"

놀란 나는 그대로 뒤로 나자빠졌다. 잠금장치는 미처 다 걸리지 않은 채였다. 차연준은 대문을 한 번 더 걷어차는 것으로 간단하게 문을 열고 들어왔다. 그 모습이 마치 어리석은 중생의 목숨을 거두러 온 저승사자 같았다……. 그것도 매우 잘생긴 저승사자.

온몸에 진이 다 빠진 바람에 그냥 바닥에 널브러진 채로, 나는 숨을 몰아쉬었다. 잘생긴 저승사자고 뭐고 숨이 차서 죽을 것 같았다. 차연준 역시 숨을 헐떡이며 내게 다가왔다.

"유세현……."

비척비척 내게 다가온 차연준은 내 옆에 털썩 주저앉더니 긴 다리로 내 다리를 옭아맸다. 내가 또 도망가지나 않을까 염려하는 듯했으나, 굳이 그렇게 하지 않더라도 나는 이미 도망갈 힘이 전혀 남지 않은 상태였다. 그렇게 우리는 한동안 말을 잇지 못하고 거친 숨만 몰아쉬었다. 차연준 역시 나를 뒤쫓아 뛰어오느라 어지간히 힘들었던 모양이다.

상체를 일으키고 있을 힘도 없어서 그냥 바닥에 머리를 대고 누워 버렸다. 딱딱한 시멘트 바닥에 댄 뒤통수가 불편했으나 그런 걸 신경 쓸 여력이 되지 못했다. 차연준은 꿈질꿈질 엉덩이를 움직여 내 쪽으로 조금 더 가까이 다가왔다.

"내가, 내가 이렇게는… 이렇게는 말하기 싫었는데……. 아, 진짜 억울해……."

차연준이 뭐라 뭐라 주워섬길 적에 나는 떼쓰는 어린아이가 되고 싶었다. 어릴 때 듣기 싫은 이야기를 들을 때면 다들 그랬듯이 귀를 막고 '아아아아아아-' 하는 소리를 내며 고개를 마구 젓고 싶었다. 차연준이 뭐라 말하든 듣고 싶지 않았고 나는 그냥 집에 들어가서 좀 쉬었으면 했다.

"세현아."

"……."

"유세현."

왜 자꾸 불러. 째릿 노려보며 차연준을 바라본 나는 다음 순간 바로 독기를 잃고 말았다. 다정한 눈빛이 나를 살피고 있어서였다. 나한테 잔뜩 화가 난 줄 알았는데, 이렇게 마주한 차연준은 그리 화가 난 기색이 아니었다. 여전히 다정하고 친절한 차연준 그대로였다. 그 눈빛을 본다면 누구든 계속 화를 낼 수 없을 것이다. 독기 빠진 눈을 들키기 싫어 나는 그냥 눈을 피해 버렸다.

"나 있잖아……."

좋은 건 좋고, 싫은 건 싫고. 자기 이야기를 꺼내는 데 망설임 없던 차연준은 오늘따라 자꾸만 뜸을 들였다. 어딘지 초조해 보이기도 했다. 도대체 무슨 이야기를 하려고 저러는 거야……. 뭐가 됐든 쉽게 꺼낼 수 있는 말은 아닌 모양이다.

…그럼 듣기 싫은데. 무슨 무서운 말을 하려고. 설마 절교하자는 건가? 우리가 초딩도 아니고, 18살 먹고서도 친구랑 '우리 절교해!'하고 절교하나? 진짜 웃겨……. 아, 아직도 숨 차…….

찬찬히 숨을 고르고, 몇 번이나 혀로 입술을 축이는 그 애는 몹시 초조해 보였다. 나까지 덩달아 긴장이 되어 시멘트 바닥에 편하게 널브러져 있던 몸을 슬쩍 일으켜 세웠다. 등과 어깨를 푹 수그린 채 언제쯤 절교 선언이 떨어지려나 차연준의 눈치를 보는데, 그 애가 손을 뻗어 내 팔을, 그러니까 팔꿈치 바로 아래쪽 부분을 잡았다. 갑자기 무슨 일인가 싶어 입을 여는데 그 애가 더 빨랐다.

"좋아해."

그 애가 말했다.

……뭐라고? 내가 지금 무슨 말을 들은 거지? 나는 그 애의 까만 눈동자를 멍하니 바라보았다.

"나, 너 좋아해."

내게 확인시켜 주듯, 그 애가 다시 말했다. 내 가슴 속에 꼭꼭 접어 넣는 것 같은 조곤조곤한 음색이었다. 그 애의 평소 모습과는 어울리지 않기도 했다. 그 애가 시원하게 웃음을 터뜨리고 잔뜩 신이 난 목소리로 떠드는 것은 많이 봤지만, 차분하고 조곤조곤하게 말하는 그 애는 영 익숙하지가 않았다. 나는 여전히 아무 말도 할 수 없었다. 그 애가 어색해서가 아니라, 그 애가 싫어서가 아니라, 단지 이 상황을 전혀 이해할 수 없었기 때문이었다.

까만 눈동자가 다정한 빛을 담고 나를 바라보았다. 그 시선을 오롯이 받아 내고 있는 나는 여전히 그 애의 말이 의아했다. 몇 번이나 입술을 달싹거리다 간신히 목소리를 냈다.

"…뭐?"

힘겹게 입 밖으로 꺼낸 말치고는 전혀 쓸모가 없었다. '왜'도 아니고 '그래'도 아니고 '싫어'도 아니고 '뭐'라니.

"네가 좋아. 너무 좋아서 이상할 정도로…. 네 모든 게 좋아."

심장이 멎을 것 같았다. 아니, 너무 빨리 뛰어대는 바람에 심장마비가 올 것 같았다. 폐가 잔뜩 오그라들었다가, 성급하게 부풀어 올랐다. 머리부터 손끝, 발끝까지 온몸이 저릿저릿했다. 어릴 적 처음이자 마지막으로 바이킹을 탔을 때의 느낌과 비슷했다. 몸이 붕 떠오르며 심장에서부터 퍼져 나가는 울렁거림, 금방이라도 심장을 토해 낼 것만 같은 느낌, 안전바를 꽉 부여잡은 손끝의 저릿함. 그런 것들과 비슷했다. 그 애는 말 한마디로 나를 그렇게 만들었다.

둘 다 땀에 흠뻑 젖어서는 진정되지 않은 숨을 씨근거리고 있는 지금의 상황은… 이 고백과는 조금도 어울리지 않았다. 두 개의 다른 상황을 가위로 오려 내어 풀로 대충 붙인 것처럼 어색했다. 지나치게 현실감이 없어서, 나는 대답을 해야 한다는 사실도 까맣게 잊고 말았다. 내게 좋아한다 고백하고는 얼굴을 발갛게 붉히는 차연준을 멍하니 구경하기만 했다.

왜 저렇게 예쁘지…. 앞머리를 살짝 땀으로 적시고, 얼굴을 붉히고선 까맣고 다정한, 한편으로는 애타는 듯한 눈동자로 나를 응시하는 차연준은 정말 예뻤다. 나는 피가 통하지 않는 것처럼 저릿저릿한 손가락을 꼭 말아쥐었다. 지금이 현실이라는 걸 알려 주듯 손톱에 눌린 손바닥 살이 아릿했다.

현실… 이게 현실이라고? 정말로? 정말 차연준이 나한테 고백했다고? 나 싫어하던 거 아니었나?

"네가 너무 좋아. 너랑 사귀고 싶어. 이정원보다 내가 더, 너랑 가까운 사람 할래."

미쳤나 봐. 감동의 고백 타이밍에 내가 떠올린 생각이라고는 그딴 분위기 없는 것이었다. 이런 나를 차연준이 알았다면 눈을 흘겼을 것이다.

"너는… 너는 나 싫어?"

싫을 리가. 자는 나를 깨워서 물어도, 뛰어다니느라 잔뜩 진을 뺀 나를 붙잡고 물어도, 그 애 때문에 잔뜩 속이 상해서 툴툴대는 내게 물어도, 그 대답은 변하지 않을 터다. 차연준이 싫기는, 좋아서 죽을 지경인데…….

"그,"

"안 돼! 아니야! 대답하지 마!"

그럴 리가 없잖아, 대답해 주려던 말은 차연준으로 인해 틀어막혔다. 뭐, 뭐야? 뭐 하자는 건데? 싫냐고 먼저 물어본 게 누군데 대답을 막으니 당황스러웠다.

"지금 대답하면 안 돼! 반칙이야!"

반칙은, 먼저 물어봐 놓고 대답은 하지 말라고 하는 게 반칙 아닌가?

"절대 대답하면 안 돼! 나, 나 내일 다시 고백할 거야. 이번에는… 이번에는 멋있게 하고 와서… 이렇게 너네 집 마당에 주저앉아서 하는 거 말고…… 진짜 멋있게 고백할 거라고. 그러니까 절대 대답하면 안 돼! 나 아직 네 대답 안 들을 거야! 알겠어?"

차연준은 거의 내게 윽박지르다시피 대답하지 말 것을 강요했다. 그 애가 그래 달라는데, 내가 뭐라고 말하겠는가. 그저 고개를 끄덕여 줄 수밖에.

"알……."

"대답하지 말라니까!"

아니, 알았냐며……. 알았냐고 물어보길래 알았다고 대답 좀 하려는데 차연준은 그걸 참지 못하고 바락바락 소리를 질러댔다. 입을 꾹 다문 채 고개를 끄덕이자, 그제야 차연준이 어색하게 웃었다. 그 애는 엉덩이를 툭툭 털고 일어나더니 저만치 떨어져 있던 내 책가방을 주워다가 내 품에 안겨 주었다.

"…나 갈게. 내일 보자."

차연준은 요리조리 눈을 굴리며 내게 인사하고는 쪼르르 대문 밖으로 나가 버렸다.

"허…."

허탈한 숨만 뱉어내는데, 차연준이 다시 문틈으로 빼꼼 고개를 내밀었다.

"내일은 도망가면 안 돼. 알겠지?"

"……."

"응?"

"아, 알았어……."

"그럼 내일 봐, 세현아. 잘 자고."

잘 자라는 인사를 하기에는 아직 해가 중천이었지만… 그런 사소한 것을 지적할 정신은 없었다. 차연준이 떠나고도 나는 한참을 시멘트 바닥에 널브러지듯 앉아만 있었다.

"아…."

한숨도 못 잤다. 설레서. 잠시도 몸을 가만히 둘 수 없을 정도로 심장이 간질거려서 나는 밤새 잠을 잘 수가 없었다. 지나치게 말똥한 정신으로 침대를 이리저리 굴러다니면서, 나는 그 애를 떠올렸다. 나를 바라보던 눈빛, 어색하게 걸리던 웃음, 답지 않게 진지한 체하던 말투. 내게 좋아한다고 말하는 차연준이 밤새 나를 붙잡고 놓아주질 않았다. 눈을 감을라치면 환하게 웃는 차연준이 눈꺼풀에 맺혔고, 눈을 뜰라치면 바싹 말라 버린 장미꽃이 내 시선을 차지했다. 차연준에 대한 마음을 접기로 결심했을 때 버리려고 화병에서 꺼냈다가, 결국에는 버리지 못하고 꽃봉오리만 똑 따서 유리병에 고이 넣어 둔 거였다.

가벼운 한숨을 내쉬며 눈가를 손으로 덮었다. 얼굴이 뜨끈하게 달아오른 게 손바닥으로 느껴졌다. 저 꽃을 줬을 때도 그 애가 나를 좋아하고 있었을까? 진짜로? 진짜, 진짜로? 말도 안 돼……. 생각만으로도 너무 좋잖아. 나는 푹신한 베개에 달아오른 얼굴을 푹 파묻었다. 그때 차연준이 정말 나를 좋아하고 있었는지 아닌지는 몰라도, 하여튼 좋아 죽을 것 같았다.

결국에는 뜬눈으로 밤을 지새운 후 새벽같이 자리를 털고 일어났다. 다시 찾아올 고백의 순간에 어제처럼 꼬질꼬질한 모습으로 있을 수는 없었다. 깨끗하게 샤워를 하고 빳빳하게 다린, 섬유유연제

향기가 나는 새 교복을 꺼내 입었다. 그리고 아침에 머리를 빗을 때만 잠깐 보던 거울 앞에 달라붙어 한참 동안 머리를 매만졌다. 누나는 데이트하러 나갈 때 고데기도 하던데, 나는 써 본 적이 없어서 선뜻 손을 대기가 망설여졌다. 괜히 더 이상하게 되기라도 하면 큰일인데…. 어떻게 할까 한참을 고민하다가 그냥 단정하게 빗는 것으로 만족해야 했다.

대신 누나 방으로 살금살금 기어들어 가 향수를 훔쳐 나왔다. 누나가 중요한 일이 있을 때만 가끔 뿌리는 비싼 향수였다. 차연준이 고백하는 날은 중요한 날이니까… 하루쯤은 빌려 써도 괜찮을 것 같았다. 손목에 두 번 칙칙 뿌리고 목뒤에 톡톡 두드려 주었다.

그리고 또 뭘 해야 하지? 예쁘게 보이고 싶은 마음은 굴뚝같은데 한 번도 멋이라는 걸 부려 본 적이 없어서 난감했다. 게다가 지금은 놀러 가는 것도 아니고 학교에 가는 거라 뭐 대단한 걸 할 수 있는 것도 아니었다. 거울 앞에 서서 잠깐 고민하다가, 결국 겨울에 쓰는 립밤을 꺼내 입술에 살짝 발라 주는 것으로 끝을 냈다.

그리고 난 후 시간을 보니 7시였다. 지금 출발하면 아무리 천천히 걸어도 7시 반도 되기 전에 학교에 도착할 거다. 학교에 가기에는 너무 이른 시간임이 분명했다. 하지만 집에서 달리 할 일이 있는 것도 아니니까…. 학교에 미리 가 있으면 조용히 책이라도 읽을 수 있고……. 내 행동에 스스로 합리화를 시도하며 집을 나섰다. 학교에 빨리 가면 그 애한테 빨리 고백받는 것도 아닌데 왠지 빨리 가고 싶어 좀이 쑤실 지경이었다.

이른 아침의 공기는 딱 기분 좋을 만큼 서늘했다. 일찍 일어난 새들이 나무와 전봇대 사이를 이리저리 날아다니며 짹짹거리는 소리도 들렸다. 새들의 노랫소리를 음악 삼아 걸음을 놀리는데 골목 끝에 누군가 서 있는 게 보였다. 그 애였다. 차연준이, 우리 집에서 학교로 가는 길목에 서 있었다. 이 이른 아침에 말이다.

그 애는 땅바닥을 쳐다보고 있었다. 신발 끝으로 연신 땅을 툭툭 두드리거나, 머리칼을 쓸어 넘기는 그 애는 어딘지 초조해 보였다. 교복 주머니에서 휴대폰을 꺼내 시간을 확인한 그 애의 시선은 다음 순간 이쪽을 향했다.

"…세현아."

나를 발견한 차연준은 조금 놀라더니, 이내 슬쩍 눈을 접어 웃으며 나를 불렀다. 그 목소리가 조금 떨리고 있었다. 아침이라 목이 가라앉아서 그렇게 들렸는지도 모른다.

"왜 여기 있어?"

"너랑 학교 같이 가고 싶어서."

"…이 시간에?"

아무래도 내 등교 시간은 맞추기 힘들다며 아쉬워하던 차연준이 웬일인지 모르겠다. 혹시… 차연준도 설레서 잠을 못 잤던 걸까.

"응. 오늘은 그냥, 눈이 빨리 떠지더라고."

그 애가 씩 웃으며 말했다. 왠지 알지? 차연준의 까만 눈이 그렇게 묻는 것 같았다.

"그래서 너랑 같이 가려고 기다리고 있었어. 이렇게 일찍 나올 줄은 몰랐지만."

아침부터 엄청난 행운이었다. 차연준과 함께 학교에 가는 것으로도 모자라, 그 애가 먼저 나와서 나를 기다려 줬다니. 마음이 풍선처럼 부풀어 올랐다. 어쩐지 학교에 빨리 가고 싶더라니, 차연준을 빨리 만나려고 그랬던 걸까.

차연준과 나는 나란히 골목을 걸었다. 이른 아침에 그 애와 함께 이 길을 걷는 건 처음이라 새삼스럽게 설렜다. 게다가 우리에게는 예정된 고백의 순간도 있었다. 차연준이 나에게… 다시 고백하는 때 말이다. 헬륨 가스를 넣은 풍선처럼, 내 몸이 자꾸만 두둥실 떠오르는 것 같았다. 벅찬 설렘을 감당할 수 없어 입술만 꾹꾹 깨무는데, 차연준이 먼저 입을 열었다.

"아침은. 먹었어?"

"아니. 안 먹었어."

"가는 길에 편의점에서 뭐라도 사 먹을까?"

"그래."

우리는 편의점에서 각자 샌드위치와 우유를 하나씩 골랐다. 샌드위치를 먹으며 걷다 보니 학교에 도착하는 건 금방이었다. 교무실에서 챙겨 온 열쇠로 익숙하게 교실 문을 따고 창문을 열었다. 나는 앞에서부터, 그 애는 뒤에서부터 열다가 중간에서 만났다. 혼자 할 때도 오래 걸리는 일은 아니었지만 둘이 하니 더 빨랐다.

일을 마친 그 애는 잠시 내 앞을 막고서 머뭇머뭇하더니, 이내 한숨을 쉬며 뒤로 물러났다. 그 애를 가방처럼 달고 자리로 돌아가 참고서를 꺼내 서랍 안에 정리해 두고 늘 하던 대로 소설책을 펴려다 멈칫했다. 차연준이 나에게 시선을 고정하고 있었던 탓이다.

"책 읽을 거야?"

"어, 아니…. 그냥 너랑 놀래."

어제 읽던 부분에 책갈피를 다시 끼워 놓고 가방에 넣자 그 애가 슬쩍 웃었다. 참 알기 쉬운 애였다. 그게 몹시 귀여워서 나는 속으로만 몰래 웃음 지었다.
"나 왜 일찍 일어났는지 알지?"
"……."
"사실 일찍 일어난 게 아니고, 그냥 한숨도 못 잤어…. 떨려서……."
차연준이 한숨 쉬듯 웃었다. 내 귓불이 서서히 달아오르는 게 느껴졌다.
차연준도 못 잤구나…. 나한테 고백하려고, 그래서 떨려서……. 심장이 발작이라도 하는 것처럼 미친 듯이 뛰어댔다. 쿵쾅쿵쾅 요란한 내 심장 소리가 그 애한테까지 들릴 것 같았다.
"있잖아…."
찬찬히 숨을 고르고, 몇 번이나 혀로 입술을 축이는 그 애는 또다시 초조해 보였다. 그걸 보고 있자니 나도 덩달아 긴장이 되기 시작했다. 그 애의 고백을 기다리고 있으려니 벌써부터 온몸이 저릿저릿했다.
"이젠 너도 알겠지만…."
그렇게 말하며 차연준은 살짝 웃었다. 그 웃음이 솜사탕처럼 달았다.
"나 너 진짜 좋아해."
그리고 다시 듣는 고백은 그보다 더 달았다. 솜사탕보다, 초콜릿보다, 케이크보다, 아이스크림보다, 그 어떤 단 것들보다 훨씬 더 달콤했다. 세상에 이처럼 달콤한 것은 다시 없을 것 같았다. 난 옅게 홍조가 어린 차연준의 얼굴을 바라보며 그 설레는 단맛을 음미했다.

"내가 언제부터 널 좋아했는지 알면 놀랄걸."
"…어, 언제, 부터인데?"
"작년에 버스에서 너 봤다고 했잖아. 나 그날 너 보고 반했어……. 그때부터 너 좋아했어."
그 말에는 또다시 숨이 멎는 것 같았다. 밤새 마음의 준비를 했다고 생각했는데, 그 애는 이런 식으로도 나를 놀라게 했다. 울고 있지 않은데도 눈물이 흐르는 것처럼 눈앞이 뿌예졌다. 그런 와중에도 그 애의 얼굴만은 또렷하다는 것은 이상한 일이다.
"계속 너 보고 있었어. 네가 웃는 거, 책 보는 거, 가끔 엎드려서 자는 거… 전부 다. 진짜 너무 좋았어."
"……."
"그러니까… 난 너랑 사귀고 싶은데……. 넌 어때?"
어떠냐니. 네가 좋아 죽을 지경이라니까……. 내가 너보다 먼저 좋아했어, 바보야. 너야말로 알면 놀랄걸. 촌스럽게 눈물이 나오려는 것을 꾹 참고 물었다.
"내가… 내가 왜 좋은데?"
꺼내 든 질문은 더 촌스러웠다. 정원이 이 말을 들었다면 '뭐래, 신파 찍냐?' 했을 것이다. 그래도 나로서는 포기할 수 없는 질문이었다.
"나는 너랑은 완전 다른데…. 좋아하는 음식도 다르고, 성격도 다르고, 또……."
"상관없어."
"나, 나는, 네가 좋아하는 액션 영화도 좋아하지 않고, 기타도 좋아하지 않고… 마술도 좋아하지 않는데……. 그래도, 그래도 괜찮아?"

나는 거의 자백하듯 내 비밀들을 털어놓았다. 나는, 나는 이렇게나 너랑 다른데, 그래도 너는 내가 좋아? 너랑 내가 공유할 수 있는 게 하나도 없어도? 내가 너를 이해하지 못하고 네가 나를 이해할 수 없을지도 모르는데?

"너랑 나랑 똑같은 건, 슈팅 스타 아이스크림을 좋아하는 것뿐이잖아……."

그 말을 할 적에 나는 조금 울고 싶었다. 그 애와 내가 이렇게나 다르다니. 이렇게나 공유할 수 있는 것들이 없다니. 그런데 이렇게나 다른 그 애가 나는 왜 이렇게 좋은 걸까?

하지만 그런 내 억울함을 보상이라도 해 주듯, 그 애는 대답했다.

"난 좋아하는데. 네가 좋아한다던 아침 햇살도, 네가 덮고 자는 연두색 이불도, 네가 자주 보는 책들도. …물론 아직도 책 읽는 건 좀 힘들긴 한데."

차연준이 한쪽 눈을 슬쩍 찡그리며 웃었다.

"그럼 난 책 읽는 너를 보면 되니까 괜찮아."

"그래도…… 너랑 내가 공유할 수 있는 게 하나도 없으면, 서로 다른 세계에 사는 사람들처럼 도저히 맞지가 않으면… 그럼 어떡해……?"

내 말에 차연준은 갑자기 가방 속에 손을 넣더니 작은 책을 하나 꺼냈다. 하늘색 톤의 표지가 예쁜 책이었다. 갑자기 웬 책인가 싶어 아이스크림 색 표지를 멀뚱히 내려다보는데, 그 애는 귀여운 치즈색 고양이가 그려진 금속 책갈피도 하나 꺼냈다.

갑자기 무슨……. 눈만 껌뻑이는 나를 두고 그 애는 마지막으로 손바닥만 한 꽃다발을 꺼냈다. 이번에는 분홍색으로 물든 장미였다. 그제야 나에게 고백을 한답시고 선물을 준비해 왔을 차연준의 속셈을 깨달을 수 있었다. 그 애는 준비해 온 선물을 내 쪽으로 슬쩍 밀었다. 책, 책갈피, 꽃다발. 그 애 나름대로 내가 좋아할 만한 걸 준비하려고 고민했나 보다.

"너 주고 싶어서 어제 샀어. 나 서점 가서 이런 책 사 보는 거 처음이야. 책갈피 같은 거, 난 써 본 적도 없는데 네가 자주 쓰길래 샀어."

"……."

"네 말대로 우리가 되게… 다른 건 맞아. 그래도… 지내다 보면 이렇게 점점 맞춰지지 않을까? 어, 그러니까……."

말이 정리가 되지 않는지 차연준은 미간을 찌푸리고 뒷머리를 마구 헝클였다. 덕분에 단정하게 가라앉아 있던 뒷머리가 삐죽 섰다.

"…아이스크림이 너와 나의 유일한 공통점이라면, 그걸 비집고 들어갈래. 그러다 보면 공통점도 점점 많아지겠지."

그 애와 나의 유일한 접점. 그리고…….

"그러니까 나도 네 세상에 들어가게 해 줘. 응?"

유일했던 것이 유일하지 않을 수 있게 된다면, 나는…….

"나, 나 있잖아……."

나는 좋았다. 쨍한 원색의 이미지를 품고 있는 그 애가. 나랑은 너무도 다른 그 애가. 기꺼이 내 세상으로 들어오겠다는 그 애가. 까만 눈빛에서 선명하게 드러나는 그 감정이. 나도 모르게 흘리게 되는 그 웃음이. 그 애가 좋아하는 대부분의 것들을 나는 좋아하지 않는다고 해도, 내가 그 애를 좋아한다는 사실만은 아주 명확했고 나는 그 애를 욕심내고 싶었다. 빛나는 차연준을 갖고 싶어 견딜 수가 없었다.

"사실, 나도… 너 좋아해……."

심장 안에서 팝핑 캔디가 튀는 것처럼 가슴이 간질간질했다. 이산화탄소를 넣은 설탕 알갱이처럼 톡톡 튀어 다니는 이 감정을 나는 더 이상 눌러 담을 수 없었다. 내가 좋아하는 것 중 가장 선명하고, 그 애가 좋아하는 것들 중 가장 흐릿한, 그 작은 접점에 그 애와 함께 섰다. 언젠가 우리의 접점이, 마음껏 누워 뒹굴어도 될 만큼 충분히 넓어질 때까지 그 애는 나와 함께해 줄 것 같았다.

그러니까… 책을 읽지는 않아도 책을 보는 나를 본다거나, 내게 책갈피 같은 것들을 선물해 주는 방식으로. 그러면 나도… 그 정도는 해 줄 수 있을 것 같았다. 기타를 연주하는 차연준을 좋아하고 그 애의 마술에 어울려 장단을 맞춰 주는 정도는.

그러면… 결국 같은 것을 공유하는 게 아닐까?

"네가 너무 좋아. 나랑은 너무나 다른 세계에 있는 너인 걸 아는데도, 그래도."

감정을 억누르느라 살짝 쉰 목소리가 나왔지만 상관없었다. 차연준이 너무나 맑게 웃었기 때문이다. 횡설수설 쏟아 놓은 서툰 고백에도 그 애는 환하게 웃어 주었다. 그 어느 때보다 진하고, 달콤하고, 기쁨에 찬 미소였다. 그 애의 강렬한 감정이 나에게까지 톡톡 튀었다.

"진짜야?"

"응. 진짜 진짜야."

"좋아하는 사람 따로 있다며."

"거짓말한 거야. 네가 눈치챌까 봐."
"완전 속았어."
차연준은 밉지 않게 나를 노려보았다. 그 애의 눈치를 보다가 슬쩍 웃음을 흘리니 그 애는 심통 난 척도 더는 못 하고 나를 따라 웃어 버렸다. 그러고는 대형 폭탄을 던졌다.
"나 뽀뽀해도 돼?"
"뭐, 뭐?"
당황스러워서 눈이 크게 뜨였다. 뭐, 뭘 하자고? 나 방금 고백했는데?
그 애는 내 반응에는 아랑곳하지 않고 무작정 입술을 갖다 박았다. 말랑한 입술이 뺨에 와 닿았다. 순간 심장이 덜컹, 하며 요란한 소리를 낸 것 같았다. 나의 착각인지 아닌지는 모르겠으나 차연준의 입술만은 매우 기분 좋았다. 보드랍고 따뜻한 입술이 내 볼을 간질이는 감각에 저절로 눈꼬리가 휘어지고 입꼬리가 올라가며 나도 모르게 웃음이 났다. 내 웃음을 본 그 애도 따라 웃었다. 달콤하고도 선명한 감각이 우리를 감싸 안았다.
"그리고 나도 이제 기타 안 싫어해…. 너 기타 치는 거 세상에서 제일 멋있어……."
"진짜? 내가 제일 멋있어?"
"응…."
내 대답이 마음에 들었는지, 잘생긴 얼굴에 장난스러운 웃음이 번졌다.
"그럼 나 키스도 해도 돼?"
이번에는 미처 대답해 줄 새도 없었다. 차연준은 제 말을 끝내기도 전에 내 허리를 덥석 끌어안고 일단 입술부터 들이밀고 보았다. 입술이 맞물리자 팝핑 캔디 한 봉지를 한꺼번에 삼킨 것처럼 머리부터 손끝, 발끝까지 찌릿한 감각이 올랐다. 그 애도 마찬가지인지 내 허리를 안은 손에 바짝 힘이 들어갔다.

차연준은 서툴게 제 입술을 내 입술에 비볐다. 누가 봐도 처음이라는 걸 알 수 있을 만한 키스였다. 차연준도 똑같이 생각했을 것이다. 나 역시 키스는 처음이었으니까. 그래서 우리는 입술을 맞댄 채로 잠시 굳어 버리고 말았다.

차연준은 이미 제 품에 안겨 있는 내 몸을 바짝 끌어안아 가슴을 맞댔다. 그리고 어찌할 바 몰라 굳은 내 입술을 가볍게 물었다. 딱 그 애 같은 키스였다. 아무 때나 훅훅 들어오고, 그래서 사람을 당황스럽게 하고는 못내 기쁘게 하는. 차연준의 입술과 내 입술이 마주 닿는 감각은 너무나 생경했지만, 어색함을 충분히 덮을 정도로 기분이 좋았다. 왜 좋냐고 물으면 나도 이유는 모르겠는데, 아무튼 그냥 좋았다. 원래 키스란 그런 걸까.

잠시간 내 입술을 맛보다 놓아준 그 애는, 아마 벌겋게 달아올라 있을 내 얼굴을 살폈다. 물론 그 애 역시 얼굴을 붉게 물들인 채였다. 그러고는 다시 고개를 기울이며 속삭였다.

“한 번만 더 하자….”

“한 번만?”

“아니, 열 번만 더…….”

그와 동시에 다급하게 차연준의 입술이 찾아들었다.

우리는 몇 번이고 서로의 입술을 물고 웃음을 흘렸다. 서투르다 못해 웃음이 나는 키스래도 괜찮은 것 같았다. 나는 이 순간이 지금껏 내가 경험했던 일 중 가장 선명하다고 했고, 차연준 역시 그렇다고 했다. 그런 점에서는 한 가지 접점이 더 생긴 셈이었다.

"근데 너 향수 뿌렸어?"

"……응."

"아씨, 나도 뿌릴걸……. 너무 떨려서 생각 못 했는데."

억울하다는 듯 투정하는 그 애에게 나는 다시 입을 맞췄다. 차연준도… 나한테 잘 보이고 싶어 하는구나, 깨달으면서.

함께 있으면 접점이 늘어날 거라던 그 애의 말은 사실이었다. 이렇게 함께하다 보면 그 애가 굳이 내 세상으로 비집고 들어오려고 하지 않아도, 내가 그 애의 세상에 아무렇게나 끼어 있지 않아도, 그 애의 세계가 나의 세계가 되고 나의 세계가 그 애의 세계가 될 수 있을 것 같았다.

녹으면 한데 섞이는 아이스크림처럼, 그렇게 한데 섞일 수 있을 것 같았다. 그 애와 내가.

톡톡, 사랑이 튄다. 달콤한 아이스크림 속의 팝핑 캔디처럼. 어린 나를 매료시키던 그 작은 설탕 알갱이들처럼. 마침내 함께하는, 그 애와 나의 세상이었다.

Epilogue

그 애를 볼 때마다 나는 잔잔한 이미지들을 떠올렸다. 이른 아침의 도서관, 막 빨래를 마친 보송보송한 이불, 시골 마을의 작은 기차역 같은 것들. 그리고 빵집에서 풍기는 고소한 빵 냄새, 따끈한 밀크티, 지나는 이 아무도 없는 한적한 새벽 도로에서 홀로 깜빡이는 신호등.

그러니까, 그 애는 나랑은 너무도 다른 사람이라는 뜻이다. 나와는 달리 잔잔하고 차분한 세계를 사는 애. 그 애는 꼭 새벽의 뿌연 햇빛과 오래된 책에서 나는 종이 냄새만을 담아 놓은 듯했다.

그럼에도 불구하고 나는 그 애가 좋았다. 아니, 그래서 좋았다. 나를 둘러싼 요란하고 활기찬 세상이 싫다는 것은 아니다. 나는 시끌벅적하고 생동감 넘치는 것들을 좋아했다. 다만 나는 그 애에게

서 느낄 수 있는 잔잔한 고요함도 좋았다. 주말 오후 느지막이 늦잠을 자고 일어났을 때의 나른함이 마음에 드는 것과 비슷했다. 그 애를 바라보고 있으면 내가 잠시 그의 세계에 속해 있는 것 같은 착각이 들었다.

그 애를 처음 발견한 것은 등굣길의 버스에서였다. '같은 반 친구 유세현'이 아니라 '유세현'을 발견한 때는. 여름방학이 끝나고 막 2학기가 시작되었던 때였다. 방학 때 늘어지게 늦잠을 자던 게 버릇이 되었는지, 첫날부터 지각을 하는 바람에 평소에는 잘 타지 않는 버스를 탄 참이었다. 정류장까지 전속력으로 뛰어 겨우 올라탄 버스에 그 애가 있었다. 그 애는 버스 맨 뒷자리의 왼쪽 창가 자리에 앉아 책을 읽고 있었다. 사람들이 콩나물시루처럼 끼어 피로하고 짜증스러운 표정을 짓고 있는 아침 버스에서 말이다.

버스에서 책을 읽는 사람을 나는 처음 봤다. 덜컹거리는 데다 시끄럽기까지 한 버스에서 어떻게 책을 읽을 수 있는지 모르겠다. 나는 원래도 책을 좋아하는 편은 아니었다. 아니, 솔직히 말하자면 싫어했다. 내가 읽는 책이라곤 교과서뿐이었다. 나는 일 년에 한 권도 읽지 않는 책들을 버스에서까지 읽고 있는 그 애가 신기했다. 생각해 보면 그 애는 교실에서 늘 책을 읽고 있었다.

그러나 한참을 그 애를 멀거니 바라보았던 것은 단순히 신기해서는 아니었다. 나는 책을 읽는 그 애를 보고 있었다. 더 정확히 말하자면, 빛 그림자가 어른거리는 하얀 얼굴이나, 밑으로 곱게 내리깐 눈, 이따금 책장을 넘기는 손가락 같은 것들.

한순간에 내 시선을 사로잡은 그 애는 그 후로도 꾸준히 내 시선을 차지했다. 더 이상 '같은 반 친구 유세현'이 아니었다. 그 애는 나에게 그냥 '유세현'이 되었다. 같은 반에 있는 28명의 애들 중 하나였던 그 애가, 이제는 아주 특별해 보였다. 어중이떠중이 같은 나머지 27명 반 친구들과는 완전히 달랐다.

그 애가 턱을 괴고 앉아 수업을 듣는 것, 쉬는 시간이면 도서관에서 빌려 온 소설책을 읽는 것, 의자에 기대앉아 나른하게 눈을 깜빡이는 것, 친구와 이야기할 때조차도 나긋나긋하게 대화하는 것을 보다 보면 나도 모르게 기분이 좋아졌다. 그 순간만은 내가 시끄러운 교실이 아니라, 나른한 정적 속에 있는 것 같았다. 그 애의 세상으로 잠겨 드는 것 같았다. 그 애가 좋았고, 조금 더 특별한 사이가 되고 싶었다.

하지만 그 애와는 너무도 다른 나를 그 애는 좋아해 주지 않을 것 같았다. 그 애를 관찰하기 시작한 지 얼마 지나지 않았을 때 나는 책을 읽다 고개를 든 그 애의 미간이 살짝 찌푸려져 있는 것을 보았다. 내 친구들이 떠드는 목소리에 교실이 떠나가라 시끄러웠던 때였다. 내게는 익숙하고 즐거운 소음이었는데 그 애에게는 그렇지 않은 것 같았다. 그러자 덜컥 겁부터 났다. 나를 보며 얼굴을 찌푸리는 그 애는 보고 싶지 않았다.

게다가 그 애에게는 이미 친한 친구가 있었다. 역시 같은 반이었던 이정원이라는 애인데, 그 애와 이정원은 매우 친한 사이인 것 같았다. 보통의 고등학생 남자애들은 그렇지 않은데도 걔네는 서로 말하는 것도 지나치게 다정한 데다 스킨십까지 자연스러웠다. 그냥 친구 사이가 아닌 것 같았다. 수련회 때 이정원이 그 애의 어깨에 기대어 자는 것을 보고는 거의 확신하다시피 했다. 그 애와 이정원이 사귀는 사이라고.

그 탓에 나는 그 애에게 말 한 번 걸어 보지 못하고 그 애의 주위만 맴돌았다. 전혀 나답지 않은 일이었다. 누군가와 친해지기 위해 말을 거는 일이 이렇게 힘든 일인 줄은 미처 몰랐다. 그 애가 조용히 책을 읽는 것을 몰래 훔쳐보다가도, 이정원과 붙어 있는 것을 보면 애가 탔다. 이정원의 자리를 내가 차지하고 싶어서 견딜 수가 없었다. 휴대폰에는 건너 건너 전해 받은 그 애의 번호가 저장되어 있었다. 매일 그 애에게 뭐라고 메시지를 보내 볼까 고민했지만 끝내 전송 버튼을 누르지는 못했다. 누군가에게 메시지를 보내는 일이 이렇게 힘든 일인 줄도, 그 애를 좋아하게 된 후 처음 알게 된 것 중 하나였다.

그 애 주변만 빙빙 맴돈 지 반년이 되어갈 무렵, 겨울방학이 시작되었다. 방학 때만 잠깐 다니러 간 학원에서 나는 그 애와 이정원이 진짜 친구라는 것을 알게 됐다. 같은 학원에 다니며 안면을 트게 된 여자애가 이정원의 여자친구였기 때문이다. 그러자 미약한 희망이 샘솟기 시작했다. 어쩌면… 어쩌면 나에게도 기회가 있을지도 몰라. 그 애와 친구 정도는 할 수 있을지도 몰라. 그런 희망찬 생각들이 나를 충동질했다. 동시에 나는 불안감에 시달렸다. 그 애를 보지 못하는 사이에 누군가 그 애의 옆자리를 차지해 버리는 건 아닐까, 반이 갈려 친해질 기회마저 없어지는 게 아닐까 불안해서 밤에 잠도 잘 안 왔다.

그 애와 또다시 같은 반이 된 것은 거의 기적 같았다. 이제는 더 이상 망설이며 꾸물거리고 있을 시간이 없었다. 그 애를 지켜만 보면서 애를 태우는 일은 충분히 했다. 그 애에게 다가가고 싶었다. 그 애의 뭐라도 되고 싶어 미칠 것 같았다.

개학하는 날 나는 평소보다 30분이나 일찍 일어나 등교했다. 아침잠이 많아 꼭 지각 직전에야 아슬아슬하게 학교에 도착하기 일쑤였는데, 그날만은 신기하리만치 눈이 번쩍 뜨였다. 그 애랑 함께 앉고 싶어서였다. 그동안은 누구랑 앉든 별로 신경 쓰지 않았지만, 이번만은 간절하게 그 애와 앉고 싶었다.

떨리는 가슴을 부여잡고 교실에 들어가니 새 학기랍시고 평소보다 일찍 온 애들이 두엇 있었다. 물론 그 애도. 그 애는 복도 쪽 중간 자리에 앉아 늘 그렇듯이 책을 읽고 있었다. 나는 그 뒷모습을 쳐다보다 홀린 듯이 그 애에게 불쑥 다가가 물었다.

"안녕. 옆에 자리 있어?"

그 애의 말간 시선이 처음으로 나를 향했다. 그 애의 눈동자와 마주하자마자 나는 그 애에게 좋아한다고 고백할 뻔했다. 반사적으로 튀어 나가려던 말을 간신히 목구멍 너머로 삼키고, 나는 환하게 웃음 지었다. 내 미소가 그 애의 마음에 들기를 간절히 바라면서 말이다. 그게, 나와 유세현의 시작이었다.

터널 끝에는 여름이 있겠지
밤산책가 동네문예지 4호

초판 1쇄 발행 2023년 08월 24일

글 지구, 유윤성, 김효찬, 한그루
편집장 정한나
펴낸이 조승래
펴낸곳 밤산책가
디자인 장예슬
출판진 양영선, 문세연, 강나연, 정서윤
출판등록 제2021 - 000001호
주소 광주광역시 북구 서하로 194번길 15
연락처 yeosu115@naver.com

ISBN 979-11-974185-4-9
ISBN 979-11-974185-0-1 (세트)

본 행사는 행정안전부 와 광주광역시의 [2023년 청년공동체 활성화 사업]으로 진행합니다.